环太平洋2

PACIFIC RIM

UPRISING 雷霆再起

〔美〕阿历克斯·欧文 著

陈拔萃 张炘炘 译

北京联合出版公司

Beijing United Publishing Co.,Ltd.

图书在版编目（CIP）数据

环太平洋. 2 / （美）阿历克斯·欧文著；陈拔萃，
张炘炘译. -- 北京：北京联合出版公司，2018.4（2025.8重印）
ISBN 978-7-5596-1768-2

Ⅰ. ①环… Ⅱ. ①阿… ②陈… ③张… Ⅲ. ①科学幻
想小说—美国—现代 Ⅳ. ①I712.45

中国版本图书馆CIP数据核字(2018)第039403号
北京市版权局著作合同登记号：图字01-2018-1609

This translation of Pacific Rim Uprising: The Official Movie Novelization,
first published in 2018, is published by arrangement with Titan Publishing Group Ltd. through The
Grayhawk Agency Ltd.

© 2018 Legendary.

环太平洋. 2

作　　者：［美］阿历克斯·欧文
出 品 人：赵红仕
责任编辑：孙志文
封面设计：王　鑫

北京联合出版公司出版
（北京市西城区德外大街83号楼9层 100088）
北京新华先锋出版科技有限公司发行
三河市兴博印务有限公司印刷　新华书店经销
字数145千字　787毫米×1092毫米　1/16　15印张
2018年4月第1版　2025年8月第14次印刷
ISBN 978-7-5596-1768-2

定价：49.00元

第一部分　回归

////////////////////////////////

GIPSY
AVENGER

TOP NEWS

社论：感谢，PPDC，然后再见

你看，虫洞关闭已有十年之久，怪兽若要卷土重来早就发生了。你觉得怪兽会放过任何报复我们的机会吗？我们在虫洞处投下核弹，落入怪兽的……世界？或者说维度？无所谓了，反正它们不会再卷土重来。PPDC（环太平洋联合军防部队）一直以来警戒的危险根本不存在。现在我们建了多少个破碎穹顶基地？建了多少机甲猎人？雇用了多少突击部队和相关工作人员？耗费了多少资金？

难道我们不应该用这笔资金重建被战争毁掉的一切吗？如今我坐飞机飞过洛杉矶，从长滩一路到圣莫尼卡，看见的只有废墟。十年了，欧洲重建的速度比"二战"后还快，原因何在？

因为整个欧洲的人都明白，战争已经绝尘而去，他们的钱都用于重建上，他们不会再把更多的钱浪费在军队和基地上。绝对不会！欧洲人已经重获新生。

我们的思维过时了！我们的初衷是抵抗一个怪兽横行的世界，然而时过境迁，我们似乎进入了一个灿然一新的时代。

是时候向前看了，是时候解散PPDC了。机甲猎人应该作废，破碎穹顶基地应该关掉！继续过我们的21世纪生活吧！

1

在加利福尼亚圣莫尼卡，方圆几百英亩的海滩上遍布着废弃的PPDC基地。怪兽大战期间，圣莫尼卡大半变成了废墟，阵亡的机甲在西海岸随处可见，现在已经被人们用钢丝网封存起来。这里曾是洛杉矶一大观光胜地，现在却只剩断壁残垣。能走的都走了，留下来的都是心如死灰的人。

杰克·潘特考斯特留在这里倒不是因为绝望，而是惹了点儿麻烦。他惹怒了当地知名的犯罪头目索尼，现在要帮索尼寻找价值连城的机甲残骸，好让索尼拿到黑市去卖，否则，他可能性命堪忧。要偷偷潜入PPDC基地可不容易，一旦被发现，将面临严厉的惩罚，但杰克对被废弃的机甲猎人基地可谓了如指掌，他有十足的信心安然无恙地溜出来。

即便如此，这也不是什么好差事。

杰克带着索尼及其手下攀爬着基地四周的电网，并指示他们需要经过的路线。索尼的手下各个身手敏捷，绝对不是新手上路。不一会儿，他们就顺利爬过了"禁止越界"的牌子，穿过刚好能容下他们的洞口。那块牌子上有PPDC的标志。杰克看见熟悉的牌子，不禁触景伤情——想当初他也是一名机甲猎人驾驶员。

是的，这一切已经成为过去。杰克对此无能为力。正如他身为史塔克·潘特考斯特的儿子却惹上了杀身之祸一样，他对此也束手无策。父亲为拯救世界而英勇献身，儿子却无法像父亲一样光宗耀祖——事实上，杰克早已放弃努力成为像父亲那样的人。他变成了一位不错的……有些人叫他小偷，但他觉得自己应该被叫作"机甲残骸专家"。

要是没惹上杀身之祸，杰克的生活勉强说得上"一帆风顺"，反正在这个圈子里，非法兜售是不可避免的。

在大部分沿海城市或灾区，人们只能过着苟延残喘的生活。有钱人都迁到内陆去了，他们逃离了这片乱世，就算虫洞重新打开，怪兽卷土重来，他们也早已在千里之外。富人们的恐惧造就了杰克的机遇。他们撤退时留下了许多大房子，杰克就住在其中一栋房子里。

这里还会碰到崇拜怪兽的人，对于他们来说，看到虫洞关闭，就像看到耶稣受难一般，他们一面悲悼叹息，一面四处游走，还拉帮结派做着一些见不得人的勾当。如今，他们开始做起"副业"来，利用机甲残骸东拼西凑，自制出一些战斗力低下的机甲猎人。

杰克接触过机甲，因而比一般人更深谙如何寻找与机甲相关的技术产品。另外……好吧，其实他因此沾沾自喜、狂妄自大，甚至无视帮派间一直默守的规矩。

如果可以拿到一笔丰厚的报酬，就可以安枕无忧至少一年（尽管也有失手的时候）。这就是为什么杰克宁愿生活在圣莫尼卡，也不愿回到出生地马里布的原因。

一进入基地，杰克就拿出一个看起来破旧不堪的等离子追踪器。即便隔着机甲厚重的防御外壳，这个追踪器也能够探测到等离子部件的能量信号。这是杰克这种雄心壮志的"机甲残骸专家"的必备工具，正所谓"工欲善其事，必先利其器"。

杰克正在启动仪器，索尼突然走到他跟前。杰克一把抓住索尼，把他拉回第二代机甲破烂的残骸后方。就在那时，探照灯从索尼刚刚所在的位置扫过。PPDC经常巡逻，但巡逻时间总是一成不变，杰克对此早已了然于心。索尼定定地看着杰克。杰克刚刚救了他一命，从而使所有人都幸免于牢狱之灾。索尼没理由生杰克的气。

杰克带着索尼和他的手下绕过第一堆机甲残骸，眼睛一直盯着等离子追踪器。他们走近另一个机甲时，追踪器发出了"砰"的一声，声音很小。这个机甲不像第一个那么破，但它失去了一只手臂，头部也摇摇欲坠。杰克立马认出了这个机甲——"忧蓝罗密欧"（Romeo Blue），唯一的三脚机甲猎人。

杰克在孩童时期就能快速准确地辨认机甲，还能滔滔不绝地介绍一番，就像上一代人谈论起他们熟悉的宠物小精灵或棒球运动员一样。

"忧蓝罗密欧"曾与"危险流浪者"（Gipsy Danger）并肩作战，杀死了三只怪兽，直到 2020 年在巴拿马被毁，两名驾驶员阵亡。杰克对它记忆犹新——在虫洞刚刚打开的那几年，"忧蓝罗密欧"杀死了怪兽"塔克布斯"（Takubus），人们簇拥着"忧蓝罗密欧"在街上游行。"忧蓝罗密欧"身形巨大，行动迟钝笨拙，但看起来无坚不摧。当时杰克还是个孩子，他的父亲在东京大战中成了英雄，而今杰克已经长大成人了。

"就是它了。"杰克说。

索尼和他的手下跟着杰克走进了一扇舱门，来到"忧蓝罗密欧"宽敞的内部。这是索尼他们第一次进入机甲猎人的内部，他们环视着四周，满脸都是赞叹之色。

"你确定？"索尼问。

杰克找到了目的地的门口，机房门里是"忧蓝罗密欧"的等离子反应舱，用于收集和保护"忧蓝罗密欧"的能源核心和相关硬件。门被紧紧反锁着，门上的仪表板有个手动控制装置。杰克把手指一直伸到仪表板边缘，扭动手动控制装置。他走进控制台到处参观："工作人员拿走能源动力核心之后，机甲猎人就废了，不过，有时候他们不会拿走三级等离子反应器，如果这个还能通电，那在黑市上绝对能卖个好价钱。"

"你可别骗我。"索尼说。

杰克觉察到索尼的语气有点儿不对劲儿，他转过头去，索尼正举着一把枪。

"冷静冷静，"杰克说，"别兴奋过头了。"

"你好自为之，"索尼说，"别以为我不知道你之前骗过华瑞兹市的巴拉达，把阿兹米丢在香港……"

"那是他们活该！"杰克说，"汤尼·阿兹米就是个人渣，不骗他才怪呢。"

"你还在我的地盘上偷东西。"索尼接着说。

杰克对此无话可说。事情是这样的。杰克在加利福尼亚州南部偷到了质量相当高的机甲残骸，这是索尼的地头，但他事先没有知会索尼，事后也没有和索尼分赃。杰克原本正喜不自禁，因为他不仅能赚快钱，还能一举成名。但是索尼对杰克的行为十分窝火，他要求和杰克一块儿干，否则就要杰克好看。杰克深知索尼的手段，被逼无奈，只得屈服。

"风水轮流转，现在轮到我帮你偷东西了，那这事我们就翻篇儿了？"

"你来运货，我们就翻篇儿。"索尼还是那个表情。

杰克思索着索尼是否会遵守约定，不过此时此刻这已经不重要了。他摸到了仪表板后面的应急释放杆，忍不住偷笑了一下，同时拉动应急释放杆。机房门处传来很大的一声"砰"，门闪打开了，伴随着小而刺耳的声音，门开了。尽管"忧蓝罗密欧"不会再启动，但它的第一代老式后备电源系统能够运作很长时间。

索尼并没有把枪放下，这可不是什么好兆头，不过他脸上的表情略有放松。

杰克保持着笑容，朝着通道门的方向做了个手势，说："走，一起发财去！"

索尼首先进了等离子反应室。机甲猎人服役的时候，PPDC的技术不够先进，还无法增加等离子密度。这个老式机甲的等离子反应舱空间很大，足足有杰克住的那所大房子的几个房间加起来那么大。沿墙分布的电缆管道在等离子反应器的中心位置汇聚，或者说本该在这里汇聚。

杰克走到反应舱的中央，停住脚步，无法相信眼前霉运缠身的事实——反应器分流电缆还亮着，这说明几分钟前有人来过，因为如果时间再久一点儿，电量就会完全流失。

"怎么会这样？追踪器显示就在这里！"杰克说，他低头看了看追踪器，上面显示反应器就在他前方，他转向索尼，"反应器应该就在这儿……"

索尼举起枪柄朝杰克的脸砸过去。杰克随即摔倒在地，整个人跪在地板上，用双手撑着，脸颊上割出了一道伤口，血一直流到他的下巴，一点儿一点儿地滴落到地上。

"给我杀了他！"索尼叫道。他的手下立刻拿出手枪对着杰克。

"等等，等等！"杰克狠狠拍了拍追踪器，追踪器屏幕闪了闪，黑屏了一会儿，又恢复正常。现在追踪器显示反应器正在移动。离这里并不远。

"有其他人在！"杰克说着立马站起来。他急忙越过电缆箱，绕过几个大型废弃机器，朝着另一边墙的出口处奔去。"是他们拿了反应器！"杰克说，"快，信号显示他们就在附近！"

索尼和他的手下跟在杰克后面。

"杰克！"索尼喊道，"杰克，你这个浑蛋……"

索尼的话音未落，杰克拉动机房门上的应急释放杠，将门重重地关上。现在，杰克只需要跟着反应器的信号走，在索尼的手下抓住他之前离开这个机甲。他穿过迷宫一样的维护通道，来到"忧蓝罗密欧"的躯干部分，接着迅速走进边上铺满大电缆的通道。"忧蓝罗密欧"内部传来回声，是索尼在喊叫。杰克不确定自己能否躲过索尼和他的手下而杀出重围。也许不需要自己动手……杰克已经开始打起小算盘，和以前一样，这次也将是一场冒险。

电缆通道出现了分岔，当杰克推开电缆转身时，与索尼其中一个手下撞个正着。索尼的手下快速举起枪，但杰克动作更快，在对方开枪前便以迅雷不及掩耳之势，一拳将其打倒在地。枪里的子弹射进了杰克身边的电缆，导致电缆裂开。就在这时，索尼找到了杰克。杰克急忙跑进旁边的通道，通道呈下弯状，非常陡峭，杰克一下子就滑到了底层。他站稳后走进电缆分流室，这是个死胡同。他跑向分流室的另一边，那里有一个通道口，索尼和他的手下刚好赶到通道口。

"跑得还挺快。"索尼露出阴森的笑容。很显然，他不需要再命令手下开枪，因为他自己已经举起了枪。

轮到杰克实施计划了。他用穿着靴子的脚猛踹控制杆。索尼和他的手下所站的地方正是检修口。随着控制杆的弯曲，检修口弹开了，索尼等人掉进了洞里，摔得可真惨。杰克又踹了一脚控制杆，检修口重重地关上了。

"好的，我们扯平了。"

要了解老式机甲的构造，总是需要付出点儿代价。

杰克跟着追踪器上的信号奔跑而去。他出了"忧蓝罗密欧"的躯干区域，来到肩关节区域，这里离地面大概有五十英尺高。有个戴兜帽的身影冲过空地，朝着摩托车跑去，手里还拿着背包。等离子反应器就在那个背包里。几条电缆线从"忧蓝罗密欧"头部附近的起重机上垂下来。杰克一跃跳起，双手交叉抓住电缆往下滑。电缆先是向下滑动，接着卡在了起重机上。杰克从 20 多英尺高的地方跳下，借着重力势能快速掉落，最终落在放在地上的集装箱顶部。他面朝上平躺着，冲击力引起一阵风。他滚下集装箱，继续追赶那个小偷。戴兜帽的人加大摩托车的油门，还来了个侧滑，掀起一阵飞沙走石。大门敞开着，杰克打算在摩托车开出大门之前翻过围栏，然而，当他听到发动机的声音时惊呆了。是 PPDC 的保卫车，它飞快地追着那辆摩托车。

该死！杰克心想。

都是索尼的手下开枪惹的祸。如果那个小偷被抓，杰克肯定拿不到反应器了；但如果小偷逃脱了……他低头看了看追踪器，信号很强，目标还在移动。

TOP NEWS

即时发布

邵丽雯宣布无人机甲猎人计划

2034 年 6 月 9 日　上海

邵氏工业的创始人兼 CEO 邵丽雯今天宣布，邵氏工业已从 PPDC 获取资金，以邵丽雯研发的机甲猎人原型为基础，生产无人机甲猎人战队，并在今年年初的 PPDC 非公开会议上进行展览。当前，调配测试机甲猎人需要整个环太平洋地区的破碎穹顶基地都开展维护工作，每一个破碎穹顶基地又必须配备驾驶员与大量的工程师和技术员，邵氏的计划将会对全世界的 PPDC 的开支预算产生显著影响。

邵丽雯计划建立一支全新的 PPDC，破碎穹顶基地会减少，相关人员也会减少。技术员只需在 PPDC 的中心基地远程操控无人机甲即可，如此一来，所有破碎穹顶基地都可削减运营开销。另外，无人机甲猎人不需要安装价格昂贵的操作舱和 Drift 系统（浮动神经元连接系统）支架，每架机甲猎人都可以减少 15% 的成本。还有一点，许多驾驶员都会遇上训练事故，就算脱离了与怪兽战斗的危险等威胁，也会患上由该系统引发的疾病，而这个计划可以降低驾驶员的生命危险。

无人机甲猎人战队一旦得到 PPDC 的认可，便会在下一个农历年开始进行首次部署和实地测试。

2

追踪器上的信号穿过小镇，一路向南逃去。整个晚上，杰克都跟着那个小偷，黎明时分，他发现自己身处圣莫尼卡的南部。这里是机甲猎人的坟场，看起来就像一片废墟。

杰克听说，怪兽大战之前这里很美，现在竟变成了贫民窟。这里一半地区被毁掉了，人们迫于生计，在废墟里搜罗着。过去的步行街变成了露天市场，再往南，怪兽"暴徒"（Insurrector）的骨架高高地耸立在海滩上。它死以前摧毁了圣莫尼卡码头的许多设施。打捞人员和黑市老板把怪兽身上能拿的东西都拿走了，无论是血液，还是从甲壳下方的小洞钻进钻出的寄生虫。这些东西价值连城，但如果不做好预防措施，很有可能会使人命丧黄泉。怪兽的血液可以溶解人体，怪兽身上的病毒会感染人类。怪兽暴露在地球上陌生的空气中，很快就会腐烂，一旦被腐烂组织困在怪兽的尸体中，人就会窒息而死。把从怪物身上取下来的东西送往市场的路上，即便没有被其他同行抢劫，那些东西也会很快烂掉。杰克或多或少了解一些怪兽器官的买卖生意。

看到这些庞大的怪兽骨架分散在海岸边，想到怪兽对这个世界所做的一切，忧伤之情涌上杰克的心头。而在内心更深处，父亲的身影浮现出来，他不免伤感起来。他怀念过去，如果能回到过去，该多好啊。他偶尔会这样想。

有几次早上起来，杰克享受着柔和的海风。晨光照耀着屹立在太平洋边上的悬崖。他刚拿到一笔钱，足够几个月的开销。这种生活也不赖，虽比上不足，但比下有余。要是这次机灵点儿，运气再好点儿，拿到反应器后顺利卖掉，那他以后就能一直享受这样的日子了。杰克才不会把反应器给索尼，反正无论如何，索尼都会想办法干掉自己。

天亮了，杰克跟着追踪器的信号，在圣莫尼卡的废墟堆里穿梭。他走过贴着各种怪兽教会标志的建筑。怪兽崇拜者通常聚集在废墟边上，近距离地接触他们的"上帝"。杰克遇到了很多乞丐，他们当中有的在兜售毫无价值的商品，以便让别人觉得自己并不是乞丐。杰克没有理会他们，一直跟着追踪器的信号走。等离子反应器就在码头的另一边。

几年前，"暴徒"毁掉了这里的楼房，只剩下瓦砾。杰克必须翻过这堆瓦砾，才能看清那个小偷到底跑向何处了。在码头的另一边，PPDC建了一个船坞，供船舰和驳船使用。这些船舰和驳船体型庞大，能够运输机甲残骸。但是现在，整个船坞已被搁置多年，泊位已经干枯，大仓库变得破旧不堪……还有飞机修理库……这些地方聚满了非法占有者和下层阶级……以及那个拿了等离子反应器的小偷。

反应器给杰克带来不少麻烦，他必须和这个小偷做一笔交易。其实，如果不和小偷碰面，事情会更好办。比如，等小偷累得走不动了，躲在船坞里，杰克可以乘机溜进去，神不知鬼不觉地把反应器偷出来……

杰克花了很久，才从这堆怪兽骨头和建筑瓦砾上爬下来。他朝着船坞靠海的仓库走去。追踪器显示反应器就在里面。追踪到反应器附近时，杰克停下脚步。他撬开仓库紧闭的窗户，随着"嘎吱"的声响，他缩回身子，接着转身一跃，跳进了一个房间。看起来像是办公室或休息室。很明显，有人曾经住在这里。角落里有张脏兮兮的毛毯，周围全是食品包装袋和其他垃圾。这层楼房里还堆了一些机器和工具。

杰克看着墙壁。来对地方了！不管是谁住在这里，那个人肯定很痴迷怪兽和机甲。墙上贴满了报纸、杂志内页，还有打印出来的网络新闻——这些资料讲述了怪兽大战的整个发展史，最早可以追溯到虫洞开启的时候。旁边贴了一张第二代老式机甲猎人的照片，照片已经模糊不清，上头用银色记号笔写着：

体型多大？！！！

墙上其他地方也贴着机甲和怪兽的照片，且都带了标注。

不过最显眼的资料是关于邵丽雯的。她是个电脑奇才，管理着一家价值数十亿美元的公司——邵氏工业。她的机甲设计一直都处于世界先进水平，现在也是，这可以从最近的新闻头条《邵氏工业——机甲猎人科技的未来？》一文中看出。

杰克对此不甚了解，他与这个世界脱轨已久。他的目光顺着墙壁往下看，在一页发黄的《时代》周刊杂志封面处停了下来，上面印着罗利·贝克特的照片和几个字：**罗利·贝克特，1998 — 2026**。

杰克感到胸口一震。罗利是父亲史塔克·潘特考斯特的部下，也是他孩提时代的偶像。那时候的罗利我行我素。后来在虫洞大战中，父亲壮烈牺牲，罗利幸存下来，成了英雄。对于当时发生的一切，杰克有种难以言明的复杂感觉。十年来，他刻意不去想这件事，现在也不打算去想。

他继续朝着房间另一边的门口走去。除了自己轻微的脚步声，没有其他声音。门外是这个仓库的主楼层，有个数英亩大的房顶，大概有五十英尺高。这个宽敞的仓库里立着一个私人自制的机甲，虽然不是全尺寸，但仍与房顶差不多高。杰克停在原地，惊得目瞪口呆。在这个世道混乱、穷困潦倒、难以自保的时代，居然有人用废弃的零件造出了一个机甲猎人！这个机甲外观丑陋，用完全不匹配的残骸胡乱堆砌而成。装甲钢板是从废墟堆里捡来的，杰克一眼就认出那是第二代机甲的。其他零件则是用抽水泵和高火炉制造出来的。和全尺寸机甲比起来，这个机甲显得有些奇怪——高约四十英尺，头部没有安置操作舱的地方，设计者在那里加了两束光，就像两只眼睛一样。

曾经有个老工程师告诉杰克，人们总想赋予机器人性，即便这不符合设计理念，但在人们内心深处，总把这些机器看作自己的亲生骨肉。杰克一直记着这些话，可见这些话对他来说影响深刻。在这个小型机甲的躯干位置，有一个类似于操作舱的装置，驾驶员和乘坐者可以透过护甲框窗看到外面的事物。它的一只手有三个钳形手指，另一只则有……在阴暗中，杰克不确定那是什么，看起来像个锯刀。

拼凑这个机甲的人肯定是个天赋异禀的修补匠。杰克突然意识到，眼前这架机甲可以为自己带来一大笔钱。他追踪的等离子反应器安插在小型机甲脚踝处的小舱口上，而他此时却酝酿着一个更大的计划。很多人都想造出一架机甲，让自己可以名扬千古，然而真正能做到的人寥寥无几，没想到这个小偷却做到了。杰克对周边观察了一番，这里应该不属于任何帮派，否则他们不会不派人保护这个价值连城的宝贝。居然把这个机甲单独留在这里，制造者肯定是个内心幼稚、不谙处世之道的家伙。熟人当中，谁有足够的资本，还如此狂妄地造出这架运作良好的机甲呢？

突然，杰克发现身后有人，他本能地闪到一边，转身面向攻击者。眼见钢管正朝自己头部砸过来，他一把抓住钢管。攻击者身体结实，但身形娇小。杰克抢过钢管，以同样的动作使劲儿把对方打倒在地。他举起钢管……甩到一半，停在了半空中。

倒在地上的人戴着兜帽，穿着脏兮兮的牛仔裤。帽子往后掉出了一些，杰克发现这个小偷竟然是个青少年，还是个女孩儿！

"什么？你……多大了？"杰克问道，手里还举着钢管。

女孩儿坐直，拿掉兜帽。乌黑的头发，一张使人不禁联想到返校节游行的脸，但那双眼睛却散发着成年人的气息，坚定、聪明，且愤怒。

"把你打趴下绰绰有余。"女孩儿说着准备站起来。

杰克用钢管压住女孩儿的肩膀，把她推回地上。

"等会儿，"杰克转头斜视小型机甲，问道，"你建造的？"

"你说呢？"女孩儿语气很不友好。

"我说？我说我可以把你的小玩具卖掉换一大笔钱。"

"她是'拳击手'（Scrapper），不是玩具，"女孩儿说，"而且不卖！"

"拳击手"？这个名字不错，杰克心想，不仅显示出个人风格，还能让人联想到职业。女孩儿的决心让人敬佩，但这是交易。

"现在我拿着钢管，我说它是小玩具，它就是小玩具，所以……"

这时，仓库外响起了警鸣声。

女孩儿看向远处的仓库大门："是你带他们到这里来的？"

"什么？"受到圣莫尼卡贫民窟里的小兔崽子呵斥，杰克心里很不爽，"他们没有跟踪我，肯定是你自己带来的。"

他转过头去看向警鸣响起的地方，女孩儿抓住这个机会，把钢管从杰克手上踢掉，翻滚到不远处站了起来，猛地跑过这一楼层，冲向小型机甲。

"喂！"杰克跟在女孩儿后面，他几乎能肯定自己会被拘捕，然后被扣押在PPDC的先锋车里。

女孩儿用脚合上反应器舱的小门，爬上"拳击手"的脚，一直爬到躯干处的操作舱。她把自己固定在陀螺型支架上，启动了机甲猎人。

不对！杰克心想，她不会是第一次驾驶机甲猎人吧？

警鸣声更近了，而且不止一辆警车。杰克又看了一眼"拳击手"的操作舱，里面可以坐两个驾驶员，如果可以启动，就能……

杰克朝着小型机甲跑去，和女孩儿一样，把自己撑了上去，就在女孩儿关上"拳击手"胸部的装甲时，杰克溜了进去。

"你干吗？！"女孩儿喊道，"给我出去！"

杰克在狭小的操作舱里转过身，问道："另一个在哪儿？"

"什么另一个？"女孩儿忙着启动各种子程序，没有抬头看他。

"另一个驾驶支架！机甲猎人需要两个驾驶员！"

"'拳击手'体型小，只需要一个神经元负荷体。"女孩儿自豪地说。

"那你快走开，让我来！"

"不可能！"女孩儿按下最终指令键。

"拳击手"的动力测量仪飙升到最大数值。小机甲冲向前方，撞穿了仓库墙。金属块和玻璃块纷纷散落在停车场上，那里聚满了PPDC的保卫车。"拳击手"把它们统统踢到一边，使得PPDC的人朝不同的方向摔去。

"哇噢！"女孩儿欢呼，仿佛这是她一生中最快乐的时刻，"我就说她不是玩具。"

"你这个样子，我们会没命的！还是让……"杰克想解开女孩儿的陀螺装置，好让自己代替她固定到驾驶支架上去。

女孩儿知道杰克要干什么，但杰克比她更熟悉操作舱。

"你停下！"

"我可以让我们离开这里。"

"我已经让我们离开了，滚开！"

"拳击手"的显示屏上出现了身形巨大、外形怪异的物体。杰克和女孩儿不再打闹。这个显示屏没有全尺寸机甲的显示屏精致，但毕竟是个黄毛小丫头用废品建造出来的，也算可以了。女孩儿一个急刹车，杰克重重地摔到了地板上。

显示屏上的图像变清晰了。

女孩儿惊叹道："哇！"

正前方是一个第六代大型机甲，是最新款机甲猎人，铁灰色的外形、微蓝色的外部运转灯，驾驶员操着黑人口音，看起来有点儿像执法机甲。

没错！杰克认得，女孩儿也认得——"秋末艾克斯"（November Ajax）！

就在几分钟前，杰克还试图把女孩儿赶出驾驶位，但现在不是时候了。"秋末艾克斯"是PPDC特制的巡逻机甲，主要负责长滩到圣莫尼卡的受灾区。一般的社会动乱是绝对不会派出"秋末艾克斯"的，除非PPDC的设施遭到袭击，或者……东西被偷。杰克追踪到了失窃的等离子反应器，PPDC也是。如果被捕，后果不堪设想。PPDC会让他们坐穿牢底，借此杀鸡儆猴，警告其他想要偷窃的人。

"你这样，我们会被抓的！"杰克慌了，"别停下！"

"未登记机甲猎人驾驶员，""秋末艾克斯"的外部扬声器传出巨响，把"拳击手"小操作舱里的杰克和女孩儿吓得抖了抖，"我们是PPDC，立刻关闭电源，走出操作舱。"

女孩儿举起双手。

"你放弃了？"杰克很失望，"你太轻言放弃了，小屁孩儿。"

"只是想让他们这样认为而已。"女孩儿说着，握紧拳头，按下烟幕弹发射键。

烟幕弹从"拳击手"的手臂槽飞出，落在"秋末艾克斯"的四周，"拳击手"隐藏在烟雾之下，站在大型机甲脚下装弹，然后沿着街道飞快逃跑。

杰克一把抓住电缆线。这几条电缆线连着操作舱和"拳击手"躯干里的平衡锤，用于减弱惯性作用引起的晃动，防止"拳击手"突然移动时导致驾驶员撞向四周。这个方法简单粗暴，但很管用，前提是人要固定在陀螺驾驶支架上，而杰克没有，因此想要保命，得吃点儿苦头。

"抓稳了！"女孩儿大叫。

"秋末艾克斯"转身，一个大跨步便追上了他们。

"我正在抓！"

"抓紧点儿！"女孩儿调试指令程序，按下最终指令键。

杰克整个人被颠倒过来，正面朝上，几度翻来滚去，最后被弹到操作舱坚硬的墙壁上，重重地摔到了地上。

"拳击手"已经卷成一团，在"秋末艾克斯"脚下以小8字形滚动。女孩儿一直都稳稳地固定在驾驶支架上。她的驾驶支架设计得确实不错，杰克不得不敬佩她。对比之下，杰克一直像个球一样撞来撞去，最后挤进了平衡锤的夹层里，这才终于停了下来。这虽然有点儿丢脸，但能够使他在逃脱"秋末艾克斯"的过程中不被撞晕或摔断胳膊。要是能逃脱的话……

"秋末艾克斯"弯下腰给"拳击手"重重一掴。女孩儿注意到了，她缩头躲到一边，"拳击手"也往同一方向倾斜，撞到了棕榈树上，棕榈树摔倒在被火烧过的汽车残架上。女孩儿指挥着"拳击手"迅速往堆得很高的瓦砾上爬去，之后径直从一栋被毁掉一半的楼房中穿墙而过。

周围安静下来，只听到瓦砾滚落的声音。

杰克冷静下来，思考着如何应对残局。

"看到没？"女孩儿得意扬扬地说，"我刚刚驾驶'拳击手'摆脱了'秋末艾克斯'。"

杰克摇摇头，说："你并没有。"

"摆脱了。"女孩儿坚持道。

随着"轰隆"一声巨响，"秋末艾克斯"锤碎了"拳击手"用于隐藏的那堵墙。

女孩儿措手不及。

"看吧，你成功了吗？我可没有逃出来。"

计划随时可能失败，因此必须时刻准备着另想他法。杰克环顾操作舱，肯定有能派上用场的东西。他一直很乐观，至少在需要靠他逃出困境的时候，他是乐观的。

找到了。就在那儿！

杰克指着嵌入操作舱的一对离子电池："有没有多余的离子电池？"

女孩儿紧皱眉头："没有。"

杰克知道，就算没有离子电池，"拳击手"也可以运行一会儿。离子电池并不是很重要，一般说来，它是连接不同的能量反应堆的，而不是给主机和主系统供能的等离子反应器。这些离子电池控制的是后备电源和后备系统之类的部件。也就是说，当被"秋末艾克斯"追捕时，真正需要担心的并不是这些离子电池。

杰克设置好能让离子电池弹射出去的子程序。弹出槽就在"拳击手"的外壳上。通常来说，离子电池只有在储蓄电源耗尽之后才弹出，不过经过杰克的设置，现在就可以弹出。"秋末艾克斯"的驾驶员很快就会知道为什么。

"快！"杰克催道，"现在走到'艾克斯'的头上去，快走！"

女孩儿被杰克呼来喝去，感到很不爽，但还是照做了。她控制着"拳击手"以更快的速度往前走，径直爬上"秋末艾克斯"的手臂。这手臂大概有三个"拳击手"的身体那么长。当杰克和女孩儿爬到与"秋末艾克斯"头部相当的高度时，杰克用力按下弹出键。

"快跑，快跑！"杰克喊道。

"拳击手"从"秋末艾克斯"身上纵身一跃。杰克并没有期待从两百英尺高的地方跳下去会有什么好结果。女孩儿驾驶着"拳击手"，朝对面街道的楼顶跳去，那里以前好像是一家银行。两人的身后，离子电池和"秋末艾克斯"

的头部碰撞，发出了铿锵巨响，并发生了爆裂，释放出一阵离子能量冲击波。"秋末艾克斯"头部和上半身躯干"吱吱"作响，就像闪电风暴一般。它踉跄着，冲击波干扰了它的操作系统。

两人落在楼顶上，杰克探头去看醉汉般摇晃的"秋末艾克斯"。他的计划奏效了，他想炫耀一番，但只是匆匆一眼，"拳击手"整个身体便掉进了楼房里，并且一直掉到了最底层，内部楼层也随之散落下来。

着地的那一刻，女孩儿脸上依旧保持沉着。经过一路的颠簸，杰克几分钟后才晃过神儿来。女孩儿盯着杰克，她假装冷静地掩饰着自己的惊讶。杰克看穿了女孩儿的心思，她是想问杰克怎么知道这样能逃脱，但她没有开口。从杰克的目光中，女孩儿知道，杰克也打算保持沉默。

女孩儿驾驶着"拳击手"往前冲，在楼房底层的瓦砾堆中跌跌撞撞地踩出一条路来，走到了大街上。操作舱的显示屏上闪出警告语：**储蓄电源只剩12%**。

"就知道我们需要离子电池！"女孩儿嚷道。

"计划奏效了，不是吗？"杰克大喊着回应道。

"'艾克斯'重启系统要多久？"

她居然觉得自己会知道？这可真有意思。杰克想。看样子她终于明白杰克对机甲有所了解了，甚至想向杰克确认，在"秋末艾克斯"恢复正常运转之前还能跑多远。杰克欣赏她的沉着冷静，不过他还没来得及想怎么回答，"秋末艾克斯"庞大的脚就"砰"地踩在了他们前面。瞬间沙尘四起，水泥块"啪啪"掉落。

"就这么久。"杰克说。

"最后一次警告，关闭电源，离开操作舱！""秋末艾克斯"的驾驶员声音洪亮且低沉。

女孩儿立马掉转"拳击手"逃跑，这让杰克吃了一惊，她可真大胆，居然敢在储蓄电源只剩12%的情况下这样做，也不管事实上几乎没有逃脱的可能性。两人为了逃过此劫，可谓使尽浑身解数，但没过多久，"秋末艾克斯"举起一边的拳头，发射出一套钩锚和拖曳缆，夹住了"拳击手"

的机身，接着收紧，一股电脉冲过电缆。

"拳击手"操作舱里的杰克能感觉到毛发竖起。四周的电线火花四射，全部被烧毁了，用于控制陀螺驾驶支架的电子仪器是从废墟中捡来的，因其受到干扰，操作舱里的光全都熄灭了，只有从"拳击手"的面具和头部照进来的光。

"拳击手"渐渐不支，"轰隆"一声向后摔倒在地。杰克再次受伤了，女孩儿则整个人被挂在驾驶支架上。她看上去很生气。她是为了掩饰内心的恐惧而故意装出生气的样子吗？杰克不得而知。在这狭窄的空间里，传来一连串的重击声，是"秋末艾克斯"在敲打"拳击手"的外壳。

杰克看看女孩儿，无奈地耸了耸肩。他们逃得够远了，他们应该自豪，但是在这个全尺寸机甲面前，能逃到哪里去呢？

杰克打开操作舱门，他爬出去，双手举起。

女孩儿跟在他后面，对着"秋末艾克斯"尖声叫道："看看你对我的机甲猎人做的好事！你这个浑蛋！"

TOP NEWS

圣莫尼卡非法机甲生产车间倒闭

PPDC保安特遣队与当地执法部门配合开展工作,在圣莫尼卡海滨区的PPDC废弃货仓里发现一家主要做黑市买卖的机甲生产车间。这片区域在怪兽大战中被摧毁,虫洞关闭之后的几年里,这里的犯罪率一直很高,大量人口外迁。最近,PPDC的工作人员宣称,这里已经成为机甲非法交易活动的源头,用于交易的主要是机甲的零部件和其他技术部件。

该生产车间里有一个成形的机甲,高约四十英尺,此外还有几百个零部件,都是PPDC和当地相关部门尚未登记在册的。

在圣莫尼卡贫民窟的犯罪团伙中,机械赛车电路备受青睐。据猜测,这个私人自制的机甲和生产车间的黑市机械赛车电路有关。现在,政府人员对这一猜测既无法确认,也无法否定。

嫌疑人试图驾驶机甲逃跑,但在毁坏了数辆PPDC的车后被"秋末艾克斯"制伏。"秋末艾克斯"是PPDC专门为加利福尼亚州南部地区特制的巡逻机甲。有报告称"秋末艾克斯"在纠缠过程中遭到损坏。对此,PPDC表示无可奉告。

在确认被捕者的身份之前,被捕者的姓名将暂时保密。

3

　　杰克坐在 PPDC 先锋车的后座上。目的地是 PPDC 地区总部。他和那个女孩儿被关进了拘留室。他有话要说,但他全力忍着,但最后实在忍不住了。

　　"就该让我来驾驶机甲猎人。"杰克说。

　　"说得好像是我的错一样。"阿玛拉·纳玛尼厉声说道。

　　阿玛拉是女孩儿的名字。保安人员要登记他们的名字,于是杰克知道了女孩儿的名字。

　　"你毁掉了我的指挥中心。"

　　"指挥……中心?"这个词比"临时操作舱"显得高端一些,杰克心想,他转过头,目光看向别处,努力忍住不笑,"我不和你说话。"

　　阿玛拉没有吭声。杰克也没有吭声。但他最后还是没忍住,他实在想知道一些事。

　　"你为什么建造'拳击手'?"

　　"你不是不和我说话吗?"阿玛拉瞥了一眼杰克,直到发现杰克的不满才转头看着门口,似乎在计划怎么冒险逃走。

　　"你说你不会卖了它,那你用它来干吗?抢银行,还是别的什么?"

　　杰克听说,要是开着机甲猎人去抢劫,警察会动用导弹攻击,而不是警车。

　　阿玛拉回忆着过去,她的眼神中透露出一丝恍惚,过了一会儿,她才开口道:"我建造'拳击手',是因为它们会卷土重来。"她的语气渐渐变得凝重,"我说的是怪兽。如果它们重现,我绝不会再像以前那样待在原地不动,只等着别人来救我,绝对不会!"

杰克很理解她，他也不想那样做。卸下坚强的假面具，阿玛拉像变了个人似的。但杰克还没来得及细想，PPDC 的工作人员打开了牢房。

"你，"其中一个人对杰克说，"出来！"

审讯室各个方向上都安装了全息影像发射器，它们发射出的闪烁光线形成人形。

啊，是老式远程审讯程序。杰克心想。

审讯通常以这种远程的方式开始，如果认为受审人需要一些恐吓，警察才会进入审讯室。过去几年里，杰克和警察直接谈话的机会并不多。

不一会儿，杰克眼前出现了一个令他意想不到的人。

森真子！

森真子穿着 PPDC 秘书长的制服，看起来很厉害的样子。虫洞关闭的最后关头，她幸存了下来，之后数次升官，最后官位高过了她的父亲（呃……他们的父亲）。现在，她是 PPDC 的头儿。

"是你！"杰克兴高采烈地说道。

能够见到森真子，杰克别提多高兴了。他希望她能帮自己解决这些麻烦事儿。

"我的好姐姐，打几个电话，叫人做点儿事，我再签几份文件？"

森真子没有马上回答，而当她开口时，气氛已经不像最初那样愉快了。

"真心希望不会再见到你这副模样。"

"走了狗屎运而已，"杰克有些尴尬地说道，"我会想办法出去的。"

森真子没有买他的账，说道："父亲过去常说，运气要自己掌控。"

这样的教育对杰克来说完全是错误的。森真子不该提父亲。杰克最不想谈起的就是父亲。

"没错，父亲说了很多东西。"他的语气变得很不礼貌。他在试图激怒森真子，但失败了。

森真子已经变得相当成熟稳重，不会再理会这些。

"你坐在红色的机甲猎人里，上面还安装着 PPDC 失窃的技术产品。"

"机甲猎人不是我的。"

"杰克，你有前科，事态严重。"

杰克不再耍嘴皮子。他知道，就算姐姐是 PPDC 的头儿，自己也未必能全身而退。他提示道："所以我才需要你——我的姐姐带我离开这里。"

"他们不会让你离开的，"森真子说，"不过有一个办法。"

"非常好，我喜欢你这样说。什么办法？"

"重新入伍，"森真子波澜不惊地说道，"完成你最初的梦想。"

这个答案出乎杰克的意料，他一时没忍住，哈哈大笑了起来。在他看来，这个主意实在太可笑了。

"我太老了，不适合当学员，真子。"

"没让你当学员，我让你训练学员。"

训练学员？杰克自己都差点儿没过学员考试，他哪有那个能耐训练学员？

"好吧，有第二个选择吗？"

森真子没有理会杰克。她一旦下定决心，就不会再听别人说什么。

"飞机已经准备好了，会送你们两个去蒙屿兰。"

蒙屿兰破碎穹顶基地，规模大，在中国，只是……

"我们……两个？"

"你和你的新队员，"森真子说，"旅途愉快，杰克！"

"真子？森真子！"

森真子切断通话，全息影像消失了。杰克又变成独自一人了。

TOP NEWS

怪兽狂热分子捣乱追悼仪式
通讯社报道

在史塔克·潘特考斯特和卢娜·潘特考斯特兄妹的家乡伦敦，出现了信仰怪兽的狂热分子。他们的目的是捣乱潘特考斯特兄妹纪念碑的奠基仪式。这个建造纪念碑的计划由来已久，但由于在选址和设计上未达成共识，一再延迟实施。

潘特考斯特兄妹出生于托特纳姆区，该区的白鹿巷附近有一个布鲁斯车城堡公园。

卢娜·潘特考斯特是皇家空军的飞行员，牺牲于怪兽大战的首次战役中。在那次战役中，被命名为"入侵者"（Trespasser）的怪兽在旧金山湾登陆。皇家空军支援分队配合美国空军作战，最后都损失惨重。卢娜·潘特考斯特牺牲后，英国为她颁发了维多利亚十字勋章。

史塔克·潘特考斯特起初也是一名皇家空军飞行员，后来加入了刚刚形成的猎人计划，成为一名驾驶员。他驾驶着"探戈狼"（Tango）执行了许多任务，其中，与怪兽"恶魔女巫"（Onibaba）在东京的战斗使他声名大噪。当时，他救了森真子的性命，而今，森真子成了PPDC的首领。然而，由于"探戈狼"反应堆设计简陋，史塔克受到辐射的影响而患上了疾病，转为监管PPDC的元帅。史塔克最后一次执行任务是2025年3月，他成功关闭了虫洞，但他和他的副驾驶查克·汉森都丢了性命。

警察很快驱散了游行队伍，奠基仪式顺利进行。当地警察局拒绝透露被捕人数与受损财产的数量。

4

太阳快落山了。

PPDC 的运输飞机穿过太平洋，蒙屿兰破碎穹顶基地出现在眼前。杰克心情复杂。这算是比较好听的说法了。他之前见过破碎穹顶基地，有关破碎穹顶的记忆，并不全是好的。

怪兽大战后，破碎穹顶基地经过了合并或重迁，蒙屿兰就是在这个过程中建立的。蒙屿兰位于上海市南部地区，占地四百平方公里，覆盖了晴川湾最大的几个山岛。主营在建筑群的中央，其中有机甲机舱与机械作业区。

当飞机靠近蒙屿兰左边时，整个基地的主体部分清晰可见。地堡式的建筑群，足有八到十层楼那么高，几百码宽，覆盖了包括破碎穹顶基地和大型室外停机坪——这个停机坪主要用于停靠跳鹰直升机、V龙直升机以及运输直升机。PPDC 的空军战队绝大部分是由运输直升机组成的。跳鹰直升机的外形和杰克还在基地时的外形差不多。机甲通过直升机，从破碎穹顶基地运往战略部署区域。V龙直升机不仅功能崭新，特点也与众不同。"V"指的是旋转发动机架，这种机架能够让直升机垂直起降，"V"也是垂直起落飞机的缩写。

绕过停机坪，经过破碎穹顶基地的前方，可以看到一条宽敞的柏油飞机跑道。靠海的一侧安装了液压升降梯。机甲进入水中执行任务时，就需要搭乘液压升降梯，然后到山岛附近的浅水域进行训练演习。升降梯的平台呈矩形，长约四十码，宽约三十码，这个大小有利于升降梯下降到水平面时，机甲有足够的活动空间离开升降梯。

升降梯平台再过去就到了基地的另一端，从跳鹰直升机停靠区开始，跑道变得越来越窄，沿着整个基地弯曲地延伸出去，跑道的底下顶着水泥巨石桩，形成了一个高于水平面的港湾。这里有四台室外分段式龙门起重机，机甲就在这里和跳鹰直升机对接。这些龙门起重机用桁架组装而成，内部安装了运输用的升降梯。每台龙门起重机旁边都有一座控制塔，分别配备着机甲监管技术员。当驾驶员进入机甲、启动电源后，监管技术员负责确认最后的准备工作。

人们在柏油跑道上忙碌着。技术员把油管运到外面，等候着跳鹰运输直升机，其他人则用小型机动板车把补给物品和机器运到建筑群内不同的地方去。技术员接受过高水平的训练，对每个步骤都进行着严格的管控。一切配合完美。杰克想起了以前当学员的时候，他十分惊讶，如此庞大的基地居然能让所有事情都有条不紊地进行，现在，他再次对此感到惊讶。

运输机低飞进入基地，经过整齐地立在跑道边上的老式火箭助推器。着陆后，杰克和阿玛拉走出飞机。他们单肩背着在加利福尼亚领取的露营包。

阿玛拉很紧张，她一直说个不停，运输机有多大、破碎穹顶基地有多大，还有太平洋有多辽阔……现在落地了，她终于说出了心里真正的想法："为什么是我？我的意思是，他们为什么要我参加这个计划？"

杰克也不是很确定，他猜测道："叫你来设计、驾驶你自己的机甲。你的机甲不一般。"

就像杰克猜测的那样，"拳击手"很快就出现了。它被吊挂在两架跳鹰直升机上，跟随着杰克和阿玛拉乘坐的运输机穿越了太平洋。自从"秋末艾克斯"在圣莫尼卡弄坏了"拳击手"，这是阿玛拉第一次见到"拳击手"。跳鹰直升机到达停机坪上空后就往下降，接着松开连着"拳击手"的电缆。身型娇小的"拳击手"稳稳地站在停机坪上……但是紧接着，它身子跟跄了一下，"砰"的一声正面倒地。

"喂！"阿玛拉不满地叫道。

工作人员跑过来重新系上电缆，跳鹰直升机让"拳击手"再次站稳。

"对我的'拳击手'温柔点儿！"

杰克本想告诉阿玛拉不用紧张，技术员会把"拳击手"运到机库的龙门起重机上，并且会尽快将它完全修复。可惜他还没来得及说，一个熟悉的声音传来，夹杂着吵闹的直升机旋翼声和技术员的叫喊声。

"看看这是谁来了！"

是内森·兰伯特。

兰伯特身材高大，体格健壮，下巴轮廓清晰，是众驾驶员中的佼佼者，也是杰克以前的搭档。他穿着军装背心，手上拿着重量不小的减速器，但仍大步流星地走过来，把身上的军牌弄得叮当作响。

"他们告诉我你来了，我还不信呢。"兰伯特面对杰克说道。

"内特[1]，"杰克点头示意，"这是阿玛拉·纳玛尼……"

"你应该叫我兰伯特驾驶员。"兰伯特抢过话茬道。

杰克愣了一下，说道："你在开玩笑吗？"

"这里是军事基地，"兰伯特说，语气非常严肃，"潘特考斯特驾驶员，还记得军事基地的规矩吗？"说着，他转向阿玛拉，语气缓和了些，"欢迎来到破碎穹顶基地，你将在这里学会如何拯救世界。"

兰伯特说完大步离开了，走向开着的机舱大门，走进这个机舱大门可以进入破碎穹顶基地内部。杰克跟了上去，阿玛拉也跟了过去，走在杰克旁边。

"那个'发型男'刚刚叫你潘特考斯特？"阿玛拉问道，一脸的难以置信，"就是那个英雄史塔克·潘特考斯特？那个'探戈狼'的驾驶员……"

"只是个称呼。"杰克说，他在思考内森想暗示什么。很显然，内森在责怪杰克当年抛下驾驶员计划，但这是内森的事。杰克要烦恼的是内森是否能放下这件事。

"这个称呼超赞！"阿玛拉说，语气中流露出崇拜。

杰克不喜欢，他不想阿玛拉崇拜自己，不想任何人崇拜自己。

---

[1] 内特（Nate），是杰克对内森（Nathan）的昵称。

"你怎么拿到通行证的？"阿玛拉又问道。

杰克生气了。他没有看到什么通行证，只看到了重返从前生活的单程票，而那样的生活，正是他曾经想尽一切办法要逃离的。

"继续走，别那么多话，可以吗？"

三人走进了三十层楼高的机舱大门。这扇面向太平洋的大门通向机甲的机舱。杰克能察觉到阿玛拉一直在看着自己。这个女孩儿把之前发生的不愉快忘得一干二净，看到杰克就忍不住"咯咯"笑起来。刚一进门，杰克就看到"欧米茄勇士"（Valor Omega）正被运入检修托架。他看着它，想起了以前。那时，机甲猎人大都还在生产当中，或者在进行部署前的最终技术筛查。"欧米茄勇士"全身都是武器，它肩膀宽厚、手臂粗大，臂膀末端有前臂能量加农炮，内层弹道铠甲以黑色为底，橙黄相间，这让杰克想起了火焰。

杰克环顾宽敞的机舱，看到还有其他机甲猎人。

"救赎者泰坦"（Titan Redeemer）身体笨重、臂膀宽大，左臂有一个巨大的晨星锤，其末端连着一个电击电缆。当它做出鞭打的动作时，电击电缆就会被甩出。另外，晨星锤手上有一个半径约为六十英尺的超高密度液态芯体，有了它，从炮位射出电击电缆时，攻击力就会加强。模拟测试显示，一次射击就可以杀死二级怪兽。晨星锤手上有数百颗长钉，未激活时长钉是平的，使用时则会向外展开，它可以给攻击目标的外部甲壳带来更大的破坏。"救赎者泰坦"的影子倒映在检修托架边上，与其本体融为一体。它是橄榄色的，便于隐藏自己。

"英勇保护者"（Guardian Bravo）是亮丽的红银相间。平日里，它那条由石墨烯制成的天穹之鞭会收起。除了色系与其他机甲猎人不同外，它的肩膀后还竖着一个通风竖管。杰克不熟悉"英勇保护者"的设计，不过他好像有点儿印象，这些通风竖管是用来产生静电的，然后通过内部通风机加强天穹之鞭的攻击力。在能力展示中，天穹之鞭证实了它释放的电流之强，甚至可以和常规的雷电闪击相当，能够切穿一米厚的钢铁。

"军刀雅典娜"（Saber Athena）在机舱的另一边。它身形轻盈、体型娇小，是 PPDC 设计的最与时俱进的一款机甲猎人。它移动速度快，能够和怪兽一较高下。事实上，由于改进了神经元传输系统，第六代机甲猎人的移动速度普遍高于前几代。而液压阻尼器的改进，使得机甲猎人更易于侧向移动。相比较于第二代和第三代机甲猎人，第六代机甲猎人就像空中飞人一般，而"军刀雅典娜"是它们之中最快的。为了配合"军刀雅典娜"的快速攻击，还特地设计出了一款武器——等离子双剑。"军刀雅典娜"的火力系统并不复杂，其主要任务是，在其他机甲猎人攻击目标两次之后，连续攻击目标五次。

下一个是"凤凰游击士"（Bracer Phoenix）。这是一个试验性的机甲猎人，操作舱中有三个驾驶位，其中，一个驾驶员将在副驾驶室负责控制破坏能力强大的超电磁炮。电磁炮圈装在"凤凰游击士"上腹部的导轨上，每分钟可以射出数百轮炮弹，每个炮弹大小如卡车。"凤凰游击士"还有一个新颖的设计，那就是它的膝盖是双向关节的，分割成段，可以前后弯曲。得益于这一改进，"凤凰游击士"腿上的第二个关节有弹回缓冲的作用，因而就算在发射电磁炮的时候，也能够保持平衡，持续前进。杰克离开 PPDC 的时候，这个设计概念还仅仅出现在画板上。怪兽大战期间，驾驶员资源短缺，三人一队的驾驶员组合非常奢侈，现在怪兽大战结束了，PPDC 有更大的空间去开发不同的驾驶规程。

最后，杰克的目光落在"复仇流浪者"（Gipsy Avenger）身上。这是"危险流浪者"的后继第六代机种。从"复仇流浪者"的头部造型和外部装甲的细节设计上，杰克看到了"危险流浪者"的影子，更别说它的蓝高光色系了。杰克曾做过"复仇流浪者"的驾驶员，再次见到老伙计，内心触动极大。他讨厌这种感觉。他宁愿让这些情绪随着时光一起流逝。"危险流浪者"能力超强，它力量强大、速度超快。左前臂配备着链剑，右臂则装备着引力吊索武器，杰克还没来得及接受这个武器的训练，就……

唉，杰克再也不要想起那件事了。就算他回归破碎穹顶基地，也不意味着他要回忆起过去的一切。先是和森真子不愉快的重逢，后又这么快见到内森·兰伯特，杰克感到心烦意乱。兰伯特明确表明，他不愿意见到杰克，还嘲讽说森真子是可怜杰克。没错，森真子给了杰克第二次机会，她很大方，但杰克并不确定是否应该接受。相比较于兰伯特的嘲讽，森真子的怜悯让杰克更难受。眼下，杰克要么进基地，要么去坐牢，他思来想去，决定还是先观察一下形势，等待时机逃离这个地方。

一行人走到机甲猎人的机舱中央，技术员或骑着机器人"爬行者"（Scramblers）交叉穿梭，或在其间走来走去。三人不得不一面躲避这些技术员，一面迂回前进。阿玛拉已经看呆了，没有跟上队伍。以前杰克的反应也和她一样，不过现在，他变得比较容易愤慨，他觉得阿玛拉很快也会这样。基地中的标语采用的是中英文双语，大部分技术员都说中文。怪兽没有国界，PPDC 从成立之初，就是一个国际性组织。现在，怪兽大战造成了大面积的破坏，没有一个国家能够独自承担重建费用，PPDC 也一直保留着其国际化的特点。

"模拟训练从早晨六点开始，"兰伯特厉声说，将阿玛拉从幻想中拉了出来，"你来迟了，错过了时机。再不赶上，就搭运输直升机回你原来的地方去！"

阿玛拉从惊吓中恢复过来，开口道："那是'救赎者泰坦'！还有'凤凰游击士'，三人操控机甲！还有这个'英勇保护者'！还有这个！'军刀雅典娜'！我超爱'军刀雅典娜'！它是机甲战队里最快的！"

杰克终于明白她在圣莫尼卡的住处为什么会帖着那些海报了，她喜欢机甲猎人，就像小孩儿崇拜音乐家，或者"油管"（YouTube）上的明星一样。而令杰克好奇的是，为什么整个基地都处于高度警戒状态。

"他们为什么都匆匆忙忙的？"杰克问内森。

"收到命令，要举办展览活动。邵小姐和她的团队明天会来基地。"

"邵小姐？"阿玛拉附和地问道，"邵丽雯？"

杰克再次想起阿玛拉的住处，那里有个邵丽雯的小神龛。在杰克看来，破碎穹顶基地是邵丽雯最好的去处，在这个世界上，没有哪个地方比这里更适合邵丽雯展示她的机甲猎人技术。

"我听他们说的。"兰伯特漫不经心地说道。

阿玛拉却觉得这是大事，她拼命摇晃着杰克："我的天哪，邵丽雯！你知道邵丽雯吗？她 17 岁就考取博士学位，像你这么大时，就已经是亿万富翁……"

"是，"杰克说，"我听说过她，谢谢你的介绍。"

"机甲猎人技术一半以上都是邵丽雯以前研发的。"阿玛拉抬头凝视着周围的机甲猎人，"简直不敢相信，我就要见到她了。"

"你想多了。"兰伯特看了阿玛拉一眼说道。

"你说什么？"阿玛拉深感受挫，"为什么？"

"你说呢？你只是个学员而已。"

"这不公平！"

"尽快习惯这里的规矩吧。"杰克建议说。

机甲猎人训练包括很多东西，但不包括"公平"。

阿玛拉生气地"哼"了一声，转过去看着机甲猎人。杰克明白，阿玛拉仰慕驾驶员和机甲猎人，对她来说，进入破碎穹顶基地是圆梦。不过对杰克来说，这种感觉已经是一种奢望了。

"哪个是你的机甲？"阿玛拉问兰伯特。

"'复仇流浪者'。"兰伯特说着往上指去。

"你驾驶'复仇流浪者'？"光凭这一点，就足以使阿玛拉对兰伯特刮目相看。

"复仇流浪者"脱胎于老式机器人"危险流浪者"，是个具有传奇性的机甲。"危险流浪者"在和怪兽最后一次大战中幸存了下来，它的驾驶员是罗利·贝克特和森真子，不过现在对于绝大多数人而言，"危险流浪者"只存在于想象当中。

"那是以前。"一个女人停下用于运输重物的"爬行者"，"在他的副驾驶收到来自私企的诱人的职位邀请之前，他确实驾驶着'复仇流浪者'。"女人走下"爬行者"，自我介绍道，"你好，我是朱尔斯·雷耶斯，是机甲猎人技术员。"

"我是阿玛拉，是学员。"

"杰克，是……驾驶员？"杰克抬头看着她。

女人留着乌黑的头发，乌黑的双眸，外表干练，属于那种走在街上回头率很高的类型。杰克对兼具能力与美貌的女性毫无抵抗力。

朱尔斯看着杰克道："久仰大名，潘特考斯特，至今没人打破你的纪录。"

阿玛拉好奇地问道："什么纪录？"

"都说了别和我说话。"杰克很不耐烦，他自己也意识到了。

兰伯特听到杰克的语气，整个人僵硬了。杰克不在乎。他不想旧事重提，尤其是以前在破碎穹顶基地的经历。

朱尔斯看出来了，但她假装没听见，继续说道："他们是怎么把你骗回来的？应该不是钱吧？"

"一言难尽，"杰克说，"如果你想听，我……"

"她不想听，"兰伯特突然打断杰克，把手上的零部件递给朱尔斯，"这是你要的。"

"是的。"朱尔斯笑着把零部件装到"爬行者"身上，"真厉害。"

兰伯特也笑了。杰克能感受到他们之间的火花。难怪兰伯特这么快就打断杰克的话。

"等我处理完这两个人的事就去找你。我去帮你。"兰伯特说。

技术分部的大门那头，机器的咔嗒声此起彼伏，响彻整个基地，制造出连绵不断的回声。杰克转过头，看到一位科学家，他穿着白大褂，戴着眼镜，动作很笨拙，因为撞到铁罐而摔倒了。那些铁罐原本整整齐齐地堆放着，被他一撞，在一个"爬行者"周围弹跳着滚动开来。"爬行者"驾驶员用中文呵斥了那个科学家。杰克认得，他是赫尔曼·戈特利布，他和另外一名科学家合作解开了怪兽创造者"先驱者"的秘密，他是 PPDC 历史上另一个传奇人物。

看着被自己搞砸的一切，戈特利布显得十分窘迫，结结巴巴地说着什么。他对中文一知半解，不得不猜测技术员说了什么。在蒙屿兰的大部分时间，戈特利布都待在实验室里，为的就是把语言不通带来的不利影响降到最低。

"哟，戈特利布！你没事吧？"兰伯特喊道。

"啊，"戈特利布看到兰伯特一行人，回应道，"没事。"说完，他又用中文向技术员道了歉。他看上去很兴奋，举起手里的纸，其中部分似乎已经被烧毁了，还在冒着烟。"还好赶到了！"他吹了吹那些烧毁的纸张走开了，一路上还读着纸上的笔记。

"这人好奇怪。"阿玛拉说。

朱尔斯看着远去的戈特利布说道："你不懂。"她走上"爬行者"机器人后，又补充了一句，"我们的学员、驾驶员，欢迎来到蒙屿兰破碎穹顶基地。"

杰克目送着朱尔斯骑着"爬行者"离开，这一切都被兰伯特看在眼里。

"潘特考斯特，向前看。"兰伯特说。

这是警告。

兰伯特说完继续向前走，杰克和阿玛拉跟在他后面。

"她刚刚说的纪录是什么？"阿玛拉问。

杰克不理她。

"说嘛。"阿玛拉催促道，"我们可是一起坐过牢的！"

杰克叹了口气。他并不打算多说，含糊其辞道："我还是学员那会儿，打破了期末考试部分项目的纪录。根据规定，学员进入第三代机甲猎人的 Drift 系统不得少于二十分钟。"

"你待了几分钟？"

"四个小时多一点点。"

杰克知道阿玛拉一定很佩服自己居然能坚持那么久，确实，四个小时的浮动神经元连接不容易。

"你的副驾驶是谁？"阿玛拉问道。

杰克瞥了一眼兰伯特。他不想说这段经历。显然，兰伯特也没兴趣到处说这些事。

"快跟上，阿玛拉学员！"兰伯特转头喊道，"是时候见见其他人了。"

TOP NEWS

大家好！

这里是亚太电台。我是拉尼娅·奇胡利。想必大家都听说过，邵氏工业计划采用无人机甲猎人替代现有的机甲猎人。我们很好奇驾驶员们会如何看待这一计划。现场记者菲利普·陈为我们找到了赫克·汉森，他曾是一名驾驶员，还短暂地担任过 PPDC 指挥官。他是在虫洞关闭、儿子查克死在"尤里卡突袭者"（Striker Eureka）中之后退役的。

（一起走进录播室。）

菲利普：赫克，你好！我是亚太电台的菲利普·陈。你听说过邵氏工业最近的无人机甲猎人计划吗？

赫克：难道我能选择不听？

菲利普：你怎么看？

赫克：关于遥控驾驶机甲猎人？这是我听过的最愚蠢的事。

菲利普：即使你儿子死在机甲猎人里面，你也不觉得这是一个好主意吗？

赫克：我儿子确实死在了机甲猎人里面，但是，如果不是有驾驶员在机甲猎人里，在"危险流浪者"里，我们所有人都会死。你觉得遥控驾驶机甲猎人能够决定是否要引爆机甲猎人反应堆？能够找到手动控制装置？滚蛋吧！

菲利普：但是，你也不得不承认……我说……

（出现"哔哔"声）

赫克：滚开！别再跟我提我儿子！

5

　　破碎穹顶基地的深处是八位新学员的营房。他们都是千里挑一的人才，年龄在十几岁，按照规定，男学员必须剪短发，女学员则小心谨慎地遵守着不化眼妆的规定。当他们聚在一起时，PPDC 在学员心目中的形象立马清晰起来。这八位学员来自六个不同的国家，他们身强力壮、体形健美、思想敏锐、聪明过人。最重要的是，他们动力十足，即使在休息时间，大部分人也都忙着参加各种训练。

　　梅林和玛丽科娃·维多利亚戴着练习浮动神经元连接的头盔，她们需要使彼此心意相通，共同操作全息影像的机甲猎人手臂，跟上战斗模式的节奏。但两人没有成功。机甲猎人的手臂不是发生痉挛，就是胡乱摆动。

　　"你没有同步。"梅林说。

　　小维用俄语骂了一通，又换了英语说："头盔有问题。"她摘掉头盔，机甲猎人手臂的全息影像消失了。

　　两个人开始摆弄头盔。小维金发碧眼，皮肤白皙，肌肉发达，比梅林高一大截。梅林弯着腰靠近电路板，查找着 Drift 系统连接断线的原因，黑黑的刘海儿下是她紧皱的眉头。每一个驾驶员都必须清楚机甲猎人设备所有的工作原理，熟悉每一处细节，因为有时需要在战场上进行修理，临时变更作战方案，这可不仅仅关系着驾驶员的性命。

　　在这里，没有人不知道罗利·贝克特关闭虫洞的整个经过。当时，"危险流浪者"遭遇了系统死机，落入了虫洞的另一侧，在那个被称为"Anteverse"星球的地狱般的空间里往下沉。千钧一发之际，罗利找到手动驱动装置，从而顺利返回逃生舱，这是因为他高度注重细节。不过，在这种新学员无法想象的情况下，罗利能够完成整个过程，靠的还有意志力。学员们信心十足，他们将以偶像为榜样，尽最大的努力成为像罗利那样的英雄，冠上和他一样等级的驾驶员头衔。

机甲猎人闪烁着手臂离去。不远处，雷娜塔和苏雷什在床与床的空隙间练习拳击。雷娜塔一拳打向苏雷什的嘴巴，苏雷什用手捂着嘴巴，后跳一步避开了。

"别！"苏雷什说。在所有新学员当中，他比较敏感，经常一副神情忧伤的模样，还老爱噘嘴示弱。"别打脸，雷娜塔！"

"不好意思，我错了。"雷娜塔学着苏雷什的表情说道，再次狠狠地打在苏雷什的脸上。

苏雷什还手，两人激烈地互殴起来，最后倒在了一张床上。另外两名学员——塔希玛和伊利亚正在那张床上玩儿着扑克牌。

"我赌你一个小时的娱乐时间，再加两张淋浴票。"塔希玛说。

伊利亚正在考虑这个赌注。

上铺的床位上，金海在床沿上做仰卧起坐，他的头往下垂。良一坐在他脚上，看着机甲猎人漫画。

"弃牌吧，伊利亚。"金海说着，把全身舒展开来，脑袋倒挂在伊利亚的脑袋旁，"你还是尽量用淋浴洗澡吧。"

"我用了麝香，"伊利亚反驳道，"你闻到的是麝香。"

这就是阿玛拉、杰克和兰伯特进入学员营房时看到的场景。良一第一个注意到他们。

"驾驶员到访！"良一喊道，迅速把漫画书塞到枕头下。

学员们匆忙排成一队，猛地一个立正。

兰伯特观察了一会儿，说道："学员们，这是阿玛拉·纳玛尼，她将与你们一起参加模拟训练，从明天早上开始。"

学员们打量着阿玛拉，反应各不相同。驾驶员的名额有限，新学员的加入意味着又多了一个人无法晋级。小维毫不掩饰自己的不满。

"这位是潘特考斯特驾驶员。"兰伯特又说，朝杰克点头示意。

这时，学员们的反应出现了巨大的反差，"潘特考斯特"的名字在房间里响起，急促又刺耳。学员们看着杰克，仿佛看着一个从历史书里走出来的人。这反应让杰克感到生气，但他努力克制着。

"潘特考斯特会辅助我教你们，直到我找到代替布尔克驾驶员的新副驾驶。"兰伯特转向杰克说，"你有什么要补充的吗？"

杰克看着这些年轻的面孔，他们一个个热血澎湃地盯着自己，等着自己说点儿意味深长的话，但他实在没有什么意味深长的话可说。说句"别学我"？或者"跟我学，一有机会就离开"？还是"我和你们说说史塔克·潘特考斯特的事吧，以及当他的儿子的感受"？不过最后，杰克只说了一句："我没什么要补充的。"

兰伯特生气地瞪着杰克。杰克知道，这种时候应该说点儿鼓励的话，而他没有，在兰伯特看来，这就是不敬。但这是兰伯特的问题，杰克才管不了那么多。

"玛丽科娃！"兰伯特吩咐小维，"安排一下，让纳玛尼做好训练准备。"

小维有些不乐意地回道："明白了，长官。"

"继续做你们的事吧。"兰伯特点了点头，转身离开。

杰克跟上去，回头再次看了看学员们。他不想待在这个地方，这在他的脸上写得清清楚楚。但他别无选择，否则就得去坐牢。反正无论如何，他才不会和一帮"驾驶员啦啦队"一起去拯救世界。虫洞关闭了，他们只是在消磨时间。

营房门关上了，留下阿玛拉和她的新……同事？（这样说可以吗？）

良一最先开口道："潘特考斯特！训练我们的是潘特考斯特家族的人耶！"

"所以呢？"小维显然决定不受任何事情的影响，"为了关闭虫洞而牺牲的又不是他。"她走回去检修自己的训练头盔，接着盖上头盔的面甲。接触点出现了。小维顺着每一个接触点找到电束。头盔接头通过这些电束将脑电波信号传送到 Drift 系统的驾驶支架上。从表面上看，一切正常，但有些地方显然出错了。小维用小型电路测试仪检查着接触点。

阿玛拉走上去，尴尬地站在那里，等待小维抬头。但小维一直低着头。

"呃……嗨，我要去哪儿……"

小维还是没有抬头。她还没找到出现故障的接触点。她打开电束外壳，检查是不是电线磨损或划破了。

"听说你自己建造了一个小型机甲猎人？"

"是啊，"阿玛拉说，整个人都兴奋起来了，"是'拳击手'。"她观察着忙碌的小维，同时开始思考，怎样才能制作出头盔的操作界面。"我驾驶'拳击手'也用这个装置……"她指着那束电线说。

小维站起来打断她："你想要把垃圾拼凑在一起，那是机械师做的事。蒙屿兰是驾驶员待的地方。"她不再说话，径直走向营房的另一端。

阿玛拉不知所措地站在原地。兰伯特不是叫这个人安顿自己吗？明天必须要参加训练！可自己连训练内容是什么都不知道，也不知道学员装备在哪里，甚至不知道睡在哪里……

"过来，我帮你吧。"另一位学员说。他拿起阿玛拉的露营包，带她走到营房的另一处。

"谢谢……"阿玛拉说。

"金海，欧阳金海。"

"欧阳金海？类似于和怪兽大战的驾驶员明皓和苏尹的名字？"阿玛拉感觉到，在这个蒙屿兰基地，只有自己和著名的驾驶员没有任何关系。

"我叫他们爸爸、妈妈，"金海笑着说，"你和小维交朋友了？"

"小维？"

"维多利亚的昵称。"另一个学员说，阿玛拉和金海走进来的时候，他正在打拳。

阿玛拉还不知道他叫什么。

"你不会想叫她'维多利亚'的。"

"她怎么了？"阿玛拉问。她开始在新环境中安定下来，看看哪个学员比较厉害。

"她考了三次入学考试才成功。"另一个在打拳击的学员说，"我是雷娜塔，这是苏雷什。"

"她不喜欢你加入这里的方式。"金海说，他指的是小维。

"这不能怪我。"阿玛拉说，"是他们把我从家里带过来的。"

"听说你家在海岸边。"金海说，"为什么你们不和其他人一样搬进内陆？是没钱吗？还是有其他原因？"

"他们死了，"阿玛拉低声回答道，"在圣莫尼卡遭到袭击的那天。"

其他学员都离开了，只剩下阿玛拉和金海。一提起父母，阿玛拉显得很伤心。

"小维的父母也死了。"金海说，"死于托马里袭击事件。嘿，你会说俄语吗？"

阿玛拉摇摇头。

"我教你几句，放松点儿，放好你的背包。"

阿玛拉和金海一同起身离开，这让阿玛拉感受到了一丝亲切。或许会有好结果的。阿玛拉有"拳击手"，有机会证明自己，或许还可以交到朋友。

TOP NEWS

无人机甲猎人计划委员会最终辩论
通讯社报道

PPDC发言人埃德温娜·奥格尔索普今天宣布，PPDC管理委员会将在下次会议中讨论如何处理邵氏工业的无人机甲猎人计划。会议将在管理委员会悉尼总部举行，是管理委员会历史上一次具有高度象征意义的会议。

悉尼是怪兽大战的主战场。怪兽大战期间，当所有的防御措施都宣告失败，尤其是悉尼备受欢迎的反怪兽墙倒塌之后，机甲猎人向世人证明了其阻挡怪兽的能力。

在管理委员会是否通过邵氏工业的计划这个问题上，管理委员会观察员存在分歧。据悉，有的委员担心，一旦通过该计划，即意味着在机甲猎人准备工作方面的大部分责任将放在一家公司手里，这是一个重大的安全问题。该计划的支持者则认为，邵氏工业的安全即PPDC的安全，无人机甲猎人战队成本低廉、维护需求小，以此来满足PPDC的需求并无不妥。

悉尼政府正准备应对由该计划的反对者和支持者组织的大规模游行。悉尼市区内，管理委员会大楼附近的区域将会遭到封锁，普通行人和机动车辆都不得进入。

通讯社将持续跟踪报道。

6

杰克走进房间，和记忆中一样，所有的东西都很实用，床铺下方的桌子、狭窄的浴室，还有比浴室更狭窄的衣柜。

衣柜门上挂着驾驶员制服，姓名牌上写着"潘特考斯特"。杰克将手伸过去，感受着上面的金属质感，还有过去时光的沉重感——那段他并不引以为傲的时光。或许这是他的第二次机会，去拥有一个不确定的未来。他逃无可逃，逃不开姓名牌的沉重，逃不开牺牲的烈士们树立的榜样。任何人都逃不开。

谁会希望获得和这些榜样一样的成功？

杰克想给阿玛拉几天时间，让她适应新环境，但训练的负责人是兰伯特，而且他已经在学员营房宣布阿玛拉的首次模拟训练将会安排在第二天早晨。基地中有一个运作良好的操作舱，专为模仿所有现存机甲猎人的性能而设计，模拟机舱就安排在这个操作舱中。今天的模拟训练对象是"救赎者泰坦"，阿玛拉和苏雷什搭档。

听完关于 Drift 系统驾驶支架的简介，阿玛拉和苏雷什就进入了训练。二级怪兽"恶魔女巫"疯狂摧毁东京城区，虚拟跳鹰直升机在杂乱无章的城区中放下"救赎者泰坦"。

杰克小时候就已经有关于"恶魔女巫"的记忆了。2016 年，"恶魔女巫"在日本登陆，摧毁了东京大片地区，整个城市瞬间变成了废墟。直到那时，"探戈狼"才姗姗来迟。"探戈狼"和"恶魔女巫"作战期间，又有一部分地区被毁。最终，"探戈狼"战胜了"恶魔女巫"，成就了史塔克·潘特考斯特和塔姆欣·塞维尔这两位英雄。

在作战过程中，塔姆欣突然发病。潘特考斯特不得不独自驾驶机甲猎人继续战斗，由此对神经造成了巨大的生理压力。同时，由于"探戈狼"防护简陋，潘特考斯特几乎暴露在反应堆的辐射中，因而健康受损，不得不从驾驶员岗位上退下来。

这不仅是杰克对"恶魔女巫"的个人记忆，有一个人甚至亲眼见证了大战的发生，还差点儿丢了性命，那就是森真子。那次大战之后，森真子被潘特考斯特收养了。

模拟训练开始了，杰克怀疑兰伯特是不是故意选择了"恶魔女巫"，为的是逼他面对过去。这是驾驶员训练中一种典型的心理战术，目的是测试学员的意志力。兰伯特是想看看杰克这个回头浪子会有什么反应？

杰克不想再回忆。他得和兰伯特好好算下账，如果两人想要一起工作，确实有大把的事情要厘清楚。

"救赎者泰坦"冲向"恶魔女巫"，双方碰面的瞬间，"救赎者泰坦"使出了晨星锤。阿玛拉和苏雷什不是很熟悉 Drift 系统模拟训练，使出的招数简单而粗暴。晨星锤砸向"恶魔女巫"的外壳，没造成什么伤害。"恶魔女巫"用螯打开晨星锤，一把抓住"救赎者泰坦"，并扯碎了"救赎者泰坦"的几块铠甲。

从拍摄的操作舱内视频可以看到，阿玛拉和苏雷什在 Drift 系统驾驶支架上猛烈地晃动着，弄得火花四溅。这也是模拟训练的一部分。

"警告！"电脑发出提示，"大脑半球失联。警告！"

"我们需要重新连接大脑半球！"苏雷什大喊。

阿玛拉努力让"救赎者泰坦"保持稳定："我正在连接！"

模拟训练视频显示，"恶魔女巫"举起一只螯打入"救赎者泰坦"的头部，操作舱发生剧烈的颤动，舱内的灯熄灭了。

模拟训练结束，空气一度凝滞。要是现实中，两名学员都没命了。操作舱的前舱门打开，发出阵阵刺耳声，里面的灯重新亮起。苏雷什很烦躁，阿玛拉则一脸尴尬。磁浮系统一直将苏雷什和阿玛拉固定住，现在自动脱离，两人降到了操作舱的地面上。杰克听到身后传来学员互相嘟囔抱怨的声音。

兰伯特站在一排电脑终端旁边，面对操作舱，低头对阿玛拉皱眉。"听到你和'秋末艾克斯'过了几招的时候，我以为你挺厉害的，"兰伯特说，"然而现在，我完全没有感觉到。"

有个学员忍不住窃笑起来。

阿玛拉摘下头盔说："带着这个鬼东西，我怎么能进入 Drift 系统？"很显然，她在掩饰自己的羞愧，"闻起来像脚臭味儿。"

兰伯特没有反驳，但他反问道："我让你开口了吗，学员？"

杰克走进兰伯特的视线中。他并不是要照顾阿玛拉的感受，想要成为一名驾驶员，就必须变得厚脸皮一点儿。他只是不喜欢兰伯特处理事情的方式。进入 Drift 系统，树立自信心很关键。作为训练员，既要指出学员的错误，同时也必须让学员相信自己。兰伯特只做到了前者，并且，他故意在和杰克一起进来的学员身上挑刺儿。杰克认为兰伯特真正要针对的根本不是阿玛拉。

"你让她对抗的怪兽，差点儿让老驾驶员都丧命。"杰克说。不用说，他口中那个"老驾驶员"就是他父亲。"她还没准备好。"

兰伯特面朝杰克说道："或许不只有她不属于这里。"

杰克在心里"哼"了一声。还真是不出他所料。

"你对我有意见，冲着我来就可以。她还年轻。"

"我们以前也很年轻。"兰伯特说。

杰克有点儿吃惊，他意识到自己或许也陷入了"针对"的游戏中了，就像此时此刻的兰伯特一样。

"说到点子上了，"兰伯特继续说，"你年轻的时候，Drift 系统连接性能高，是个很好的驾驶员，能和队里的任何一个人完成浮动神经元连接……"

"是的，我还记得，不用你提醒。"杰克打断兰伯特。他不打算让事情继续发酵。兰伯特不再针对阿玛拉，这就够了。

杰克回到岗位上。模拟训练电脑正在分析苏雷什和阿玛拉 Drift 连接的配合程度，根据显示，两人的配合还能再上一个台阶。

兰伯特从后面看了一会儿杰克，接着继续处理手头的工作。

"良一、雷娜塔，你们两个上，给我们的新学员示范示范。"

浑蛋！杰克在心里骂道。兰伯特居然以这种方式批评一个三十小时之前还蜗居在仓库里的小孩儿，实在很不要脸！杰克往下看着阿玛拉，她正在解开 Drift 系统的驾驶支架，眼睛没有看任何人。要是兰伯特一直这么没有耐心，恐怕还没来得及激发出阿玛拉的潜力，阿玛拉就会被迫退出这个计划。

之后的几天，是一系列的训练活动以及模拟训练。在杰克看来，这些学员各个聪明过人，心思细腻，技术娴熟，潜力巨大。他们只是缺乏实战经验，以及一个懂得随机应变的教练。杰克可不认为内森·兰伯特能够做到随机应变，他很苦恼，一直到深夜，他突然想喝杯啤酒，这或许会激发出一点儿灵感。

这个时候，除了两千平方英尺的不锈钢和瓷砖地板，破碎穹顶基地的厨房可以说是空无一物。杰克发现冰箱里有个驾驶员专用格，不对其他人开放。里面肯定有啤酒。杰克想。或许 PPDC 严格规定了啤酒的数量，文件中肯定有一份报告，详细记录了冰箱里有且只能有一定数量啤酒的理由。他抿了一小口啤酒，一边在冰激凌冷冻格里翻找，一边想着这份工作是否值得。

当兰伯特走进厨房的时候，杰克才发现自己还穿着拖鞋和浴袍。在破碎穹顶基地的公共区域穿成这样确实有点儿不像话。但和住在废弃的大楼里时一样，杰克习惯穿成这样。无论在哪里都要坚持做自己。这才是杰克·潘特考斯特！

"衣服不错。"兰伯特说。

杰克站起来，眼睛扫过冷冻格，随后抬起头来。"朱尔斯喜欢这睡衣，"杰克说，"身边终于有人喜欢和你一样的风格，感觉一定很不错吧？"他打开冰箱，扔了一瓶啤酒给兰伯特。

兰伯特点头致谢，接着道："冰激凌在底层左边的格子里，冰冻汉堡后面。"

果然是这里！

杰克找到冰激凌并拿了出来，这宝贝冰冻甜品有一加仑那么多！

"干！"杰克说完，开始收集做圣代冰激凌需要的所有食材。

兰伯特小口小口地喝着啤酒，过了一会儿，他终于说出了心中所想：

"你是想再次证明你父亲是错的？"

杰克心情不错，他才没有上钩，回答道："不是，我只是回来看看你的人造下巴有没有出问题而已。"

兰伯特的下巴抖了抖，被杰克敏锐的目光捕捉到了……之后，这个前任搭档居然莞尔一笑："完全没问题，是吧？"

"非常翘，"杰克说，脸上露出了笑容，"孩子们肯定喜欢。"

能和内森和睦相处，感觉还不错。杰克不喜欢两人之间的紧张气氛，毕竟他们曾是密友。

兰伯特脸上的笑容渐渐淡去，但并没有完全消失："老朋友，他们敬佩我们。我们要给他们树立榜样，向他们示范应该如何共同合作。"

杰克喷洒着生奶油，弄出很大的动静，捣鼓了一阵，他把奶油罐头放在桌子上，说道："怪兽大战十年前就已经结束了。"

兰伯特摇摇头："要知道，敌人的目的就是让我们觉得它们已经战败了，但它们并没有。"

杰克装作在认真思考，说道："我猜它们会派一个巨型怪兽来疯狂地攻击我们。"

"'先驱者'要是想歼灭全人类，不可能只派怪兽来扫平几座城市。"兰伯特说，"这根本不是它们的计划！"

内森以前说过很多事，最后都被证明是正确的。这次也不会例外，可惜，此时的杰克心思不在这里。杰克不想争辩，他只想做好分内的事情，自己能勉强过生活就可以了。要是非让他按照内森·兰伯特说的去做，那他宁愿去坐牢，或者死在索尼的枪下。

"听着，内森，我对你没有意见，"杰克说，"我来这里只是因为和你以及你的学员待在一起，要好过待在那丁点儿大的牢房里，或者和那些吓死人的大块头做伴。"

"我很感动。"内森说。

杰克继续道："学员学到了什么？他们还有两个月就毕业了。"

"是六个月。"兰伯特纠正道。

"六个月？"这个期限比杰克以为的要长，或者说计划的要长，"好吧，六个月。告诉你，从现在开始，无论你让学员进行什么军事训练，我都会说'按他说的做'之类的话，等你觉得他们有资格做驾驶员了，我就会滚回去继续我的生活。"

倘若杰克是想以此激怒兰伯特，那么他失败了。

兰伯特心平气和地说道："或许很快就可以了，而且比你想象的要快。"

"怎么可能？"

"明天举办大型展览活动。邵氏工业正在推销新型无人机甲猎人技术，到时候就不再需要我们这些驾驶员了。"

没有驾驶员就没有学员，没有学员就不再需要教官，也就不再需要把杰克·潘特考斯特困在破碎穹顶基地了，到时候，他就可以在加利福尼亚州好好快活了。但……这可能吗？阿玛拉倒是觉得邵丽雯无所不能。也许邵丽雯真的无所不能呢？不管怎么样，虫洞关闭十年了，全世界都在质疑投资大笔资金维持猎人计划的必要性。很快，政府官员的重要性就会胜过军人、士兵。一向如此。

"好……"杰克慢腾腾地说道，"这听起来像是我逃出监狱的王牌。"

内森知道杰克在试图激怒自己，他不予理会，只是慢悠悠地朝门口走去。走着走着，他突然说了一句："潘特考斯特，希望一切如你所愿。不过你知道的，如果留下来，你可以变得更好。"

"我没有离开，是他们把我开除了。"

"谁的错？"内森没等杰克回答，喝完剩下的啤酒后便离开了，半路上，他把啤酒罐扔到了可回收垃圾桶里。

杰克独自一人待在厨房里，愣愣地盯着那杯圣代。他偶尔挺理解内森的。他们两个总是在斗嘴，仿佛天生就是对手。有时候，事情发展到两人几乎剑拔弩张的地步；有时候，杰克不得不承认自己或许有点儿反应过度。

那么现在……

杰克不知道自己的真实感受，但有一件事从来不曾变——他非常非常讨厌别人告诉他本可以如何如何！

国际机器人工程和人工智能协会（IREAIA）公告栏
新成员简介：邵氏工业纽顿·盖斯勒博士

　　IREAIA 热烈欢迎纽顿·盖斯勒博士成为精英咨询委员会最新成员。对此，我们倍感骄傲。

　　盖斯勒博士来自柏林，他考取了麻省理工学院多个博士学位，现任中华人民共和国上海邵氏工业高级研究员、创新研究部主任。盖斯勒博士负责监管机甲猎人遥控系统、机甲猎人技术综合性研究的研发工作，同时负责多重意识一体化协议生理学研究，即 Drift 系统。

　　在接任邵氏工业的现任职位之前，盖斯勒博士曾在 PPDC 的 K- 科技部担任高级研究员。他还是一名实验操作能力极强的机器人专家。在科技部工作期间，盖斯勒博士开辟了研究怪兽的实验工作，主要了解怪兽生理原理和意识状态，并为 Drift 系统的早期研发奠定了技术基础，推动了 Drift 系统的研发。

　　作为精英咨询委员会的一员，盖斯勒博士对 IREAIA 立场公告书享有表决权，同时也将参与本协会资金资助工作与科学推广工作。

　　盖斯勒博士拥有高学位，且名声显赫，智勇双全。IREAIA 为精英咨询委员会能够找到这样一位成员而自豪，同时也期待盖斯勒博士的未来之声能为协会带来可观的发展。

7

次日，邵丽雯到达无人机甲猎人展览活动的现场。她到访期间，所有和展览无关的活动都被搁置。在破碎穹顶基地，前一天还是一片混乱嘈杂，今天却仿佛万籁俱寂。在这个领域，邵丽雯是最有权势的人，PPDC 撤离所有站点，就是为了讨好她。

邵丽雯穿着白色套装，身上的每一个细节都体现着她的用心，几乎可以说是完美无瑕。她是修补工和黑客出身，现在领导着世界上最重要的几家科技制造企业。她知道怎样才能体现出领导风范。

邵丽雯走进破碎穹顶基地，她身边跟着一队安保小分队，其中包括约瑟夫·伯克。杰克在驾驶员训练的时候见过他。兰伯特怒视着伯克，这令杰克感到好奇。接着，森真子和纽顿·盖斯勒带着邵氏工业的后续部队出现了。杰克非常惊讶，他还是不习惯他的姐姐穿着 PPDC 秘书长的制服。纽顿·盖斯勒也不一样了。在杰克的记忆中，怪兽大战录像里面出现的纽顿·盖斯勒衣衫褴褛、头发凌乱，而现在，他是一位企业模范，衣着整洁，头发也修剪得整整齐齐，脸上还带着一点儿得意。是因为在私人企业获得了丰厚的报酬吗？总之，纽顿·盖斯勒过去的形象已经不复存在。权接替赫尔克·汉森，成了 PPDC 的元帅，他和几个驾驶员一同等着邵丽雯和她的保卫队走近。

权伸出手，用中文自我介绍道："邵小姐，我是元帅权，很荣幸见到你。"

邵丽雯只是低头看了看，可以看出她很不自在。

纽顿冲上去解释道："抱歉，抱歉，邵小姐不喜欢和人握手。"说着，他代替邵丽雯和权握了握手，"我是纽顿·盖斯勒，研发的主……哇噢，你手劲儿不错。"纽顿转向邵丽雯，翻译了刚刚自己的话。

邵丽雯对权说了句话，显然是在问候。一系列准备活动之后，她又询问了展览开始的时间。权指向兰伯特，打了个手势让他们过来。起初他们用中文交谈，直到看到森真子，权才改用英语道："秘书长，我们接下来会移步作战室。"

森真子点点头："辛苦了，元帅。"

杰克看着森真子忍不住笑了起来。她在这里，杰克更加觉得自己是这里的一分子。

"又见到你了，真开心。"

"我也是。"森真子说着，拿出杰克的制服和驾驶员夹克外套，"你穿上它们会好看点儿。"

显然邵丽雯也这样认为。经过杰克身边时，她的视线落在杰克身上，片刻后才移开。

有趣的事情要发生了。杰克心里这么想着，但他不确定是什么。

权和伯克跟在邵丽雯身后，三人走了过去。纽顿·盖斯勒也跟在后面，他故意靠近杰克道："是他吗？我在说什么，当然是他啊！"他握住杰克的手，装模作样地大幅度摆动着，仿佛记者就在他面前似的。"我是纽顿·盖斯勒，很高兴见到你。不得不说，我是你父亲的忠实粉丝。"盖斯勒突然变换了声音和语调，模仿起史塔克·潘特考斯特来，抑扬顿挫地说道，"'今天，我们要结束这世界末日！'"说完又换回自己的声音道，"我很喜欢这句话，我经常说。"

杰克简直不敢相信，眼前这个巧舌如簧的伪君子居然会是纽顿·盖斯勒——那个曾经与怪兽建立浮动神经元连接、帮忙拯救世界的人。如果是金钱让盖斯勒变成了这样，那他真应该待在 PPDC，或者回到黑市去兜售叫卖。

戈特利布突然冒出来，喊着他的老伙计："呀！纽顿！我以为你会跟上来，那我就可以让你帮我做个实验……"

纽顿友好地打断他，语气中带着些许自命不凡："兄弟，我现在有事在身，过会儿才有空，到时再玩玩你的试验管。”

“离展览活动开始还早着呢，”戈特利布说，“你对怪兽心理学那么感兴趣，我想你会想要看看我的研究项目的。”

纽顿看了一眼邵丽雯，但邵丽雯没有看他。他又转头看了看杰克和森真子，最后耸耸肩说：“好吧！待会儿我要做演示解说，时间够吗？你一定要睁大眼睛，好好看看什么才叫酷毙了。”

戈特利布推搡着纽顿穿过人群，两人走进实验室。

“一会儿就好，”戈特利布说，“我也不想强迫你，但是……”

“瞎说什么呢，”纽顿说，“我们曾经做过大脑搭桥，要不是我们从怪兽的脑袋里拿到情报，罗利也无法关闭虫洞。兄弟，我们就是这样的人。”

两人原本相谈甚欢，只是不一会儿，纽顿看了看表说道：“但我现在时间有点儿紧，所以……”

“哦，好，嗯……”戈特利布在堆满桌子的笔记中翻找着什么。他的电脑终端器在隔壁。

以前两人共享一个实验室，从那时起，纽顿乱中有序的习惯多少传染给了戈特利布，如今，戈特利布成了一个洁癖狂。

戈特利布拿出一沓纸：“调派部署！”

“调派部署？”

“调派部署机甲猎人，用跳鹰直升机完成机甲猎人作战部署工作需要的时间太长，怪兽攻击带来的破坏损失……”戈特利布抓起另一沓边缘已经变黑和折弯的纸张，“啊！在这里。我想到一个解决办法。”

纽顿粗略地看了看笔记，咯咯笑了起来，他的目光停留在第一页的末尾部分。

“火箭助推器？世界上哪有那么高助推质量比的燃料？”

“在这个世界的确没有。”戈特利布说。

纽顿抬起头，看到戈特利布手里拿着一小瓶蓝色液体。

“怪兽血液？”纽顿问道。就算是在实验室里，他也不想看到这玩意儿。怪兽血液危险性太高。

"是的！"戈特利布高声喊道，"我发现怪兽血液和铈、镧、钇等稀有金属接触后很容易起化学反应……"

"老兄，你可不能拿着这东西干蠢事啊。"纽顿劝道，"你会炸死自己的。"他说完又看了看笔记，"你已经干过了，是不是？你已经完成实验了，还发生爆炸了。"

"我只需修改一下反应方程。"戈特利布一副完全不在乎的样子，"没有人比你更了解怪兽的内部结构了，要是你能看看……"

"老兄，你不用这么操心了。一旦我的老板的无人机甲猎人计划得到批准，部署时长将不再是问题，一年之后，无人机甲猎人就会遍布全世界。"

"你的意思是不打算帮我了？"戈特利布感到有些难过，他既为纽顿骄傲，但同时也觉得受到了伤害。

纽顿犹豫不决，他和戈特利布曾经合作很愉快，可现在有其他事情牵涉其中……纽顿的手表响起"哔哔"声，他低头看了看，该去参加邵丽雯的新型无人机甲猎人展览了。

"抱歉，"纽顿说，"工作上的事，迟到了不好。"

"纽顿？"戈特利布的语气有点儿异样。

纽顿还没到门口，他停住脚步，转身看着戈特利布。

戈特利布表情伤感而焦虑。

"我……我一直在做噩梦，梦到我们一起看到的那些场景，一起和那恶心的怪兽大脑浮动神经元连接的场景。"

"我知道，"纽顿说，他理解戈特利布，"但那只是短时间的亢奋，不是吗？"

当年虫洞关闭之后，纽顿就没有再和戈特利布一起工作了。他一直在忙其他的研究项目，忙着忙着，便忘了他们曾经是多么亲密无间。尽管在戈特利布看来，两人对那段共同经历的看法大相径庭，但他们仍因这段经历而联系紧密。

"没有人知道那是一种怎样的感受……那种进入怪兽大脑的感受。除了我们——我和你——我们两个。"

纽顿察觉到戈特利布是在乞求自己。这个老搭档在乞求什么呢？支持他？他到底在乞求什么？纽顿很想帮他，却又不知道如何帮。戈特利布这个人古怪至极，但他们俩一起拯救了世界。纽顿站在那里，思考应该如何处理这种矛盾的心理。就在这时，邵丽雯的安保主管康匆匆走进实验室。借此机会，纽顿总算摆脱了对过去这段友情的忠诚。鬼知道！他再也不想体验这种感觉了。

"盖斯勒博士，"康用普通话说道，"时间到了。"

纽顿匆忙沿着走廊奔跑而去，他穿过走廊，走出K-科技部，来到作战室，终于赶上了邵丽雯和她的随从。

"你和戈特利布博士关系很好，是吗，在怪兽大战的时候？"邵丽雯用普通话说道。

纽顿也用普通话回答，他是想告诉邵丽雯，他和戈特利布只是曾经共用过一个实验室而已，但是很明显，他没能解释清楚。

"说英语，"邵丽雯严厉地说道，但她自己说的还是普通话，"你说起普通话来像个白痴。"

"嗯，好。"纽顿说。他并没有觉得自己说普通话时像个白痴，不过邵丽雯是老板，还是别惹她生气了，至少不是现在。他改用英语道："我们共用一个实验室。"

"他是你朋友？"

纽顿犹豫了一下，他的朋友不多，一直以来，他更喜欢与机器、图表相伴，而不是和其他人待在一起，但他过去却和戈特利布……"是啊，"最后他说，"他是我朋友。"

纽顿和邵丽雯一行人从机甲猎人的机舱边上通过，抄近路走向作战室。机舱里，驾驶员、学员和机甲猎人技术员三三两两地来回奔波着。邵丽雯想到了另一个关于纽顿和戈特利布的问题，刚要开口问，一个年轻的学员脱离了自己的队伍，走到邵丽雯跟前问道："邵小姐？"这名学员眼睛发亮，心情澎湃，看起来完全被邵丽雯迷住了。

"我想说……你……的一切……我自己做了机甲猎人，小……小型的，用的零件很多都产自邵氏工业。"

邵丽雯看着纽顿："他们怎么让小孩子进来？"

"她应该是学员。"

"邵小姐，我很快就会成为机甲猎人驾驶员。"女孩儿说。她的姓名牌上写着：阿玛拉·纳玛尼。

邵丽雯改用英文道："恭喜。"说着，她勉强挤出一点儿笑容。她不怎么说英文，也很少练习微笑，因而显得很不自然。

女孩儿完全不在乎，她盯着邵丽雯，直到邵丽雯再次用英语说道："麻烦让开。"

女孩儿这才难过地走到一边去。邵丽雯带着她的队伍继续往前走。纽顿看着女孩儿，示意很抱歉，但女孩儿并没有看纽顿。纽顿脚步匆匆地赶上邵丽雯。"你笑得不错，下次可以闲聊一会儿。"纽顿建议说，"或者只聊……"

邵丽雯又换回了中文，问道："你和戈特利布博士聊了什么？"她仿佛刚才根本没有遇到什么学员似的。

"没什么，只是关于机舱助推器的想法，很古怪……"

"在森真子秘书长向委员会最高层推荐邵氏工业的计划之前，别有什么差错，我承担不起。"邵丽雯语速很快，纽顿差点儿没跟上，"投票之前不许找戈特利布博士。"

一个小时以前，纽顿确实很不乐意与戈特利布打交道，但当他见到戈特利布、想起了过去共同奋斗的快乐时光时，尤其是现在邵丽雯这样无礼，纽顿突然想要维护戈特利布了。他可不喜欢被人呼来喝去。

"他对我们没有坏处……"

邵丽雯停下脚步，转身面对纽顿，用普通话说了一大堆纽顿听不懂的话。

"你……你能再说一遍吗？"纽顿问道，"速度再慢个80%。"

邵丽雯换成英语，慢慢地、一字一顿地说道："我说，别让我质疑你的忠诚。"

"绝对不会。"纽顿努力保持着缓和的语气。邵丽雯认识他的时候，他是口齿伶俐、讨人喜欢的盖斯勒博士，他可不想让邵丽雯觉得自己在挑战她的权威。"完全没问题，反正我们也很少说话。"

"那我就放心了。"邵丽雯说，"提高一下你的普通话水平，我不想用任何其他语言重复我说的话。"

机甲猎人守护者

——给森真子的公开信

秘书长女士：

我们一直尝试理解无人机甲猎人计划，不得不说，有点儿困难。如果没有贝克特兄弟出现在"危险流浪者"的故事里，"危险流浪者"还是"危险流浪者"吗？如果没有魏氏三兄弟驾驶"暴风赤红"，香港海港上还会有"暴风赤红"纪念碑吗？如果凯德诺夫斯基夫妇没有死在"切尔诺阿尔法"里，香港海港上还会有"切尔诺阿尔法"纪念碑吗？你知道答案。没有人会给机器建纪念碑，或许这没有什么，或许我们真的不需要再建纪念碑。怪兽大战已经结束了，不是吗？机甲猎人还有很多有意义的事可以做。记得"秋末艾克斯"吗？它在洛杉矶阻止了高速公路立交桥砸在市郊往返列车上。

或许，由机器来做这些事也无妨，但也可能不行。

驾驶员是英雄，我们需要英雄，人们都需要英雄，只有人类可以成为英雄。

森真子，如果你在听，请记住，机器可以很壮观，可以做有意义的事情，但是它们无法成为英雄。

8

在作战室里，邵丽雯站在一个无人机甲猎人超大全息图像前。从效率上考虑，与其重新设计无人机甲猎人的外观和体形，不如修改现有的结构，这款无人机甲猎人的头部，就是参照其他机甲猎人的外形设计出来的。无人机甲猎人与人类驾驶的机甲猎人在外表上最大的不同就在于头部的结构。前者不需要腾出空间安装 Drift 系统驾驶支架和人类生命保障系统，头部相对较小，虽然同样是位于两肩之间，但位置偏低一些。而后者通常设有窗口，驾驶员可以透过窗口看到感应器和机器设备看不到的事物。在这个窗口的位置上，无人机甲猎人只有一盏红色的灯，通过这盏灯，可以看清这个机械巨人的外表。事实上，这个"眼睛"是一个多频谱动作视觉感应器，为了迎合人类的特点，"眼睛"被安装在无人机甲猎人的"脸"上。邵丽雯本可以把感应器放在其他地方，但她明白，保留一些与人类相似的特点，普通百姓受到惊吓的可能性会降低点儿。

驾驶员和机甲猎人技术员们整整齐齐地站在邵丽雯身边。他们旁观着，脸上带着怀疑的神情，有些人甚至露出明显的反对态度。混在他们之中的，还有秘书长森真子、戈特利布和安保人员。

邵丽雯让盖斯勒博士和伯克站在她身边，和她一起做介绍。无论面对什么样的问题，他们都能够回答。伯克曾是驾驶员，而且是内森的副驾驶——没错，他就是那个离开了 PPDC，到私企去任职的人。

邵丽雯先是介绍了无人机甲猎人机械方面的详细信息，接着介绍无人机甲猎人计划的核心内容，这一部分才是真正具有颠覆性、创新性的内容。

"我设计的系统通过量子数据内核处理指令。"邵丽雯说。这时，一幅量子数据内核的全息影像演示图出现了。"有了它，可以减轻神经元的负荷，也就是说，只需要一名驾驶员，就可以在世界的任何地方使用远程连线控制无人机甲猎人。委员会一旦批准实施部署，就不再需要费尽心思地挑选、训练与 Drift 系统相匹配的驾驶员。"

邵丽雯预想到会有人在这点上提出问题，因而停顿了一会儿，以便伯克和盖斯勒博士能够及时回答问题，或成功转移问题的关注点。她是对的。一提到 PPDC 不再需要与 Drift 系统相匹配的驾驶员，作战室里的人立刻不满地抱怨起来。悉尼的管理委员会主要由 PPDC 各成员国的代表组成，无人机甲猎人计划的最终决定权在管理委员会手上，不过邵丽雯知道，如果可以提前处理好个别驾驶员担心的问题，计划执行起来会更加顺利。

兰伯特代表其他驾驶员站起来，他对该计划尤其不满。这也在邵丽雯预料之中。她已经想好如何回答有可能面对的各种问题。

"你觉得一帮人坐在办公室里动动操纵杆就可以阻止怪兽的袭击？"兰伯特问，带着鄙视的语气。

"内森，不仅可以阻止怪兽的袭击，而且无须再冒不必要的生命危险。"伯克说。

"和你听说的恰恰相反，"邵丽雯补充道，"我们并不是来这里赶你们离开的。"她尝试将文辞说得圆通得体、友好和蔼一些，但从她口中说出来，却显得极不协调。并非一定要得到驾驶员们的支持后，她的计划才能得到 PPDC 的批准，但在这个过程中，矛盾越少越好。

"我们双方的合作非常重要，"伯克说，"还有什么问题？"

驾驶员和技术员纷纷提出自己的质疑，作战室一片喧闹，所有人都不相信邵丽雯会和他们合作，一点儿都不相信。无人机甲猎人计划的重点就是迫使驾驶员和技术员离开 Drift 系统驾驶支架，坐到操作室去，他们可不打算保持沉默。

"我们不要你这该死的无人机甲猎人！"一名姓黄的驾驶员大声叫道，"我们是驾驶员，不是某些收入高得离谱的办公室员工！"

杰克也这样觉得，不过他没有一起大喊大叫，而是离开了作战室。他想先冷静冷静，以免说出令自己后悔的话来。此时此刻，杰克为自己姓"潘特考斯特"而羞愧。他十几岁的时候就离开了驾驶员计划，很多同伴至今仍为此非难他，尽管如此，他说的每一句话都会在很大程度上影响到整个驾驶员团队。

杰克爬上钢制楼梯，走到狭窄的人行通道上，这条通道围着机甲猎人机舱的外部楼层。这些高大壮观的机甲以立正的姿势站着，等待下一个保护人类的时刻，但如果邵丽雯的计划被通过，那一刻将不会再来临。

杰克身后的人行道上传来脚步声，森真子走过来站在他身旁。

"事情进展得挺顺利嘛，"杰克说，"还有多久，他们就会把这里关掉？我什么时候可以回家？"

"我不信任无人机甲猎人技术，"森真子说，"至少现在还不信任。"

"但是看起来很完美。"杰克说。

"它的远程系统可以被人黑入，并且被破坏。"

真有意思！杰克的心不禁触动了一下。

森真子也曾是驾驶员，她明白其中的危险隐患。

"你的票很关键，是吧？怎么决定，你懂的。"

"我真希望可以走上去支持他们，要是大战那会儿用的是无人机甲猎人，或许父亲还活着。"森真子凝望远方，看着广阔的机甲猎人机舱，看向"复仇流浪者"。

杰克知道，森真子是想到了"流浪者"的前身。

"还有罗利。"森真子低声说道。

这话杰克没听懂。"他的死和怪兽大战有什么关系吗？新闻说他是患了癌症。"看到森真子痛苦的表情，他意识到自己无法理解失去搭档对于姐姐来说意味着什么，那个和她并肩作战的人，和她一起完成浮动神经元连接的人……"你没事吧？"

森真子点点头："虫洞另一侧的详细情况仍是机密。"接着她回到了杰克的第一个问题上，即关于罗利是怎么死的，"罗利在'Anteverse'星球上遭到了某种辐射，我们发现得太晚。"说到这里，她停顿了一会儿。

杰克知道森真子在说一些对她而言很重要的事。她当时已经到那里了，就站在"Anteverse"星球边上，和罗利一起……

"你真的没事吧？"杰克神色紧张地问道，脑袋里蹦出各种糟糕的可能性。

森真子又点点头，说："罗利把我的逃生舱弹出机甲，当时我的身体出现了状况，无法驾驶机甲，我没有受到辐射，他却很严重。"

杰克知道这段故事，当时，罗利弹出森真子的逃生舱，启动"危险流浪者"反应堆引爆装置，在最后一刻才弹出自己的逃生舱。对于"Anteverse"星球的辐射，杰克并不知情。PPDC 收藏了许多连驾驶员也不知道的秘密。

"对不起，"杰克说，"之前我不知道。"

"我们改变不了过去，"森真子依然看着"危险流浪者"，"但可以创造未来。许多人都希望见到无人机甲猎人投入使用。管理委员会几乎有一半的人支持邵丽雯，他们不会喜欢我的决定。"

"要不我和你一起去，给你点儿精神上的支持？"杰克问道，他是在以弟弟身份和姐姐说话，"我还没去过悉尼，听说悉尼很不错。"

"很开心你这么主动，"森真子笑着说，"我已经向管理委员会最高层提出请求，把'复仇流浪者'列为'仪仗机甲'。"

"哇！打住！'仪仗机甲'？我不知道这是什么意思。"

按照杰克之前的想法，在森真子走上峰会讲台之前，他会在后台陪着她，给她讲一些笑话，让她明白无论发生什么，都有人支持着她。

但……"仪仗机甲"是什么？

"不是说在精神上支持我吗？"森真子戳了下杰克。

"'复仇流浪者'是兰伯特的。"

这才是问题所在。森真子打算怎么和兰伯特解释？兰伯特一定会大喊森真子这是"任人唯亲"，喊到他们到达悉尼为止。

"兰伯特的前副驾驶成了邵丽雯的员工，兰伯特需要新的副驾驶。"森真子没有再往下说，后面的话让杰克自己想，他很快就能明白。

无人机甲猎人若真的投入使用，可能会让所有的驾驶员不能再驾驶机甲猎人。森真子这样做，不是为了确保杰克乐观看待对这个可能性，她关心的是，此时此地能够在最大程度上强化驾驶员的能力，以及……阻止杰克再次逃走，毕竟他才刚刚回归猎人计划。

"那个新的副驾驶，就是你已经知道的、可以完成浮动神经元连接的人，是吧？"杰克忍俊不禁道，"就知道你的小算盘，想让我中圈套。"

森真子脸上重现笑容："我不明白你的意思。"

"好啦，姐，我答应你。"杰克突然想到了什么，又说，"不过你告诉兰伯特的时候，我要在场，他肯定要气疯了，气得说不出话来，那表情，就像这样……"他模仿着做出兰伯特的表情——一名硬汉驾驶员因恼怒而表情僵硬、下巴收紧、双眉紧皱，两眼之间出现皱纹……

森真子大笑起来。杰克就在这时离开了。如果明天要去悉尼，他要准备不少东西。看着杰克，森真子脸上的笑容渐渐消散。

TOP NEWS

这里是新南威尔士广播，我是莱尔·斯卡拉布里尼。现在是现场直播。

这里是 PPDC 委员会大楼外的广场。现场气氛非常紧张。

从大街到大楼前方有段很长的半圆形车道，车道上围着四排全副防暴武装的警察，他们控制着几万名群众。

可以看到，到处都是横幅。从这里向车道的另一边看过去，那里有少量的怪兽信徒，他们划定了一块区域。怪兽大战期间的服役士兵、成群结队的大战幸存者已经把信徒团团围住，而且……

不能太靠近他们，否则大部分广播内容肯定会被"哔哔"声盖过。

大部分信徒都忽视其他人的存在，他们在祈祷，还带来了怪兽骨头，将其围成圣坛，就在车道东面的路边上。

我距离信徒有点儿远，听不清他们在说什么。不过现在一片动乱，他们肯定在举行祈祷仪式。从各方面来看，这些信徒似乎没有理由关心机甲猎人是否变成无人机甲猎人。

我试着走近些，问问他们来这里的真正原因，但是警察很快就将我们赶出……

9

和其他环太平洋沿岸的大城市一样，怪兽大战期间，悉尼也受到了猛烈的攻击。不过悉尼是 PPDC 的总部所在地，这里的重建工作大部分已经完成，不像加利福尼亚州南部的那些城市。元帅和高级官员不仅负责着各自基地的工作，还在不同的沿岸区域指挥着资源的调配。PPDC 将在悉尼选定目标，向全世界展现统一立场。从市中心隐约可见管理委员会的总部。整个总部闪闪发光，焕然一新，站在海港的任何地方都能看见。海港周边与海岸线外围布满了反怪兽加农炮武器装置，从中头岬一直延伸到帕兹角，形成一个包围圈，与几座重建的海湾大桥相毗邻。管理委员会大楼建筑群外围布置着更加密集的加农炮。悉尼是一座具有象征意义的城市，是 PPDC 和机甲猎人防卫部队的指挥中心，从更广的意义上来说，它象征着国际间的某种合作—— 全世界人民曾并肩作战，击退了侵略者怪兽，把它们赶回了"Anteverse"星球。

管理委员会大楼周围的街道上，挤满了成群的示威者和好奇的旁观者，从机甲猎人粉丝俱乐部到怪兽崇拜者，仿佛世界上所有的团体组织都聚集在这里。他们在大楼周围的广场上占据了一小片区域。一群信仰怪兽的修道士神情庄重，穿着长袍，道貌岸然地站在那里不断地祈祷着，其他怪兽狂热分子以他们为中心围成一个圈。这些怪兽狂热分子大喊着口号，挥摆着指示牌，鼓吹着怪兽教会的信条。

两架跳鹰直升机运载着"复仇流浪者"经过港口，飞向管理委员会大楼。杰克坐在"复仇流浪者"里面。他通过视频看到了这一切。

有些示威者互相打起架来，安保部队忙着控制现场秩序。

当"复仇流浪者"出现时，许多充满敌意的示威者从争吵中停下来，纷纷把注意力转移到"复仇流浪者"身上。粉丝们欢呼雀跃，反复叫喊着口号，一些人甚至想从怪兽崇拜者手中夺过指示牌。安保部队赶紧把他们分开。好在事态没有加剧升级。这里简直就是个火药桶，一旦有人失控，整个儿就会被引燃。

怪兽大战开始以来，怪兽崇拜者的队伍不断壮大。他们认为，反抗怪兽就是冒犯上帝，他们憎恨 PPDC。疯狂时刻造就了疯狂人物。这就是杰克的看法。居然有人会认为怪兽是神圣的！这些人对上帝的看法还真是怪。他们的布道说辞，杰克都听过，毕竟在太平洋沿岸城市的废墟里，根本无法摆脱这些。怪兽崇拜者派出说道者在穷人和无家可归者之间寻找皈依者，杰克有时甚至觉得，他们占据了加利福尼亚州的每一个角落。和他们争吵或理论都毫无用处，最好的方式就是无视他们。

不管怎样，杰克现在有更重要的事情要做。这么多年来，这是他第一次和内森·兰伯特一起被固定在 Drift 系统驾驶支架上。不过兰伯特现在充满了敌意。联接蒙屿兰破碎穹顶基地任务控制室的信号视频里，权元帅与技术员忙于检查工作，确保杰克和兰伯特的神经元搭桥保持稳定。杰克感觉连接并不是很稳定，但只是暂时性的。他和兰伯特为了应对两人都不喜欢的局面，一直努力保持专业的工作态度。

"你们两个要做的只是站好，保持完美的姿势。"权元帅在通信器里说，"注意力集中，别睡着了。"

"收到，元帅。"兰伯特说。

不过杰克知道，兰伯特在想：旁边这家伙不把事情搞砸就算走运了！多年以来，杰克一直想忘记自己的驾驶员身份，如今在毫无准备的情况下驾驶机甲猎人，他本来就有些紧张，知道兰伯特的想法后就更加紧张了。

"准备投放！三、二、一，放！"

权元帅的命令在耳边响起。跳鹰直升机释放着电缆，在低于海拔两百英尺的地方，将"复仇流浪者"投放下去。机甲降落在管理委员会大楼附近的加固版投放坪上，轰隆声响彻云霄，降落时造成的冲击波扬起阵阵灰尘涌向人群，弄得不明所以的人们差点儿没站稳。

操作舱里，兰伯特瞪着杰克，杰克却开玩笑道："这不是站稳了吗？放松点儿。"

距离较近的怪兽崇拜者看到机甲猎人相当生气，他们开始往"复仇流浪者"的脚上扔水瓶和垃圾。形势顿时失去控制，PPDC 的安保部队介入，并展开了逮捕行动。

"哟，涨粉了。"杰克说。

"怪兽崇拜者总是挑事。"兰伯特不屑地说，"还有，我们的大脑现在连在一块儿，要是你能不再想朱尔斯，我会很感激。你们不可能的。"

"那你也别老想着揍扁我，"杰克顶回去，"同样不可能。"

其实大部分时间，杰克都在想如何使用机甲猎人的设备装置。和他上次进入操作舱比起来，这些设备更新和改变了不少。那个时候，他们完全站在地面上，操作服的靴子锁进固定装置里，面前的操作平台还是有形的。而如今，操作舱和操作系统大都全息影像化和虚拟化。驾驶员的靴子底部固定在地板上的发光矩形中。操作系统人工智能记录完驾驶员的初始位置后，地板会立刻往下移动，以对驾驶员进行动作分析。驾驶员悬在磁浮场中，这里也有 Drift 驾驶支架，驾驶员想做的每一个动作，都会得到即时的反应。和旧版机甲猎人操作系统相比，新版操作系统的后拉力减弱，信号传输能力增强，拟真感也更强。驾驶员的双脚锁进磁浮装置后，很容易产生人机合一的奇妙感觉，仿佛自己真的变身为巨型机器人，这是老式固定装置做不到的。

杰克脑海中思考着这种种不同，通过 Drift 系统，这些想法也出现在兰伯特的脑海中。当然，他也能感受到兰伯特的愤怒，那愤怒的背后是兰伯特努力隐藏的伤痕，但是因为有了 Drift 系统，这些伤痕不再是秘密。

兰伯特之所以为难杰克，其中一个原因是他知道杰克为什么这样做。兰伯特明白，杰克很清楚自己辜负了兰伯特，辜负了所有人，辜负了他的父亲。

"危险流浪者"的显示器弹出信号。杰克和兰伯特重新集中注意力。

有一架直升机朝这边飞来，数据显示，直升机属于 PPDC，并显示了一个名字：森真子——PPDC 秘书长。

直升机里的森真子放下显示怪兽素描像的数据平板电脑，抬起头来。她担心怪兽会死灰复燃，至于原因，她还没告诉杰克。森真子看到"复仇流浪者"高高耸立在人群中，她喜笑颜开。看到杰克在这儿，她长舒了一口气，毕竟杰克流浪多年，现在终于回到了属于他的地方，回到了机甲猎人的操作舱里。如今的猎人计划面临挑战，可 PPDC 里能意识到这一点的却寥寥无几。有杰克在身边，危险时刻到来时，森真子有个人可以依靠，想到这儿，她便如释重负。

PPDC 安保部门在管理委员会大楼的正门入口处维持秩序，在人群中留出通道让一辆豪华轿车驶近正门。轿车停在大门前，邵丽雯走出豪车，后面跟着康主管和众多保镖。邵丽雯一出现，群众情绪激动，邵丽雯的粉丝不断疯狂尖叫着她的名字，朝她挥手索要签名照，他们还与 PPDC 的反对者以及怪兽崇拜者互相推搡着争抢前面的位置。这些反对者和怪兽崇拜者骂声不断，邵丽雯无视他们，泰然自若地走向正门。今天邵丽雯只有一个目的，那就是启动无人机甲猎人计划。多年的努力全凭一朝定胜负，邵丽雯相信自己定能不畏任何艰难险阻，很快实现目标。

在"复仇流浪者"操纵舱里，显示屏弹出一个很强的信号。看到这个信号，杰克和兰伯特立刻振作起来。"'流浪者'呼叫任务指挥中心，"兰伯特说，"你们看到了吗？"

信号显示，这是个小型货船，可行驶方式十分诡异。杰克听到任务指挥中心的技术员用普通话对权元帅说了几句话，权元帅用英语回答："'流浪者'，这里是任务指挥中心，技术员认为，有个未注册的机甲猎人出现，没有可识别信号。"

未注册机甲猎人？杰克知道不属于 PPDC 的机甲猎人只有"拳击手"，但"拳击手"已安全送回蒙屿兰破碎穹顶基地。眼前这个机甲猎人体型比"拳击手"大得多，是个全尺寸机甲猎人，杰克知道内森心里也这么盘算着。

过了一会儿，机甲猎人出现，杰克和兰伯特的猜疑得到证实。机甲猎人启动飞行装置飞上港口，蹲落在管理委员会大楼前方的海滨大道上。人们吓得目瞪口呆，根本想不起来要逃跑。杰克和兰伯特扫描身份未明的机甲猎人时，看到它身型线条流畅，身手敏捷，磨砂黑夹杂着亮橙色。显示屏标示出机甲猎人装甲上的几处地方，可能是武器装置，但杰克他们说不出是什么武器。

"这是谁？"杰克问，"是我们的人吗？"

兰伯特打开"复仇流浪者"的扩音器："未注册机甲猎人驾驶员，请关闭电源，走出操作舱。"

黑色机甲猎人没有回答，径自站在原地，环顾四周，观察周围的情况。

兰伯特按照PPDC的行动指示，再次警告："再重复一次，请关闭电源，立刻走出操作舱……"

黑色机甲猎人开火，连射几枚等离子导弹。

第二部分　遇袭

////////////////////////////

GIPSY
AVENGER

（邮件）

发信人：森真子
收信人：杰克·潘特考斯特
无主题
附件：899h25Gss24.jpg

发送中

发送失败
重试一次？是？否？

是

发送中

发送失败
重试一次？是？否？

是

10

　　任务控制中心吵吵嚷嚷的，突然传来权元帅的声音："开炮！继续给火箭炮装弹！"

　　第一波等离子导弹摧毁了攻击怪兽的加农炮，杰克刚刚缓过神儿来，见到黑色机甲猎人不再逐个儿击毁攻击怪兽的加农炮，正准备计划应对措施，黑色机甲猎人便连续炮击"复仇流浪者"，另外几枚导弹飞过"复仇流浪者"，PPDC管理委员会大楼正面遭到狂轰滥炸，面目全非。

　　"复仇流浪者"遭到多重攻击，警报四起，操作舱内部警报在响，任务指挥中心的警报也通过通信器传出。杰克抑制着内心愈演愈烈的恐慌，虽说他在模拟训练中表现出色、战无不胜，却从未参加过任何实战。时间仿佛越来越慢了，杰克渐渐感觉不到了周围事物的存在。他脑海里响起多个声音，兰伯特在喊他，他却只能听清楚史塔克·潘特考斯特的声音。史塔克说："你不适合驾驶机甲猎人。"杰克掉进了自己的回忆中，掉进了"心灵洞穴"。在浮动神经元连接的过程中，掉进"心灵洞穴"是很常见的事情。

　　"杰克！保持联系！"兰伯特在说话。

　　可杰克已经沉浸在了回忆中。"复仇流浪者"身体跟跄，开始站不稳，而这时杰克回到了过去，父亲的声音完全牵引着他。

　　"杰克！"兰伯特大叫。

　　黑色机甲猎人再次向"复仇流浪者"发射等离子导弹，"复仇流浪者"东倒西歪。

　　"潘特考斯特！"

　　兰伯特把杰克从回忆中拽出来，走出了"心灵洞穴"，杰克依然沉浸在 15 岁的经历中，脸上挂着泪珠。杰克意志混沌，试着搞清楚目前的局势："我……我们怎么了？"

"集中注意力，听我命令……当心！"

管理委员会大楼的外墙受到导弹攻击后摇摇欲坠，大楼正面很大的一块外墙掉落，砸向大楼下面的人群。人们相互推挤，想要逃离这位来者不善的入侵者，可却无处可逃，只能在路上哭天喊地。

操作舱里，兰伯特伸出手。

"复仇流浪者"一把接住了那块外墙，它差一点儿就砸在了人们的头上。康主管和安保特遣队连忙保护邵丽雯坐上轿车。轿车启动，小心翼翼地穿过拥挤的人群，驶到街道附近的空地上。

攻击"复仇流浪者"的导弹越来越多，导弹没有射穿"复仇流浪者"的装甲，但其外部装甲系统已严重损坏，导弹的冲击让"复仇流浪者"失去了平衡。

"电源在流失！"杰克叫喊道，警报在操作系统的监控屏上不断闪烁着。

"重启系统！"兰伯特说，操控着支架上的全息屏。

"杰克！"受到静电的影响，森真子的声音断断续续，"'复仇流浪者'的武器性能等同于……"

一阵刺耳的白噪声过后，再也听不到森真子的声音了。杰克看到显示屏的读数显示机甲猎人在干扰通信信号。这次袭击绝对是早有预谋的，时间精准到邵丽雯准备宣布停止使用人类驾驶的机甲猎人，并且 PPDC 的全体领导人全都共处一室之时。

杰克很想知道是谁。怪兽？恐怖分子？他们掌握了机甲猎人技术？这怎么可能？

杰克看着森真子所坐的那架直升机，那个陌生的机甲猎人正举起双手，对准直升机准备发射类似等离子加农炮的炮弹……

"内森！"杰克尖声大叫，声音里充满了恐惧。

多亏了 Drift 系统，兰伯特立即明白了杰克的意思。"电源恢复了！"

兰伯特说。下一秒，杰克把管理委员会大楼的那块外墙扔了出去，外墙飞过广场，砸向那位来者不善的机甲猎人。

数吨重的水泥钢筋砸在机甲猎人身上，碎片散落到人群之中，机甲猎人失去平衡，没有击中森真子的直升机。

杰克和兰伯特在驾驶支架中向前飞奔，"复仇流浪者"也冲向机甲猎人，飞奔到机甲猎人的身上，想要与它展开格斗。但那个黑色机甲猎人的动作比他们想象中的还快，它甩开了"复仇流浪者"，爪子擦过"复仇流浪者"的装甲。

"复仇流浪者"跌跌撞撞往回倒，撞到了后面的楼房，墙壁、窗户碎片都散落一地。"复仇流浪者"移开双脚，差点儿撞到街道上逃跑的人们。那一刻，趁杰克他们不注意，机甲猎人抓住"复仇流浪者"的腿，把"复仇流浪者"狠狠甩到另一座楼房上，接着拖到街上，一路上拖着成堆成堆的碎片、瓦砾。

紧接着，黑色机甲猎人跳到"复仇流浪者"身上，铁爪插进"复仇流浪者"操作舱附近的装甲里，准备拧掉"复仇流浪者"的头。

操作舱里，杰克用力顶住黑色机甲猎人的铁爪，兰伯特操作服的小臂位置弹出全息屏，按下指令键。"复仇流浪者"的链剑从前臂弹出，敌人被迫停止攻击。

"复仇流浪者"一站稳脚跟便转过身体，使出链剑，但对方动作太过敏捷，比一般的机甲猎人都敏捷。黑色机甲猎人躲开了链剑的攻击，一脚踹向"复仇流浪者"，"复仇流浪者"又摔倒在另一座楼房上。"复仇流浪者"在大街上很难再站稳，四处都是从楼房掉落下来的水泥、钢筋，还有汽车残骸。

"复仇流浪者"使出了链剑，而黑色机甲猎人也亮出武器，前臂弹出两门等离子武器。一开始杰克以为是等离子剑，直到看到武器边缘散开，发现居然是链锯，黑色机甲猎人居然有等离子链锯！

杰克他们举起链剑抵挡黑色机甲猎人的第一波攻击，差点儿招架不住，火花四溅，等离子四处洒落。等离子链锯射出等离子光，附近的窗户碎落一地，楼房烧焦。黑色机甲猎人猛地一摆，展开疯狂攻击，等离子光划过一座办公大厦的中间部位，大厦差点儿从中间裂开了。

"复仇流浪者"后退几步，寻找反击的机会，但杰克和兰伯特知道，他们的敌人动作比他们快很多。如果胡乱攻击，最后肯定会被撕成碎片。

黑色机甲猎人准备好进攻姿势，再次攻向"复仇流浪者"。

森真子的直升机驾驶员驾驶着直升机兜了个大圈儿，想找个安全之地降落。

"我们需要降落！"驾驶员大喊。

"绝对不可以，"森真子并不打算让杰克与黑色机甲猎人单打独斗，黑色机甲猎人的实力明显在"复仇流浪者"之上，可她知道杰克和兰伯特绝不会承认这一事实，而是会战斗到底，"我们必须帮忙。瞄准黑色机甲猎人！开火！"

驾驶员服从森真子的命令，但明显很不情愿。

"已锁定目标。"驾驶员说。

森真子眯紧双眼，她弟弟现在命悬一线："开火！"

杰克和兰伯特孤注一掷，只能与这位来路不明的机甲猎人进行最后一搏。黑色机甲猎人的速度前所未有的快，杰克甚至产生了幻觉，以为他们正驾驶着第一代机甲猎人，在与第五代机甲猎人对打。过了这么多年，杰克驾驶"复仇流浪者"的手感又回来了，杰克感觉到，他和兰伯特一起并肩作战，浮动神经元的连接越来越紧密，但这还远远不够。敌方不断攻击"复仇流浪者"的躯干和肩膀，如果还不能预测机甲猎人接下来的招数，很快黑色机甲猎人就会使出等离子链锯，彻底毁掉"复仇流浪者"。

黑色机甲猎人再一次攻击"复仇流浪者"，迫使"复仇流浪者"往后退，"复仇流浪者"侧身避开人群，从附近的办公大楼掉落而下的水泥、瓦砾困住了这些人。黑色机甲猎人乘势而上，杰克和兰伯特还没来得及举起链剑，黑色机甲猎人便站起来从"复仇流浪者"上方展开攻击。

黑色机甲猎人正准备往下射出等离子光，森真子乘坐的直升机连发数枚导弹，在黑色机甲猎人的手臂和头部引爆，黑色机甲猎人的进攻方向发生了偏离。等离子链锯与"复仇流浪者"擦身而过，直接穿过了附近的几层楼，楼房随即倒塌。楼房内部有物品卡住了等离子链锯，这时候便是"复仇流浪者"的绝佳反击时机。

"复仇流浪者"猛然扑向机甲猎人，森真子给"复仇流浪者"制造了机会，让"复仇流浪者"得以为下一次攻击强化攻击力度。"复仇流浪者"右臂有个火箭加力活塞组，专门用于提高拳击速度。"复仇流浪者"出拳的那一刻，火箭活塞点燃，普通的拳击招数升级为超音速拳击。测试显示，超音速拳击一拳就可以摧毁一架老式仿真机甲猎人。

不过，这个黑色机甲猎人的抵抗能力可比模拟训练的仿真机甲猎人强得多。"复仇流浪者"一拳打过去，轰隆声萦绕而起，周围的窗户全部爆裂，黑色机甲猎人被打飞在宽敞的大街上。黑色机甲猎人向两边甩出等离子链锯减慢身体的拖行速度，好让自己停下来。几个街区范围内，街道两边的办公大楼水平方向上都留下了深深的一条槽。黑色机甲猎人刹住自己、停止滑行的那一刻，又连发了几枚导弹。只有一些命中"复仇流浪者"，其他大都与"复仇流浪者"擦肩而过，在悉尼市中心很大的一片区域中爆炸。导弹摧毁了很多建筑物和停车楼，本以为已安全逃离战斗区的居民现在又要再次逃亡。

有一枚导弹击中了森真子直升机附近一座大厦的高层楼，随之而来的冲击波震破了机窗，直升机旋转不断，电火花引燃了机身内部。

杰克看到森真子的直升机失去了控制，直升机机尾旋转不停，同时飞机还一直下落，喊道："森真子面临坠机，快走！"

兰伯特立即行动起来，"启动引力吊索！"他喊道。

"复仇流浪者"的右手变成了一个助力投射组装武器，小小的圆锥体里可以操控物体重力。有座停车楼正在倒塌，上面的汽车不断掉落，"复仇流浪者"用引力吊索把这些汽车一扫而起，接着一个挥鞭，堆成一团的汽车便向黑色机甲猎人砸去，黑色机甲猎人受到重击，往后翻滚起来，完全失控。

黑色机甲猎人还没着地，杰克和兰伯特便全力冲刺跑向直升机，飞机还一直在旋转。杰克想要重新架起引力吊索，抓住直升机，可第一次用了之后现在还控制不了。

"给点儿反应！"杰克大声叫喊，他固定在 Drift 系统驾驶支架上，驾驶着"复仇流浪者"，开足马力以最快的速度跑了起来。

杰克和兰伯特两个人的身体都统一向前倾，"复仇流浪者"往前扑去，飞过几百码，伸直手去抓住坠落的直升机。

杰克透过操作舱的窗口，看到森真子在数据平板上疯狂地敲打着什么。森真子抬头看到杰克他们正在靠近，站起来趴在直升机的窗户上，这时"复仇流浪者"的手差点儿就抓住了直升机。直升机斜向旋冲掉地，重重摔在了人行道上，杰克撕心裂肺地吼叫着。直升机还在翻滚，飞机的旋翼摔毁，机身摔得粉碎，途中还撞上路边的汽车，最后飞机完全粉碎，不再滚动，直冒黑烟。

片刻，"复仇流浪者"重重降落在地上，周围的泥沙、碎片扬起，四周的窗户震到粉碎。窗户的玻璃碎片都还没完全掉地，杰克便解开驾驶支架，打开"复仇流浪者"头部的舱口。

"杰克！别！杰克！"兰伯特在后面叫着杰克。但在此时此刻，杰克完全忘记了他们的敌人黑色机甲猎人的存在，忘记了悉尼，忘记了 PPDC。杰克心里只有姐姐，他脱掉头盔，沿着"复仇流浪者"伸出的手臂朝飞机残骸飞奔。杰克心里明白姐姐肯定已命丧黄泉，他看到了整个坠机过程，知道在这种场合下不可能有人死里逃生。可直到他呼喊着姐姐而没有任何回应的时候，他才相信了这一残酷的事实。

那个凶神恶煞的黑色机甲猎人在杰克后方较远处，开始靠近"复仇流浪者"……可它突然停住了脚步。北面一组跳鹰直升机正在靠近，直升机上吊挂着三架机甲猎人。黑色机甲猎人观望不前，似乎是在估量作战胜率。后来它转身俯冲冲向港口。跳鹰直升机来到能够投放救援机甲猎人处的时候，黑色机甲猎人已经潜入水中。

TOP NEWS

声　明

　　PPDC 遭受到机甲猎人黑暗势力袭击，却仍负隅反抗，这一时刻是如此神圣，我们见证了这一时刻，让我们举手相庆。这将预示着 PPDC 委员会最终将会为他们的异端邪说付出沉重的代价，预示着"Anteverse"星球的力量日益壮大。过去，悉尼没有吸取怪兽"病毒"（Mutavore）的教训，同意设立管理委员会总部，从那一刻起，它就已选择了自己的命运。

　　我们已给予异教徒沉重的打击，有人隐瞒了上帝的本质，反抗怪兽，而怪兽就是上帝真真切切的化身，这些人现在受到了毁灭性的打击，我们为此欢呼雀跃。

　　我们会把改革进行到底，反对人文主义的盲目狂妄。怪兽教会呼吁全体人类，为你们的罪孽忏悔，承认怪兽就是上帝的信使这一神圣本质，以谦虚的态度，祈祷虫洞重见天日，为我们指明天堂之路。

　　愿上帝、愿怪兽信使赐福于你！

见证者

11

在不到一小时的时间内，杰克在回蒙屿兰破碎穹顶基地的飞机上做了任务报告，与权元帅一起完成了简短的战后汇报。权元帅知道杰克需要时间处理失去至亲之痛，恢复心情，然后才能和他们一起搞清楚这位来者不善的机甲猎人"黑曜石之怒"（Obsidian Fury）的来源和制造者，所以权元帅先让杰克自行离开。

杰克在大厅到处游荡，低头沉思，突然发现自己走进了"英雄堂"。墙上有一块匾额，上面写着：牺牲性命，造福世界，我们以你们为荣！"英雄堂"里面的走廊两边是驾驶员烈士的虚拟纪念碑，它们整齐地排列着。这些驾驶员有：贝克特兄弟、查克·汉森、魏氏三兄弟、萨莎和阿列克西斯·凯德诺夫斯基。

杰克正前方是他父亲的纪念碑，屏幕上的史塔克·潘特考斯特穿着全套元帅制服，傲然屹立，目光犀利地看着自己的儿子——一个最终还是重新承担起驾驶员职责的回头浪子。

史塔克·潘特考斯特纪念碑隔壁树立了一个新的纪念碑。杰克可没想到那么快就有了新的纪念碑，但它确确实实在这儿了，上面的名字是前驾驶员兼秘书长森真子，屏幕里的森真子也是穿着整套制服，笑容满面，陪在她的养父身边。森真子纪念碑前面堆满了鲜花、蜡烛、纪念品和手写的赞颂词。整个破碎穹顶基地都在哀悼森真子的离去。

我是这个家族唯一的幸存者了，杰克心想，除了我，全家人无一幸免。杰克走到森真子的纪念碑数字屏幕前，对她说："森真子，我一定会为你报仇的！"

接着杰克在屏幕边缘贴上一张照片，照片上有史塔克、杰克和森真子，史塔克双手揽着杰克和森真子，脸上露出不明显的笑容，这张照片是……杰克记不清具体时间了。反正就是杰克年轻的时候，他和父亲还没完全闹翻、一切都安然无恙的时候。

然而现在若想复旧如初，已然太晚。

TOP NEWS

PPDC 秘书长森真子死于机甲猎人攻击事件
通讯社报道

今天，某恶魔机甲猎人袭击了 PPDC 委员会峰会，大量群众死亡，其中包括 PPDC 秘书长森真子。在森真子赶往参加峰会的路上，她乘坐的直升机被恶魔机甲猎人的导弹击落，官方把这架机甲猎人称作"黑曜石之怒"。

许多报道证实森真子已经死亡，但 PPDC 并未在第一时间承认森真子的死讯。

森真子担任秘书长以前是一名驾驶员，是"危险流浪者"的副驾驶。"危险流浪者"在 2025 年执行了最后一次任务，那便是关闭虫洞口。森真子和罗利·贝克特也参与了这次任务，他们两个都得以幸存，但是罗利·贝克特后来死于一种罕见的癌症。森真子的养父——PPDC 的史塔克·潘特考斯特元帅——死于那次任务中。由于史塔克·潘特考斯特反对森真子成为一名驾驶员，所以她在他生前一直没能成为一名真正的驾驶员。然而森真子一直持之以恒地努力着，后来晋升为 PPDC 的领袖，之后还成为委员会的一员。

森真子的弟弟杰克·潘特考斯特还在人世，杰克·潘特考斯特曾经是一名 PPDC 学员，他最后一次出现是在加利福尼亚州的圣莫尼卡贫民窟，目前仍无法得知他的下落。

12

　　有人在"英雄堂"其中一道门内大喊大叫，门是关起来的，所以那个声音听起来很低沉，不过很容易听出那个人暴跳如雷。杰克朝着那个方向走去，他记得学员就是在那里接受Drift系统训练的。确实，叫声就是从这里传出的，门上还写着"Drift训练——学员初级"，过去他们把"学员初级Drift训练"叫作"Drift玩具训练"。叫声越来越大。

　　杰克走进去，看到阿玛拉坐在训练设备上。电脑提示：神经元连接失败。全息屏幕上是她的Drift模式。阿玛拉一拳打在全息屏幕上，拳头穿过了屏幕，这时她看到了杰克。她收起手，一脸尴尬，杰克也很尴尬。好一会儿，阿玛拉才说："我不擅长安慰别人，但内心对你姐姐的遭遇深表遗憾，这是和你没有血缘关系的姐姐……对吗？"

　　"'恶魔女巫'进攻的那天，森真子的亲生父母去世了，"杰克说，"我父亲收养了她，她是我的姐姐、我的家人。"

　　杰克的心情沉重，阿玛拉不知如何应对是好，只能故作轻松，开起玩笑来："小心别让兰伯特驾驶员看见你穿便服，否则他就会从后裤袋里拿出棍子来揍扁你。"

　　杰克笑了。阿玛拉尽了自己最大的努力，鉴于阿玛拉与人交往过程中通常只有嘲讽和无情的沉默，这算是不错的结果了。"我一点儿也不怕，安全得很！"

　　杰克走近刚刚被阿玛拉捶打的Drift系统设备查看，忍不住笑了起来，因为他看见设备的一端连着装有人脑的水槽，水槽里都是人工脑脊液，人脑泡在脑脊液里。水槽底部有一块牌子，上面的文字杰克烂熟于心：向萨莎致敬。她捐出大脑，供学员训练使用。萨莎最喜欢吃哪种糖？

"他们还在用萨莎的大脑？"杰克还记得当年他也是用萨莎的大脑训练 Drift 系统，杰克看到萨莎的大脑，差点儿触景生情。

"我无法与萨莎的大脑建立浮动神经元连接，"阿玛拉抱怨说，"其他学员经常训练 Drift 系统，我讨厌学东西像个小孩子一样慢。"

"放轻松，生闷气一点儿用处也没有。"杰克说， 那天杰克也学到了这个道理，想到这儿，杰克的心情变好了。虽然糟糕的一切已经发生，无法挽回，但或许还能为别人干点儿什么。

杰克靠近阿玛拉，在全息屏幕上选择一连串的指令，萨莎的大脑缩回放好，替代它的是 Drift 系统常规设备。

"放轻松，"阿玛拉说，又回到了平常那个冷嘲热讽的阿玛拉，"收到，教练。"

"别叫我教练。"杰克说。

"先生？"

杰克帮阿玛拉戴上训练头盔，说："脑子里面不可以有任何杂念，不要说话，否则连接会不成功。准备好了吗？"

阿玛拉很紧张，努力不表现出来，但向杰克竖起了大拇指。

"看看浮动神经元到底能不能连接成功。"杰克又重新选择一连串的指令。Drift 设备连接成功，杰克感受到与另一个人脑共同进入 Drift 系统的神经兴奋，阿玛拉也是如此，阿玛拉的神经兴奋更加强烈，因为她从没有过这样的经历。阿玛拉惊奇得大呼一口气，接着两人进入 Drift 系统那个意识交流结合的状态，杰克和阿玛拉的记忆相互交错，相互涌入彼此的大脑。

阿玛拉孩童时期，在后院里与哥哥追逐打闹。两个小孩儿见到父母便露出笑容，相互拥抱，共同享受着童年和生活的简单快乐。

阿玛拉骑着自行车，这辆自行车是她的生日礼物。她刚与妈妈从商店回来，她乖巧听话，得到了自行车声音制造器作为奖励，她把制造器安装在了车条上。阿玛拉越骑越快，声音制造器发出的"啪啪"声变成了"呼呼"声。

阿玛拉和爸爸一起在车库里，车库里有个汽车发动机，其中有些部分被拆卸下来，吊在滑轮组上。阿玛拉的父亲正给阿玛拉展示汽车活塞在气缸里的运转方式。阿玛拉和父亲清洁完发动机缸盖之后，把它放在滑轮组旁边的工作台上晾干。发动机缸盖一晾干，他们就装好缸盖垫圈，将缸盖装回到发动机上，之后把发动机安装到一辆汽车上。

8岁的杰克待在父亲的书房里。史塔克在破碎穹顶基地中视察机甲猎人。杰克拿起父亲桌子上的各种物品，比如钢笔、装有机械零件横截面设计蓝图的文件夹，杰克完全看不懂蓝图上画的是什么。接着，杰克发现父亲的元帅帽挂在桌子后面的衣帽架上。杰克把帽子从衣帽架钩上拿下来并戴上。帽子太大，遮住了杰克的眼睛。杰克往后推一下帽子，好看清楚东西，他看见了书房镜子里的自己。杰克的父亲是个重要人物，从事重要工作，杰克清楚这一点。终有一天，杰克会成为与父亲一样的人。杰克立正敬礼，仿佛自己处尊居显。

杰克正在参加学员训练，与内森·兰伯特一起慢跑。两人都足智多谋、雄心勃勃。夜晚训练完后，两人一起探讨拯救世界的事情，想着若怪兽卷土重来，他们甘做开路先锋。杰克和兰伯特越跑越快，沿着破碎穹顶基地外面的山丘，跑完一英里又一英里。倘若能跑去驾驶机甲猎人，杰克愿意冲出地球，奔向月球，再返回来。杰克是史塔克·潘特考斯特的儿子，任何事情都阻止不了杰克成为与父亲比肩的伟人。

森真子和杰克一起在格斗训练室，森真子举起木棒攻向杰克，杰克企图躲开，但森真子攻破了杰克的防守，一棒打在杰克的肋骨上。森真子退后，给杰克示范刚刚的动作，教他应该攻击哪个部位，同样重量级别的对手，集中注意力，向彼此的弱点进攻。再来一次，杰克一棒打下来，这次压得更近，可森真子还是躲开了。再重来，森真子鼓励杰克他能够做到，就是需要注意力集中，不要想其他事情，专注眼前，仅仅是眼前……

"警告，神经元连接不稳定。"

杰克脱离 Drift 神游症，查看训练监控设备上的 Drift 连接指数。杰克和阿玛拉之间的连接逐渐减弱，几乎到了红色警戒区域，一旦降到红色警戒区域，他们就得从头再来。

"集中精神。"杰克说，杰克重复森真子很久以前说过的话，开导阿玛拉。

杰克感受到阿玛拉再次聚精会神，记忆也重新清晰明了，Drift 连接恢复正常。"就这样，"杰克鼓励说，"连接越紧密，战斗力越强。"

阿玛拉笑了，杰克能感受到阿玛拉掌握了 Drift 之后的喜悦，"看来也不是很难，"阿玛拉说，"你居然住大宅！"阿玛拉接着又陷入了回忆，杰克察觉到她受到了冲击。

阿玛拉来到了圣莫尼卡码头，阳光明媚，有个长长的影子倒映在海滨栈道上。阿玛拉手里拿着宝丽来照片，四周的人们都在狂奔呐喊。附近有个声音在吼叫，阿玛拉从来没听过这样的声音。海边飘来一股味道，夹杂着海盐、焦糖爆米花和烧烤散发的气味……

"阿玛拉，别在回忆里沉迷，让它直接流过！"

这是杰克的声音，阿玛拉转身看到杰克，但……

阿玛拉的父亲出现了，面带微笑，手里拿着宝丽来相机。"阿玛拉，快过来！"父亲指着码头上的围栏说，阿玛拉的妈妈和弟弟已经站在了那里。阿玛拉他们挨得很近，父亲举起相机。"咔嗒"一声，宝丽来相片滑出相机，阿玛拉奔向父亲，从宝丽来相机里抽出相片，又跑回栏杆边。阿玛拉甩动相片，胶卷曝光后相片从一片灰色慢慢显现出人像，阿玛拉总是很喜欢见证这个过程。他们的整个身体渐渐成型，接着是脸部，背对着一望无际的太平洋。

"阿玛拉！别沉进去！"

突然有个声音响起，似乎是地震了，接着怪兽"暴徒"从海里跳上来，赫然耸立在那儿。海潮奔涌，凶猛的浪潮涌向码头的栏杆。码头摇摇晃晃，"暴徒"摧毁了整个码头桥墩，码头桥墩倒塌落水。四周的人们惊惶尖叫，阿玛拉僵在原地，手里拿着宝丽来相片。栈道裂开，阿玛拉的父母亲和弟弟站在裂口的另一边。

"警告，驾驶员神经元负荷超标。"
"阿玛拉！"

是杰克的声音，还有父亲的。父亲在裂口的另一边伸出手，怪兽赫然出现，咆哮着，声音大到足以晃动脚下的码头桥墩。"快跳过来！"阿玛拉犹豫不前，害怕桥下的滚滚海水。"宝贝，求你了，快跳向我！我保证一定会抓住你！阿玛拉！"

阿玛拉使出全身的力气冲过去一蹦，可正当双脚离开栈道时，怪兽一脚踩过来，阿玛拉眼前的码头桥墩碎骨粉尸，码头上的人无一幸免。阿玛拉的父亲也在那一刻离她而去，还有她母亲、弟弟，以及其他数百条性命。阿玛拉扑空落入水中，她瞠目结舌，看到怪兽从头上经过的影子，怪兽这个庞然大物走一步就会产生海水拉力，拽着阿玛拉。周边海水翻滚，阿玛拉开始出现胸灼痛。虽说阿玛拉略懂游泳，但也仅限于浮在水面上时，并且要有辅助工具。阿玛拉双脚蹬水，双臂胡乱摆动。她身边再次出现粼粼微光，她却在一堆碎木板之中渐渐往下沉。阿玛拉在水中一点点、一点点下沉，直到有人突然从后面抓住了她的肩膀……

"阿玛拉！嘿，醒醒！"
是杰克在叫她，阿玛拉不是在圣莫尼卡，也不是只有 4 岁，她现在身处蒙屿兰破碎穹顶基地的 Drift 系统训练室内，已经 15 岁。可刚才这一切是如此真实……
"我刚在梦里回家了，"阿玛拉说，"我感受到……"

　　阿玛拉全身颤抖，努力掩盖自己的恐惧，让杰克看到她如此脆弱、不堪一击，尴尬、羞愧之感涌上心头。阿玛拉抬头看着杰克，见到杰克脸上表露出来的同情。"我也能感受到。"杰克说。这就是 Drift？必须将心里所想毫无保留地展现给搭档，暴露一切害怕、伤心的往事，一切的软肋，那些藏在勇敢面具背后的软肋，不为外人所察觉的软肋？

　　杰克的通信器发出声音："杰克，我是内森，在吗？"

　　杰克还一直注视着阿玛拉，找到自己的通信器，回应："我在。"

　　"马上来实验室找我，元帅想要见我们俩，还有，别穿浴袍来。"

　　"收到，"杰克说，说完便特地对着阿玛拉翻了个白眼，"没穿浴袍。"

　　阿玛拉明显已经缓过来了，她不再害怕，也勇于再次尝试。

　　"我想再试一次。"阿玛拉说。

　　杰克说："今晚就到这儿吧。"杰克的声音出乎意料的温柔，让阿玛拉非常惊讶。

　　"我以为你会帮我。"阿玛拉说。想到杰克戴着他父亲的元帅帽，像个小屁孩儿军人一样敬礼，阿玛拉差点儿想一枪把他击毙，但她努力克制了自己。阿玛拉不想承认现在不适宜像往常社交一样尖酸刻薄和虚张声势。因此，即便阿玛拉想让杰克明白这次练习对她而言有多重要，但她还是故作轻松地说道："我还没找出萨莎最爱的是什么糖呢。"

　　"是椰蓉杏仁牛奶巧克力。"杰克说。

　　"你这不是在帮我，而是在帮我作弊，兔崽子！"

　　杰克走出门口的时候忍不住笑了。

　　杰克离开后，阿玛拉又坐在那里看着 Drift 设备。她已经筋疲力尽，可她不想放弃。毕竟她已经闯过了人生中最难的一关，杰克·潘特考斯特就在身边，现在 Drift 系统还能对她做什么呢？

　　阿玛拉操作全息影像系统终端，力气有点儿大，萨莎的大脑重新回到原来的位置。阿玛拉把头发甩到后面去，戴上训练头盔，"好的，萨莎，"她说，"你还喜欢其他什么糖块吗？"

　　她选择最终指令，启动 Drift 系统。

TOP NEWS

（社 论）

　　黑化机甲猎人身份仍然未明，悉尼政府仍在统计此次袭击引起的死亡人数，似乎没有人能搞清楚这次袭击的动机。怪兽狂热分子称会对这次袭击负责？千万别相信他们！就算怪兽狂热分子有能力造出一架机甲猎人，当时有另一架机甲猎人能够反击，为何他们会选择在这个时候袭击呢？恐怖分子不喜欢与势均力敌的敌人战斗，他们应该会派出那架机甲猎人，屠杀无辜老百姓，或者在"复仇流浪者"不在场的时候，去委员会的其中一次会议上杀死他们。不是这样吗？这完全不符合逻辑。

　　而现在的问题就在于PPDC无法确认那架机甲猎人从何而来。你也看到了，那架机甲猎人重创"复仇流浪者"，而且如果那架机甲猎人仍不停手，它可以完全把"复仇流浪者"打得落花流水，然后对悉尼为所欲为。

　　可为何那架机甲猎人不这样做呢？

　　你看出了什么？

　　我看出了有人能做出与PPDC研发的产品一样，甚至更好的产品，而我们却对他们的身份仍然一无所知。

　　比起一群怪兽狂热分子声称他们做了明显没做的事，这应该更加令人胆战心惊。

13

杰克和兰伯特一起前往破碎穹顶基地的 K- 科技部，路上杰克问兰伯特发生了什么事，兰伯特没有正面回答。"亲眼去看看比较好，"他说，"戈特利布会告诉你。"

两人来到实验室，戈特利布正眯着眼睛看着全息屏幕，上面显示了零零散散的色块和数字，看得人眼花缭乱。权元帅看着屏幕，杰克和兰伯特进入实验室时，他抬起头，向他们俩点头致意。杰克不明白戈特利布的目的。

"这是什么？"杰克问。

"一条信息，"权元帅说，"森真子发的。"

这句话对杰克而言简直是当头一棒，他脑海里又重新浮现杰克最后看到森真子的那一幕，"复仇流浪者"没能抓住直升机的那一刻，森真子趴在直升机的窗户上……杰克眨了眨眼，防止自己开小差，集中注意力关注目前的情况。

"森真子在直升机里发送过来的，之后她就……"戈特利布看着杰克，考虑要不要继续说，可最后还是清了清嗓子，继续说明情况，"是个数据包，超压缩数据包。"

"当时'黑曜石之怒'屏蔽了通信信号，"兰伯特说，"森真子怎么会有信号？"

"她没信号，"权元帅说，"这是支离破碎的。"

"所以就是没有。"杰克说。自己当时在干吗？

戈特利布眯着眼睛，操作着与那堆不规则乱码有关的程序。"在数据领域'没有'是相对的。"戈特利布说，他在并联屏幕上加快操作着那个程序，"稍稍修改快速编码算法，再用来计算，或许能够重组一点儿兆字节。"

编码出现在屏幕上。戈特利布自言自语。杰克很想知道能否收到姐姐的最后一条信息，可他只能站在这儿看着科学家倒腾数据，他已经很不耐烦了。他真希望他们确定了能成功挽救一些信息之后再叫他来这儿。如今杰克知道了这条信息的存在，如果戈特利布不能将其恢复，那么杰克肯定会用一生的时间去弄清楚那条信息的内容。

"看那儿。"戈特利布说。

整个全息屏幕上的图像分分合合，有些地方还是能看清，可……

"那……那是一只怪兽吗？"杰克大声惊叫道。

看起来非常像一只怪兽，虽然笔画很简单，样子很陌生，但那肯定是一只怪兽的脑袋。戈特利布启动终端系统，打开图像识别软件识别这幅图，在已知的怪兽里面搜索相关的图像。

"数据库匹配不成功。"

"难道是个标志？"兰伯特提示说，"与怪兽教会有关的标志？"

戈特利布又开始搜索与怪兽崇拜者有关的所有标志、图标与图案。"匹配失败。"戈特利布说。

"继续找，"权元帅命令，"无论是什么，既然是森真子拼命发出来的，就一定是重要信息，我想知道原因。"说完，他离开了，大概是去把这幅画的事情汇报给PPDC情报处，看看能否找到"黑曜石之怒"那个黑化机甲猎人的出处。

兰伯特还在看着那幅画，"敌人都还没倒下，你可绝不能放弃，"兰伯特看着杰克，"如果你是个真正的军人。"说完，他也跟着权元帅离开了。

杰克目不转睛地看着全息屏幕。这幅画是姐姐留下的最后一样东西，森真子在知道自己即将牺牲的时候，发出了这个，说明她想让杰克看到这幅画。

为什么？

杰克离开实验室之后，这个问题一直困扰着他。森真子在直升机坠落的时候就知道自己会丧命，她本来就知道"复仇流浪者"不能营救她。其实，尝试营救森真子这个主意，本来就并非明智之举，杰克心想，因为这根本难以实现。为了救森真子，"复仇流浪者"错过了阻挡"黑曜石之怒"这个首要任务。那个黑化机甲猎人看到机甲战队来了，便闻风而逃，跳入海里，可杰克禁不住想，如果能够给多点儿时间，让他分析这架机甲猎人，或许就能够找出破绽来。"复仇流浪者"确实遭到重创，这是毋庸置疑的事实。现在破碎穹顶基地也在分析这架机甲猎人，可杰克很久以前就懂得，有时候只能吃一堑长一智……只有这样，才有机会绝地反击。

现在杰克很希望能再遇到"黑曜石之怒"，完成最后的反击。

可事实是，杰克他们从未见过像"黑曜石之怒"这样动作如此迅速、流畅的机甲猎人，而它肯定还有同伙。总会有人时不时利用废弃装甲和组装技术建造起一个机器人来。杰克记得在塞尔维亚见过一架，兰伯特也提起过在乌兹别克斯坦以及南美洲见过其他的。很罕见，但不能说是完全闻所未闻。啊，"拳击手"也是其中之一。"拳击手"的体型小于正规的机甲猎人，但阿玛拉有一种不错的本能，能排除万难建造出令人惊叹的作品。

和阿玛拉做了浮动神经元连接之后，杰克对阿玛拉加深了了解。阿玛拉是个计算机迷，小时候痴迷一切带有发动机的事物——这就是阿玛拉，这或许是遗传了她的父亲对这些机器的痴迷。所以阿玛拉父亲做什么，阿玛拉也做什么？

杰克也常常这样反问自己为何想加入机甲猎人战队，杰克信仰机甲猎人，所以对机甲猎人感兴趣？还是因为他的父亲是大名鼎鼎的史塔克·潘特考斯特？

他一直想不清楚这个问题的答案，但可能这不重要。无论如何，来到一个地方开始生活，这已成为事实，无论如何都必须坚持下去。早些时候，杰克看到无人机甲猎人展示活动时，就已经准备好远离机甲猎人机构，完全忘记整个PPDC。之后杰克察觉到自己对Drift的感情，明白若再次回到驾驶舱他将多么开心，再接着与"黑曜石之怒"战斗，后来森真子……

杰克现在不再想要远离这种生活了，他明白过去的一切都已经是过眼云烟，他开始相信这是命中注定的。他必须重新驾驶"复仇流浪者"，找到"黑曜石之怒"，打败这个黑化魔鬼。他必须打败"黑曜石之怒"驾驶员，亲眼见到他们走出驾驶舱，这天很快就会到来。

在此之前，杰克要研究姐姐留给他的这幅画，找出其中的奥秘。

（备忘录）

邵丽雯专用

我们奉命负责在非工作时间监视纽顿·盖斯勒博士，对纽顿·盖斯勒的个人行为实行情报收集通用程序。监视结果如下：

盖斯勒博士经常在公寓周围的酒吧喝得酩酊大醉。

盖斯勒博士公寓的电费比公寓大楼其他住户和该区域相似公寓住户多得多，另外还有高额的红酒消费，其他日常开销未见异常。

未发现盖斯勒博士与邵氏工业竞争对手聘请的科学家与工程师有任何交往，PPDC的职员也未与盖斯勒博士有任何交往。

未发现盖斯勒博士在公共场合与他人谈论工作，无论其神志是否清醒。

未发现盖斯勒博士在公共场合与女伴交往，除了经常监听到他提起一位名叫爱丽丝的女性之外，爱丽丝身份未明。

初步结论：盖斯勒博士目前不存在任何威胁，但可能需要继续监视以作进一步观察。

康

14

　　纽顿知道邵丽雯在他下班之后监视他，他不怎么喜欢邵丽雯的做法，但他能理解邵丽雯这样做的原因。邵丽雯喜欢按部就班，讨厌事出不意。并且，她并不了解纽顿。虽说纽顿是个天才，但他的灵感总是时有时无，每次没有灵感、停滞不前时，他便会异常痛苦。当然邵丽雯是另一种天才，她有种特别的才华，并且能毫不迟疑地运用到现实当中去，就好像一道数学公式，她可以用来解决人生问题。邵丽雯已经腰缠万贯，纽顿加入邵氏工业之后也是如此。毫无疑问，邵氏工业的工资比 PPDC 的高很多。纽顿泡吧、寻欢作乐的时候，邵丽雯都派人跟踪他，纽顿对此满不在乎。邵丽雯可以刁难别人，可以对康主管及其他人恶言相对，纽顿也无所谓。只要纽顿在实验室里改良无人机甲猎人，邵丽雯便不会派人跟踪他。

　　纽顿去邵氏工业实验室的路上一直想着这些，夜已深，今天纽顿听说了骇人听闻的消息，"黑曜石之怒"袭击了 PPDC 委员会大楼。森真子太惨了，纽顿心想。纽顿一直以来都看好这个女孩子，他看着森真子从一个胆小羞怯、心神不定的学员变成 PPDC 的秘书长，老一代的驾驶员都已牺牲，只有森真子维持着老一代驾驶员的星星之火继续燃烧着。纽顿刚刚才想到这些，森真子是最后一位老一代驾驶员了。只有森真子和罗利活着离开了虫洞，而罗利已死于……其实纽顿也不太确定，这已经过去多年了。纽顿大部分时间都待在实验室里，但仍然不断回想着某些场景。

　　有部分场景纽顿在和戈特利布一起与怪兽大脑浮动神经元连接时见过，纽顿的意思不是说他没想过这些场景。纽顿知道这些场景对戈特利布的影响比对自己的影响大多了，可戈特利布从未离开过 PPDC，也不能像纽顿一样能够故意不去想某些事情。纽顿和戈特利布在 K- 科技部共同奋斗拯救世界，那段时光真的让人开怀。纽顿心想，那时整个人类的生死存亡都寄希望在两个 Drift 不匹配的驾驶员身上，而他们驾驶的机甲猎人在对战怪兽"尾立鼠"（Otachi）时已经很过时了，更别说对战怪兽"憎恶"（Scunner）和怪兽"迅龙"（Raiju）了。

这些怪兽的绰号都是纽顿起的，纽顿一直记得这些绰号。纽顿记得很多东西，好的和坏的回忆在他脑海里不断浮现着。怪兽大战那时，纽顿与戈特利布一同与怪兽大脑建立浮动神经元连接之后，这些记忆一直将纽顿与戈特利布联系在一起。

纽顿走进实验室的那一刻还想着这些，然后他见到了邵丽雯。她在这里干什么？

此时，邵丽雯在无人机甲猎人光纤数据内核系统里搜索着，她还没注意到纽顿。

纽顿横跨一步走向一位技术员，她在调试无人机甲猎人神经元网络的稳定性。纽顿记不清她叫什么名字了……黛……黛雨，就是黛雨。纽顿靠过去，吓到了黛雨，纽顿问："她来这里多久了？"

黛雨抬头呆呆看着纽顿，纽顿意识到黛雨不会说英语，普通话才是邵氏工业的通用语言。

"时间？"

"多少？"纽顿用普通话问，点头示意他说的是邵丽雯。

"快一个小时了。"黛雨说。

纽顿走向邵丽雯，一路上小声地连珠炮似的骂着什么。邵丽雯摆弄着数据内核系统界面，伯克站在旁边，身上穿着无人遥感服，这套遥感服配上虚拟现实头盔之后，他可以通过数据核心驾驶无人机甲猎人。有点儿像浮动神经元连接，只是省掉了与另一个人脑交流这一麻烦又复杂的事。

"嗨，老板，"纽顿说，脸上努力挤出了一个笑容，"不好意思，我以为你还在悉尼。"

邵丽雯无视了纽顿刚刚打的招呼，"委员会开了紧急会议，批准无人机甲猎人部署计划。"邵丽雯说道，和往常一样，说话毫不客气，直入主题。

"黑曜石之怒"接二连三的导弹攻击杀死了 PPDC 委员会的几名成员，因此委员会剩下的成员达不到法定人数。委员会没有重新纳入新成员，而是宣布法定人数规定暂时失效，委员会大楼的大火还未扑灭，便批准了无人机甲猎人计划。

"哇噢！"纽顿说，"这……这可太棒了！"

伯克朝纽顿投来古怪的目光，"博士，你有点儿兴奋过头了。"伯克说，纽顿知道伯克是邵丽雯圈子里的人，他们都不信任纽顿。

"我是真的兴奋，"纽顿说，"就是，你知道的，他们现在为什么会批准？是因为委员会遭到了袭击。"

"我当时在场，"邵丽雯厉声呵斥，"我知道发生了什么，"邵丽雯用普通话继续说，"要是我们的无人机甲猎人在场的话，委员会就不会遭到袭击，现在所有人都明白这个道理。"

"嗯，"纽顿同意说，邵丽雯的语气有点儿奇怪，纽顿有点儿不自信，"我想是的。"

"也就是说，从全局来看，这次袭击或许是件好事。"

这就对了！商业大鳄邵丽雯，无人机甲猎人的"传教者"，想着那天遭受的重创，发现了商业良机。"如果从某个角度看，这确实是好事。"纽顿说，"可能是吧。"

邵丽雯仍然一边和纽顿说着话，一边分散注意力看着数据内核系统显示的读数，邵丽雯忽略伯克，然后说："数据内核系统的上行链路慢了 1.5 毫秒。"

"我知道，我一直在改进连接性能。"

"还有我应当知道的故障吗？"

"没有，所有系统都很完美。"纽顿双手举起大拇指。

"把你的数据传送到我的主机上，我想要做个检测，委员会希望四十八小时之内能够完成部署工作。"邵丽雯换成英语，让伯克和其他非中国人知道她在支使纽顿，邵丽雯又说，"赶紧搞定它。"

　　说完，邵丽雯大模大样地走出实验室，伯克跟在旁边。

　　"一定！没问题，包在我身上，真的……"纽顿在邵丽雯身后大喊，不知为何，纽顿语塞了，"真的完全可以包在我身上。"纽顿从不会语塞，他惴惴不安，虽说纽顿偶尔会掉链子，但也总能研发出脱颖而出的产品，前所未有的完美产品。

　　即使如此，在四十八小时之内完成无人机甲猎人联网、测试、部署工作，还是一个难如登天的任务。听到邵丽雯的最后通牒，技术员一脸震惊。

　　"什么？"黛雨惊惶失色，"我们不可能完成！"

　　"能？能？是的，必须能。"纽顿说，纽顿必须在四十八小时之内搞定，否则就会丢掉饭碗，结果不堪设想……"知道吗？你被解雇了，"纽顿试图摆出上帝的模样，吓唬技术员，让他们行动起来。然后他思索了一下，他需要黛雨，黛雨头脑聪慧，可不能炒了她。"不，先把这个搞定了再解雇你，或者是升你的职，先看看怎样，可很可能是解雇你，开始！嘘！"

　　技术员各自回到自己的岗位，整个实验室的全息屏幕都在眼前，技术员疯狂地进行着测试型模拟、修改编码。纽顿在技术员身边溜达，表示自己在监督他们，后来纽顿来到一个观察大窗户，从这里可以看到整个工厂。无人机甲猎人一排排站在地上，自动化机器在给外部的部位做最后的调整。其他工厂的机器人正在给每个无人机甲猎人配上数据内核系统。他们可以在四十八小时之内完成吗？纽顿虽向邵丽雯保证了，但自己却不确定。

　　纽顿又看了看技术员们，思考着他这样做是否正确。纽顿本来做事不会给人很大压力，也不喜欢威胁别人。纽顿更愿意和善待人，让人觉得他通情达理，是那种值得员工为之努力奋斗的老板。可纽顿现在内心面临巨大压力，俗话说得好，非常时期，非常手段。

学员班级的现状报告——蒙屿兰破碎穹顶基地
内森·兰伯特驾驶员

本期学员的班级表现非常满意，在浮动神经元连接流畅程度上与理解机甲猎人技术方面取得了进步，同时学员内部竞争与学员性格冲突在预料范围内。

以下成员将会暂时担任蒙屿兰机甲猎人后补特遣队员：

伊利亚——"凤凰游击士"

金海——"欧米茄勇士"

梅林——"复仇流浪者"

雷娜塔——"军刀雅典娜"

苏雷什——"英勇保护者"

塔希玛——"救赎者泰坦"

维多利亚——"欧米茄勇士"

最新报告：新加入的阿玛拉·纳玛尼学员打破了整个班级的平衡。阿玛拉的技术仍有待考察，但本人认为考虑到阿玛拉的出身以及无纪律性，阿玛拉并不完全适合猎人计划。给阿玛拉分配机甲猎人尚为时过早。

15

学员们聚在一起阅读储存在数据平板上的新闻，反反复复重看"黑曜石之怒"与"复仇流浪者"战斗的片段。阿玛拉拿着数据平板，完全沉迷在"黑曜石之怒"中。居然真的有人建造出了"黑曜石之怒？阿玛拉知道设计和建造一架即使是像"拳击手"般大小的机甲猎人有多难。有人居然能够在PPDC毫无察觉的情况下，找到相关资源去建一架机甲猎人？ PPDC一直留心关注用于研发机甲猎人系统技术的国际交易，严控 Drift 系统技术。有人独自研发出这个机甲猎人？或者是邵氏工业有内奸？还是其他生产机甲猎人零件的企业有内奸？

先不说"黑曜石之怒"是怎样生产出来的，它真的是无懈可击。

塔希玛弯下腰，"哼"了声说道："'黑曜石之怒'，听起来都不像是机甲猎人的名字。"

"我也不觉得'塔希玛'是人名。"雷娜塔顶回去，"但你妈妈还是给你起了这个名字。"

阿玛拉没理会塔希玛和雷娜塔的话，这都是学员之间的把戏，他们互不相让。阿玛拉不想加入他们，"从未见过这样的恶魔，怪兽狂热分子是怎么把它建造出来的？我家那边的怪兽狂热分子通常都要想破脑袋才换得了电池。"

"可能是他们偷来的。"良一说。

"我也觉得，"伊利亚同意良一的说法，"在我的国家，只要穿着工装裤，拿着车间单，偷什么都可以。"

"这些驾驶员……他们动作太快了，他们的神经元不会超负荷吗？真是难以理解。"

"练芭蕾啊，"金海说，今天他大概提了上百次这件事，"我在说你呢。"

不知怎的，塔希玛听到这个很抓狂。"小子，闭嘴，别说废话！你知道悉尼死了多少人吗？"他这样说道，好像机甲猎人驾驶员练芭蕾是个耻辱一样，可阿玛拉觉得这很正常。学习芭蕾的平衡能力以及芭蕾优雅的动作，在战斗中大有裨益。

"新闻上说，PPDC在纪念仪式上摆出了十二架机甲猎人的照片。"梅林说，十二架，森真子真的是重望高名啊。

"等我死了，我也要这么多架机甲猎人给我送行。"苏雷什说。

"'乳房小子'死了，机甲猎人是不会出现的。"伊利亚说。

"你父亲的工作与乳房有关？"阿玛拉从来没听说过这个。

"我父亲是一名整容医生，"苏雷什解释，整个人暴跳如雷，"他的工作不仅仅是……"苏雷什收住，觉得自己在浪费口水，"我不会被淘汰，我要成为驾驶员。"

"然而，"金海说，"等你死了……嗯……我会葬礼上摆出一架，或者半架机甲猎人。"

"听说，他们就是在那里找到了阿玛拉，"小维说，"半架机甲猎人里。"

阿玛拉把数据平板扔到床铺上，站起来。阿玛拉不打算呆呆站在此地等着被侮辱，因为这个房间里只有阿玛拉建造过"拳击手"。"那是一架机甲猎人，就是体型不大，维多利亚。"

其他学员听到阿玛拉叫出小维的全名之后，纷纷默不作声。这是在挑衅，他们所有人都知道。小维走到阿玛拉跟前，居高临下地看着她。小维过去常仗着自己身强力壮吓唬别人："大一点儿更好。"小维说。

阿玛拉打量着自己，重新思考要怎样做才能使她们之间的冲突进一步升级。要据理力争，而不是无缘无故地被打败。"听好，嗯……"阿玛拉停住，努力回忆起前天金海教她说的那句话，"иди на фиг。（走开。）"

伊利亚瞬间抬起头，这群人里面他是另一个说俄语的人，伊利亚这样的反应说明阿玛拉并未表明自己的意思。

小维仰天大笑起来，难以置信地说："你刚说什么？"

"иди на фиг？"阿玛拉又说了一次，她看向金海，"我发音正确吗？"

显然，金海在憋笑，他点点头说："正确。"

阿玛拉刚明白金海在糊弄她，小维便走上前一步，从后面勒住了阿玛拉的脖子。阿玛拉拼命挣扎，可小维比她个头大，力气胜过她，阿玛拉无法脱身。

"哇噢！"金海说。

良一想要把她们分开："小维，别这样，放开她……"

"你知道我多努力才能来到这里吗？而你，你什么都没做，他们像在街边捡垃圾一般把你带了进来。"小维咆哮，勒得更紧了。

小维如此侮辱阿玛拉，触动了阿玛拉的内心。阿玛拉不知道从哪儿冒出来的牛力，挣脱了小维的手。但阿玛拉不打算离开小维，而是以小维作中心轴，使出剪刀脚夹住小维的脖子。遭到阿玛拉的反击，小维没站稳摔倒在地板上，现在阿玛拉完全控制住了小维。

"知道我在哪儿学的这招吗？"阿玛拉低声怒喝，"街边学的，你个大白痴……"

"纳玛尼！玛丽科娃！"

所有的学员都看向营房门口，看到内森·兰伯特站在那里，小维正在拼命挣脱阿玛拉的剪刀腿，小维也看到了。

"驾驶员到访！"良一喊道。除了阿玛拉和小维其他学员都站直立正，阿玛拉放开小维，急忙站起来。"她搞突袭……"

小维也站起来了："她根本不属于这儿……"

"够了！"兰伯特厉声喝道，眼睛直瞪着这两个刚刚打完架的人，问她们还要不要说。阿玛拉和小维都再也不敢吭声。阿玛拉能够看出兰伯特不仅仅是生气，最近发生的事让他遍体鳞伤，他没心情处理学员之间无聊的地位之争。

兰伯特让学员立正了许久才开始说话，学员们以为兰伯特会破口大骂，兰伯特却轻声细语，语气平和。"我刚开始加入PPDC时，也和你们一样，"

兰伯特说，"甚至更糟，我是个无名小辈，默默无闻。但是森真子告诉我，我能够出人头地。"

阿玛拉注意到，在兰伯特后方，杰克从大厅走了进来，神情恍惚。杰克大概也和兰伯特一样，听到有人在打架，过来看看发生了何事。

兰伯特继续说，从声音可以听出来兰伯特此刻正在努力抑制自己的心烦意乱："森真子说，不管你是何人、来自何方，从加入猎人计划的那一刻起，你就是这个大家庭的一分子。身边的人都是兄弟姐妹。"兰伯特现在注意到了杰克的存在，而且阿玛拉想兰伯特说这番话不仅是说给学员听的，也是说给杰克听的。"不管你的兄弟姐妹做了什么，不管他们的行为有多愚蠢，我们都会原谅他们，忘掉那些往事。因为这就是家人。平时互相信任，驾驶机甲猎人的时候也能够信任彼此。"

阿玛拉一般自动屏蔽这些鼓舞性的话语，可兰伯特的这番话引起了她的共鸣。家人，阿玛拉不再会有家人，这里的每一个人，无论是学员还是驾驶员，都失去了亲人。即使有些人偶尔很浑蛋，可丧亲之痛让他们走在一起组成一个新的家庭。阿玛拉注意到小维在看她，明白小维也感同身受。想到刚刚辱骂过彼此，阿玛拉和小维都局促不安，互相点了点头。阿玛拉看到杰克在门口，也在想着同样的事情。阿玛拉不知道杰克和兰伯特之间到底发生了什么，只知道杰克离开过，也知道杰克和兰伯特曾是搭档。听到兰伯特说的这番话，看到杰克的反应，阿玛拉能推断出兰伯特原谅了杰克。兰伯特要求学员做什么，他便亲自树立榜样，以身作则。

阿玛拉一直以来都努力当一个冷漠无情的人，可她从没遇到过这样一群人。那一刻，阿玛拉愿意为他们所有人去死，这里就是阿玛拉的家。

朱尔斯探头进来看着营房，杰克和兰伯特都在追求这个美丽动人的跳鹰直升机技术员。"嘿，"杰克和兰伯特都转头看向朱尔斯时，她说，"元帅在找你们，据说戈特利布有所发现。"

在 K- 科技部里，杰克与兰伯特和权元帅站在一起，戈特利布移开一堆正在运行的程序，森真子画的那个"怪兽头"出现了，"这不是物体，"

戈特利布说，"而是地点。"

戈特利布操作全息屏，把森真子的画移到卫星地图的一块区域上。那个"怪兽头"的轮廓与这块区域的地形轮廓完全相符。杰克倒吸一口气，森真子在给我们传递信息。森真子直视死亡，毫不畏惧，而且在那一刻想的是确保死后这条信息能为人所知。"北地群岛，"戈特利布说，"靠近西伯利亚泰梅尔半岛。"

一幅比例尺更大的地图出现在那幅画和卫星地图旁边，地图上显示了泰梅尔半岛全景，北面零零散散分布着岛屿，一直延伸到北冰洋。

"那里有什么？"权元帅问。

"现在什么都没有。"戈特利布说。戈特利布把地图拉大，只关注森真子那幅画显示的地方。"大概在这个位置有间工厂，怪兽大战前期用于建造机甲猎人能源内核，不过很多年以前就已经搁置不用了。"

"这座废弃设施建筑坐落于荒芜之地，为何森真子要如此费尽心思？"兰伯特很好奇。兰伯特说这些话的时候看着杰克，杰克轻而易举就明白了兰伯特的言外之意。兰伯特在怂恿杰克，如果真的想要搞清楚森真子的意思……

杰克转向权元帅说："元帅，请允许我驾驶'复仇流浪者'去那儿一探究竟。"

权元帅犹豫了一下，但很快就答应了。

PPDC 设备处

北地群岛制造厂

建造时间：2019 年 6 月

产　品：能源内核、等离子反应器、第二代机甲猎人、第三代机甲猎人、电缆绝缘体、导管绝缘体、反应堆容器。

员工人数：267

弃置时间：2022 年 12 月

弃置原因：地理位置偏僻，虽然可有效防止怪兽攻击，但运输困难。员工士气低落，效率低下。货物运往破碎穹顶基地的途中需要经过多个转运站，极易遭到盗窃。选址勘察时出现失误，导致冰川地区地表以下的厂房建造相当困难。

处置措施：在 PPDC 的工业合作伙伴和制造商合作伙伴中，未能找到合适者将厂房出售或出租。员工于 2022 年 12 月转移至安克雷奇和海参崴，重要设备于 2023 年 2 月全数运走，工厂于 2023 年 3 月废弃。目前未对工厂采取任何监控措施，也尚无计划将工厂重新投入使用。

16

从蒙屿兰飞往泰梅尔半岛可谓路途遥远。杰克和兰伯特被固定在"复仇流浪者"的 Drift 支架上，足足三十六个小时之后才从实验室到达泰梅尔半岛，跳鹰直升机把"复仇流浪者"投放在西伯利亚的冰面上。PPDC 在这些人烟稀少的地方建了不少工厂，由于这类工厂远离太平洋、地理位置偏僻，因此得以在多次怪兽大战中幸存下来。不过根据戈特利布的记录，这间北地群岛制造厂在大战期间被刻意封存了起来，至今已废弃十余年之久。当时，能源内核技术较为先进的是中国，以及美国的华盛顿，大多数制造厂都迁移到了这两个地方。

由于气候恶劣，视野受限，直到距离工厂几百码的地方，才能看清目标。这间工厂背靠大山，自废置以来，部分厂房已被冰川覆盖。大雪纷飞，与其说看到的是工厂，毋宁说是一些断壁残垣。

兰伯特操控"复仇流浪者"进行全频谱战术扫描，没有任何发现。

"无生命迹象，看来正如戈特利布所说，这里已被废弃了。"

这时，扫描器突然发出"啾啾"声，杰克面前的仪器出现了信号。信号一直在变动，与兰伯特收到的能量信号相距甚远。杰克发现异样，他靠近一看。

"等等，这个信号很微弱，一直波动不定。居然出现了连扫描程序都无法识别的信号。"杰克说。

兰伯特靠过来看杰克的扫描仪器，两人都为眼前出现的奇异信号感到不惑。他们全神贯注地注视扫描仪器的读数冥思苦想，却忽略了"复仇流浪者"防卫感应程序发出的警告。突然，一波等离子导弹向他们射来。两人赶紧纵身一跳，下意识地躲开了导弹。但是很明显，他们并不是导弹的攻击目标。就在瞬息之间，导弹穿过工厂的外墙，轰然引爆，工厂栋檩崩折，被冰川覆盖的地方砰然倒塌。于是，工厂里所有的证据都随着爆炸灰飞烟灭，淹埋在几百万吨的大山之下了。

"复仇流浪者"转身发现了"黑曜石之怒"，在暴风雪中若隐若现。

杰克大吼一声，在Drift系统驾驶支架上前倾身体，"复仇流浪者"向前飞奔。上次杰克遇到"黑曜石之怒"时惊慌失措，迟疑不决，甚至不确定自己驾驶机甲猎人迎战是否为明智之举。但现在，他全身上下燃起了复仇之火，心无旁骛，只想着如何把"黑曜石之怒"打得屁滚尿流，找出驾驶员，为森真子伸张正义。

"黑曜石之怒"发起猛烈的导弹攻击，"复仇流浪者"被迫放慢脚步，而后仍坚持奋勇抗敌。可是，操作舱里面的警报频频响起，不断警示"复仇流浪者"各个系统的损坏程度。

"杀！"兰伯特忍不住大喊起来。

杰克咆哮着，在Drift系统驾驶支架上一跃而起。"复仇流浪者"一个跳跃扑倒了"黑曜石之怒"，两架机甲猎人在冰川上滑越数里，一起滑到悬崖边掉了下去。在掉落的过程中，两架机甲猎人才分开了。"复仇流浪者"使出链剑，"黑曜石之怒"也不甘落后，立刻亮出等离子链锯。它们沿着悬崖峭壁滑落弹跳，短兵相接，但悬崖底部空间狭窄，它们都未能给对方造成致命一击。

起初，"黑曜石之怒"和"复仇流浪者"一前一后，震破了悬崖底部的大冰块，接着一齐翻腾而起，降落在海岸浅滩的大浮冰上。浮冰左右摇晃着，"黑曜石之怒"先站稳，原本亮着深橙色光线的前胸突然闪起更亮眼的光线，使得"复仇流浪者"难以举起链剑阻挡发射自对手的粒子束。链剑分散了粒子束的攻击力，随之粒子束呈涟漪状向四周散开，在浮冰上燃起熊熊火焰，瞬间散发出一阵水蒸气。

这时警报四起。

"系统超负荷了！"兰伯特大叫。

链剑本就不是用来吸收能量的，不久之后它就会毁于一旦，"复仇流浪者"的手臂也可能一并毁灭。

"快，赶紧撤退！"

"去哪儿？"

就在这时，杰克灵光一闪，一跃而上，一拳打在地上。于是，"复仇流浪者"也一拳打在地上，将脚下的浮冰打穿了一个窟窿，随即掉进了冰窟窿，消失在一片黑暗的水中。在操作舱里，杰克和兰伯特跟跄着，试着在"复仇流浪者"下沉的过程中保持稳定。这片水域足够深，完全掩盖了他们。他们逐渐下沉。杰克知道兰伯特心里在想：这家伙葫芦里到底在卖的什么药？！

"先别急。"杰克说。

两人头顶上方那块厚重的浮冰底部昏昏暗暗，映衬得洞口明光烁亮。光亮之中出现一团阴影，是"黑曜石之怒"的影子，它正往洞口里窥探。

"机会来了！"杰克喊道。

就在这个瞬间，"复仇流浪者"数弹齐发，导弹直接穿过洞口，之后向下俯冲，最后在"黑曜石之怒"脚下的冰块处引爆。紧接着，"复仇流浪者"启动脚底的喷气式机动装置，从水底一跃而起。它径直往上冲，穿过被炸宽的洞口。与此同时，"黑曜石之怒"掉落水中正向下沉，还没来得及保持平衡，便被"复仇流浪者"一把抓住，拉着往上拽，翻滚着撞向浮冰。然而，"黑曜石之怒"反应迅速，遭遇重击之后毫不犹豫地和"复仇流浪者"展开了决斗，并试图把"复仇流浪者"往下拽。它再次使出链锯，准备攻击"复仇流浪者"。

杰克始终保持沉着，他深知与"黑曜石之怒"正面交战，"复仇流浪者"胜算不大，上次交战就已经印证了这一点，因此必须攻其不备。故意跌落水中就是为了创造反击的机会。不过现在看来，"复仇流浪者"已经被牵制住了，是时候再次出其不意了。

"现在启动等离子加农炮吗？"杰克问。

"同意！"兰伯特伸出左手。

随即，"复仇流浪者"举起左手，重组等离子加农炮，并射向"黑曜石之怒"。在加农炮的反作用力下，"复仇流浪者"退后了几步。"黑曜石之怒"被炸飞，重重地摔在浮冰上直冒黑烟。

"复仇流浪者"重新站立起来，再次架起链剑。"黑曜石之怒"也不甘示弱，挣扎着站起来，动作明显不如之前敏捷。双方都受伤了。"黑曜石之怒"再次铆足劲儿，挥动等离子链锯——只有重新部署链锯，才能使出它的秘密武器——双臂反击螺旋。

"糟糕！"杰克和兰伯特异口同声地叫起来。

"复仇流浪者"的装甲难以持久抵抗链锯。就在这时，杰克注意到"黑曜石之怒"的步法发生了细微的变化。他清晰地记得上次悉尼之战，他明白，如果"黑曜石之怒"使用相同的招式，很快便会出现裂缝。

"黑曜石之怒"转移重心，甩出其中一条链锯狠狠抽向"复仇流浪者"的头部，"复仇流浪者"传感器的战备程序立即响起了警报。

没错，这就是"黑曜石之怒"的惯用招数。应该怎么接招？

"听我指挥！"杰克大叫。

看到"黑曜石之怒"即将使出招数，"复仇流浪者"迅速躲开，它横跨一步，躲开迎面而来的等离子链锯，随后滑过冰面，同时举起链剑发动攻击，试图摧毁"黑曜石之怒"的躯干。"黑曜石之怒"几个趔趄，身上的装甲洒落在冰面上，它的能源内核暴露在外，能源泄漏出来，燃起了星星火花。

"它受伤了！"杰克欢叫。

兰伯特信心满满地说道："直捣能源内核！"

"黑曜石之怒"挡开了链剑的第一波攻击。这无疑是好事。但杰克激动过度，以致操之过急，他操控"复仇流浪者"伸展手臂，准备直捅"黑曜石之怒"暴露在外的能源内核。但是"黑曜石之怒"并非浪得虚名，虽然身负重伤，动作仍然快如闪电。它侧身一躲，站稳脚跟，把链锯往后一甩，又往下一挥，切断了"复仇流浪者"的链剑。

突如其来的失重让"复仇流浪者"失去了平衡，它踉跄了几下。杰克

　　和兰伯特勉强让它站稳，正准备转身，"黑曜石之怒"又立马发动了一波链锯攻击。"复仇流浪者"想方设法抓住了"黑曜石之怒"的手腕，可头部被插入了等离子链锯。

　　操作舱受到了重创，颠簸不停，火星乱溅，烟雾四起。杰克和兰伯特阻止着链锯往更深的地方插去，费了九牛二虎之力才将链锯拔出。他们一边咕哝着，一边缓缓地用力，把链锯甩了出去。

　　要不是"黑曜石之怒"已经身受重伤，仅凭两人之力，根本不可能拔出链锯。如今，双方都受了伤，"黑曜石之怒"被迫一点点让步，直到"复仇流浪者"把链锯完全甩出头部。

　　"黑曜石之怒"重心再次转移，杰克和兰伯特抓住机会，扭转"黑曜石之怒"的双臂，将链锯直插它的胸脯。"黑曜石之怒"的能源泄漏出来，迸射出大量火花。紧接着，"复仇流浪者"用头部攻击"黑曜石之怒"的面部，使其伤势更重。至此，他们终于把这个来势汹汹的机甲猎人打倒了。

　　"黑曜石之怒"的防御能力所剩无几。但这是还不是完全的胜利。"黑曜石之怒"继续发起反击，拉出链锯，试图给"复仇流浪者"致命一击。

　　杰克和兰伯特早有预料，他们带领"复仇流浪者"躲开了攻击，化险为夷，随后伸手猛拽破损的链剑，直戳"黑曜石之怒"的大腿。接着，两人一跃而起，再次猛地举起链剑直戳"黑曜石之怒"的颈部。"复仇流浪者"单手持剑，拽着"黑曜石之怒"往后拖，另一只手一拳打进"黑曜石之怒"的躯干，扯出其能源内核。

　　"黑曜石之怒"的能源内核被毁，一股能量冲击波烧穿其身体内部，使其系统陷入瘫痪，头部、躯干的能源四溅，射出串串弧线……随后，这个机甲猎人四肢痉挛，瘫倒在地，它脚下的浮冰晃悠了一阵，重新恢复了稳定。

　　"复仇流浪者"耸立在支离破碎的"黑曜石之怒"身旁，它扔掉还在冒烟的能源内核。内核掉落冰面，水蒸气"嘶嘶"冒起。

　　是时候看看谁是幕后主脑了。杰克思忖着。是时候看看到底是谁杀了我姐姐！他俯下身，操作"复仇流浪者"掀开"黑曜石之怒"的面具。

操作舱的暖空气遇上舱外北冰洋的冷空气，凝结成水气冉冉升起。等水气消散，杰克定睛一看，大惊失色。

"天哪！"

操作舱里既没有身穿红衣的怪兽崇拜者，也没有假冒 PPDC 的雇佣兵，里面……根本没有人！

"黑曜石之怒"操作舱的内部结构与众不同，杰克从未见过这种操作舱。一般而言，机甲猎人的操作舱呈半球敞开状，中间安装着支架和控制台，周围安装着重要的传感仪器。而"黑曜石之怒"的头部却堆满了怪兽的大脑组织，而且这些大脑组织仍在运行，数以百计的神经束纵横交错，与电子设备连接在一起，居然没有任何人机界面。显然，"黑曜石之怒"的数据内核遭到彻底的损坏，产生的能源脉冲摧毁了怪兽大脑，有的部分甚至被烧焦而失去了活性。操作舱内部电路负荷超载，怪兽受损的那部分大脑连着烧焦变黑的曲卷状神经，神经末端又吊挂着松松散散的电线导管，使得整个操作舱布满了黑色的条状物。眼前这场景触目惊心，难以用言语形容。这与机甲猎人代表的一切截然相反。"黑曜石之怒"里面的构造交错复杂，杰克看着头晕目眩。一定有人在某个地方收藏了怪兽大脑，重新改造机甲并投入使用。

杰克和兰伯特看到这些，先是目瞪口呆，而后感到恶心至极。这时，怪兽大脑突然剧烈抽动起来，渗漏出怪兽血液和其他不明液体。这更令人作呕。不一会儿，大脑死亡、冷却。

杰克虽十分沮丧，但也更加坚定。他成功铲除了杀死森真子的工具，却未能找到真正的凶手。但他会找到的。一定！

库存报告：怪兽大脑组织已知样本

本报告汇集了PPDC所持有的怪兽大脑已知样本，以及相关民用研究项目的怪兽大脑已知样本。

（编辑列表）

应权元帅的要求，我们紧急联系了各相关人员，以确认该表所述样本的具体情况。据反馈，样本完好无损，并且，目前尚未复制过现存怪兽组织样本，也不曾培养怪兽组织。相关人员提交了证明文件，其中包括质谱扫描文件、视频资料，以及有关怪兽大脑实验的私人资料。现存怪兽大脑组织确认未遭盗窃，也无直接证据表明任何人存在滥用违反研究规定的行为。

结论："黑曜石之怒"的大脑组织并非出自PPDC与相关民用研究项目，鉴于该大脑组织可能来自黑市，PPDC情报部门正在追查中。

蒙屿兰破碎穹顶基地K-科技部 麦金尼

17

杰克、兰伯特以及权元帅从机甲猎人机舱出发，走过叉式起重机附近的维修长廊，前往 K- 科技部。途中，杰克和兰伯特简单地汇报了这次行动。机甲猎人技术员操作着叉式起重机，空气中弥漫着一股怪味，技术员一脸的嫌弃。此刻，在破碎穹顶基地外面，"黑曜石之怒"正缓缓降落在停机坪上——杰克和阿玛拉就是在离那里不远的地方走下 PPDC 的运输直升机的。时光飞逝啊，杰克心想。他向权元帅汇报了事情的前因后果，从工厂的具体情形，到意识到不能与"黑曜石之怒"硬碰硬而只能智取，到最后发现这位来势汹汹的机甲猎人操作舱内部有怪兽大脑……权元帅之前瞄了一眼怪兽大脑，脸上的表情十分严肃，他也对那股怪味感到恶心。还在工厂的时候，怪兽大脑就已经开始发臭。杰克从未闻过这么臭的东西。为了保管好怪兽大脑，并抑制臭味扩散，杰克和兰伯特用防水纸包着怪兽大脑，并利用叉式起重机直接将怪兽大脑运进了 K- 科技部侧厅边上一间大型测验室里。在他们到达那里之前，戈特利布便得到了消息，提前做好了准备。

"无论那间工厂里面有什么，'黑曜石之怒'都不想让我们知道。"杰克对走过来的戈特利布说道，"我猜应该和这东西有关。"

杰克掀开叉式起重机上的防水布，露出"黑曜石之怒"内部的怪兽大脑残骸，不想大脑已经开始腐烂。从"黑曜石之怒"头部搬出怪兽大脑时，受条件限制，他们没有办法对其进行更加细致的处理。大脑本来就已经多处受损，加上一路上风尘仆仆，和杰克最初在风雪肆虐的北地群岛看到的怪兽大脑相比，眼前的怪兽大脑伤痕累累，面目全非。而且，怪兽大脑和怪兽的肉体器官一样，腐烂速度极快。当防水布被掀开的刹那，一阵臭气从下方席卷而上。虽说在过去的半天里，杰克一直闻着这股奇臭无比的气味，从防水布中涌出来的瘴气熏得他直飙眼泪。

戈特利布努力遏制住呕吐感，但成效不大。他转过头去，弯腰俯身，不断干呕，好不容易才重新站直。过了一会儿，他转过头来，冷静下来。

兰伯特说："驾驶舱内没有驾驶员，只有这东西——不知道是什么。"

"给我查清楚！"权元帅命令着，"不能放过任何细节。"

看到戈特利布脸上的表情，杰克内心略有不安——那是一种既感到恶心又混杂着兴奋的表情，甚至，还夹杂着迫切的探索欲。杰克知道戈特利布曾经与怪兽大脑建立浮动神经元连接，这件事成了环太平洋 PPDC 的传说之一。这些传说中，还包括罗利·贝克特在哥哥杨希死后，独自把"危险流浪者"带回来，以及史塔克·潘特考斯特在搭档倒下之后独自迎战"恶魔女巫"。不过杰克也听说，戈特利布讨厌那段经历，从那以后，他对怪兽变得冷酷无情，发自内心地深恶痛绝——之前的戈特利布可不是这样的。

戈特利布从不提这件事，除了他自己，没有人知道其中的隐情——也许纽顿·盖斯勒略知一二。现在看来，戈特利布做好了充分的思想准备，并期待着满载而归。

"给我一把电锯。"戈特利布说。

电锯用处极大。

戈特利布用电锯割开怪兽大脑外层的受损部分，看到了下面完好无损的组织。这活儿可谓见豕负涂、臭气熏天。戈特利布身上的橡胶工装和手套溅满了毒性黏液。他用电锯割开大脑内层组织后，放下工具，仔细观察着器官。杰克、兰伯特、权元帅也一同在旁边看着。戈特利布从隔壁桌子上取来仪器，在暴露于空气中的脑部组织产生反应之前取下样本，而后站起身来，说道："这肯定是怪兽的，这是它的二级大脑，用于控制后腿及臀部。"

"像恐龙一样的怪兽？"兰伯特问。他曾听说，怪兽造物主"先驱者"改造了恐龙的基因。传闻当时怪兽大战进入白热化阶段，戈特利布和纽顿·盖斯勒与怪兽大脑建立了浮动神经元连接，从而得知了这一消息。不过，PPDC 当中没有一个官员证实过这一说法。也有传闻称，是罗利·贝克特从去往"Anteverse"星球的灾难之旅中获得的信息，但也没有得到 PPDC 官方的证实。如果"先驱者"改造恐龙基因确有其事，那么，兰伯特认为怪兽和恐龙有雷同之处，自然是顺理成章的。

"其实，这一直都是科学界的未解之谜。"戈特利布说。作为一名科学家，他本能地为大家做出科学解释，确保让每个人都能了解来龙去脉，"人们曾一度认为蜥脚类动物的腰骶发生过变异……"

杰克对蜥脚类动物和怪兽解剖学可是一点儿兴趣都没有，他关心的是更为紧迫的问题。

"这怪兽到底是怎么来到我们世界的？"杰克问道。

"虫洞已经关闭十多年，"权元帅补充说，"像这种怪兽，感应器应该能够觉察到。"

"和虫洞无关。"戈特利布说。

他走到实验台边上，眯眼端详着怪兽的组织样本，并使用各种仪器进行检测。全息显示屏上出现了各种数据，但与 PPDC 数据库中的已知怪兽品种的基础数据无一吻合。

"怪兽肉体的放射半衰性指数非常独特，但这只怪兽不是。"

"你说这个大脑会出自地球吗？"兰伯特问。

"从它的基因指纹中，可以明显找到人类的基因修改技术。"戈特利布看着屏幕说道。

在杰克眼中，这些基因分析不过是一堆乱码，旁边还有一堆类似 DNA 分子的图表。他当初选择去当驾驶员，而不是进入 K- 科技部是有原因的。

戈特利布如数家珍一般解释着每一种数据语言，随后对着大屏幕点点头，道："很可能是有人改造了怪兽大战时遗留下来的怪兽组织。"

权元帅没有去西伯利亚现场，直到现在，他才搞清楚整件事的来龙去脉。他寻思着说道："这么说来，不是'先驱者'，而是人类自己干的？"

"难道那群怪兽狂热分子连这种事都能做到？"杰克很好奇。在他看来，这简直就如煎水做冰一般。

戈特利布也赞同杰克的想法："我也很怀疑，我认为，世界上有且仅有寥寥几家生物技术企业能够办到。"

"立刻彻查这些企业，把目标范围缩小，"权元帅说，"立刻！"

戈特利布二话不说，立马行动起来。所有经认可的研究项目所用到的怪兽组织都已登记在册，研究成果也储存在由 PPDC 管理的中心数据库中。靠这些资料还无法追踪到所有的怪兽组织，因为在怪兽大战期间，有个地下黑市异常活跃。不过，改造怪兽大脑基因需要设备齐全的 DNA 复制培养实验室，以及大批顶尖生物学家与基因工程师。研究黑市怪兽样本的公司不可能拥有如此完备的设备和人才，因此，从自身数据库开始调查绝对是明智之举。戈特利布的直觉告诉他，很有可能在 PPDC 的数据库中找到怪兽大脑的来源。

戈特利布忘情地投入工作，完全无视杰克等三人的存在。权元帅观察了一会儿，便转向杰克和兰伯特，称赞他们"做得好"。

"森真子会为你们感到骄傲。"权元帅又对杰克说道，"你的父亲也会为你感到骄傲。"

杰克不确定父亲是否会为自己感到骄傲，毕竟史塔克·潘特考斯特从未表示过儿子的所作所为让他感到骄傲，不过，听权元帅这样说，他内心仍感到一阵触动。

在洛杉矶，很多躲过浩劫的建筑还没有机甲猎人机舱的大门高。阿玛拉从门口往外瞄，看到了停机坪上已经成为一堆废铁的"黑曜石之怒"。残骸四周站着破碎穹顶的安全特遣队，技术员开始第一阶段的分析调查。"黑曜石之怒"内部隐藏着怪兽大脑的事情在整个基地传得沸沸扬扬，各种议论铺天盖地，有人甚至认为还有其他怪兽存在。难道虫洞重新开启，并且躲过了 PPDC 的卫星探测和地质传感器？或是怪兽大战期间仍有怪兽未被歼灭？又或者，有人想在基因实验室创造出一只怪兽来？权元帅没有和学员们谈论此事，因此，学员们觉得任何一个版本都有可能。

"复仇流浪者"归队时，阿玛拉和其他学员一起，在旁边观看。她看见了留在"复仇流浪者"身上的打斗痕迹，她感到难以置信。她无法想象，当等离子链锯一点儿一点儿摧毁操作舱时，杰克居然还能保持冷静，沉着应战。随着对杰克的了解的深入，她发现自己——不能说欣赏——只能说更加尊敬他，至少和当初在圣莫尼卡的仓库里，杰克拿着破长管压在她头上那一刻比起来。阿玛拉也有些许尊敬兰伯特。在学员面前，兰伯特一直以来都是零幽默感，他气焰嚣张，让人全无好感，差点儿就忘了他也是个出色的驾驶员。与"黑曜石之怒"首次交战时，他几乎命丧黄泉，而这次，他和杰克胜利归来。尤其是回忆起兰伯特对学员说的那些激动人心的话语时，阿玛拉便觉得他比想象中更有人情味儿。

　　杰克和阿玛拉有同感。如今，他和兰伯特重新培养起了合作精神，为众人树立了榜样。

　　技术员撬开"黑曜石之怒"的躯干，掀开黑色装甲，露出里面的构造。"黑曜石之怒"的能源内核置于主体机甲旁边，里头布满了破碎的条状晶体；腿部有一个被链剑刺穿的大洞。"黑曜石之怒"的头部也被打开了，一支技术专家特遣队正在认真分析，试图找出"黑曜石之怒"的制造者把机甲猎人生物体系与复杂的指挥电子设备相融合的方法。

　　在此之前，大家都已经见过怪兽大脑了。"黑曜石之怒"被带回来时，机甲猎人技术员把怪兽大脑从"黑曜石之怒"头部挖出来放到防水布上，接着将其盖好放在叉式起重机上。在这个过程中，技术员们在停机坪上不停地呕吐。朱尔斯朝他们大吼，让他们远离防水布，以免污染了K-科技部需要的样本。这一切让学员们感到都难以置信。

　　"机甲猎人里藏着这个怪兽器官？"苏雷什觉得不可思议。

　　"我还以为是芭蕾演员呢。"金海说，要是小维在，他肯定要挨揍。

　　学员们在调查区附近闲逛，希望有人来喊他们帮忙，让他们也有机会一探究竟。可似乎谁都没有留意到他们。

　　阿玛拉才不会轻言放弃。机甲猎人融合了怪兽生物技术与人类科技，这点既让人不寒而栗，又让人兴趣盎然。很快，她凭借第六感推测出，"黑曜石之怒"之所以反应如此迅速敏捷，是因为与大脑直接连接。毕竟，即便是最先进的 Drift 系统驾驶支架，也需要通过数据传输，才能让驾驶员大脑信号与机甲猎人指挥系统相连，因此在时间上会有延误。"黑曜石之怒"连接的会是人类大脑吗？这对驾驶员有什么影响呢？她还思考了另外一个纯技术问题。即便"黑曜石之怒"的大脑和机甲猎人没有直接连接，它也会比现存的机甲猎人敏捷得多，尽管现在它已变成废铜烂铁，但它机身所带的科技却是前所未有的先进。阿玛拉迫不及待地想弄明白这些技术。她原地看着"黑曜石之怒"的机身，有些蠢蠢欲动，恨不得立刻走进去一探究竟。

"我们进去看看。"阿玛拉说。

"进去？"苏雷什说。

"这东西与怪兽有关，难道你们不想瞧瞧？"阿玛拉转向大家，"可能这辈子就这么一次机会。"

"我可不想看，"苏雷什说，"看不到才是好事。"

"那你待在这儿吧，我可要进去了。"阿玛拉回头看着停机坪。

过去几年，她学会了如何在别人的眼皮底下偷走机器零件。她能够轻易绕开破碎穹顶基地的安保人员，现在，她也准备这样做。

TOP NEWS

　　机甲猎人驾驶员朋友们，据蒙屿兰破碎穹顶基地知情人士提供的消息，我们有重要的花边新闻和你们分享。

　　相信大家都知道黑化机甲猎人袭击悉尼的事情吧？当时"复仇流浪者"出乎意料地被这位绰号为"黑曜石之怒"的不速之客打得遍体鳞伤。如今，据可靠线报，"复仇流浪者"已经一雪前耻。虽然具体细节仍在保密中，但知情人士称，前天晚上，"黑曜石之怒"的残骸已被外出执行紧急任务的"复仇流浪者"带回。"黑曜石之怒"很难恢复原样，当然也没有人会去重新拼凑它的残骸，这种事吃力不讨好。大获全胜的"复仇流浪者"也已经精疲力竭。

　　为驾驶"复仇流浪者"的驾驶员欢呼鼓掌吧！他们曾经遭遇失败，却能迎难而上，报仇雪恨。

　　愿森真子和其他死去的悉尼人民安息！

　　致敬！

"复仇流浪者"支持者

18

尽管苏雷什和阿玛拉意见略有不合，但大家还是决定跟随阿玛拉的偷窥。阿玛拉告诉大家，站岗时间和换岗时间是固定的，基地的安保分队各尽其职，都不认为守岗期间会真的出什么状况。因此，可以从防守缺口偷偷越过界限，穿过被"复仇流浪者"打穿的洞口，进入"黑曜石之怒"。

学员们选择从"黑曜石之怒"腿部最接近地面的方向进入。安保分队聚集在梯子和起重机的上方——从这些地方可以进入"黑曜石之怒"较高的地方，比如头部和躯干。学员们排成一列纵队，从逗点状的空槽钻进"黑曜石之怒"的机身，再沿着走廊进入其臀部，这才敢打开手电筒一探究竟。阿玛拉抬起头观察着上方，用手电筒照射着顶部。

一般的机甲猎人内部，顶部铺着成行排列的粗大导管和多捆较细的电缆，每捆电缆都会贴上标签和标上颜色，这样一旦出现问题，技术员就能迅速找出症结，处理故障。而"黑曜石之怒"却不同，即便过道顶部有电线和电缆，但萦绕在其间的却是怪兽的组织细纤维。

阿玛拉打着手电筒，不停地上下探索着过道。她看见一道舱门，打开后，发现里面别有洞天。这里不像机器人的内部，而像人类身体的内部。条纹状的细长肌腱、神经束与液压活塞组件、能源导管缠绕在一起，眼前的情景令人叹为观止。这里规模巨大，迎面而来的厚重感，使人不禁感觉曾经有生命存在于此。

阿玛拉退回过道。

"整个系统都融为一体了，"阿玛拉说着用手电筒尽可能往远处照，"就像人体肌肉组织一样。"

"原来这就是它动作如此敏捷的原因，"金海说，"太酷了！"他饶有趣味地欣赏着器官组织与机器之间的交错纵横。太不可思议了！"黑曜石之怒"简直就是一个半机械人……呃，半怪兽半机械。没错，就是杰作！

苏雷什可没那么激动和兴奋。"是挺酷的，"他说道，声音中带有一丝冷淡，"更酷的是和一群白痴干这事儿！"

阿玛拉留意到一捆形状诡异的电缆，她之前从未见过这样的电缆。她放下电筒，开始摆弄这些电缆。金海在旁边为她打手电筒。

"照这边。"阿玛拉说。她试着将其中一根电缆扭松。

"这下好了，"苏雷什说，"一起把这个怪兽机器人查个水落石出吧！"

"别说话！"梅林说。她虽然话不多，但每次都一语中的。

"不然还能怎样？"苏雷什异常紧张，眼睛一直盯着阿玛拉，"说得我好像有别的选择似的。"

阿玛拉借助大型支架，竭尽全力扯动电缆，终于使电缆的一个结口松动了，很快，另一个结口也跟着松动。她凑近电缆，仔细观察着横截面，接着揭开外层的绝缘体，看到了电缆内部铁心周围的线圈。她见过这种线圈，当时她就是用带有这种线圈的电缆制造了"拳击手"的动力系统。

金海也凑过来，他想看看阿玛拉到底发现了什么新大陆。

"这是什么？"

阿玛拉正要回答，蓝色的怪兽血液突然从过道顶部滴落下来。阿玛拉逃过一劫，金海却不幸中招，怪兽血液飞溅到他的手臂上，大衣袖套慢慢被溶解，他顿时感到皮肤灼热难耐。他咬紧牙关，却仍未能忍住，大叫一声，在地上不断地打滚叫苦。

"金海！"阿玛拉赶紧扔下电缆，扒下金海的大衣，以免怪兽血液进一步蚀穿绝缘纤维，接触到他的皮肤。

"让你别碰！"苏雷什大吼。

阿玛拉抬头寻找着怪兽血液的来源。她的目光追随着电缆慢慢移动着，思维也在慢慢推演着。没错，是刚才扯动电缆时，这条血管被支撑顶部的电缆支架刮擦而破裂。怪兽血液溶解了电缆，再沿着电缆滴落到地上。钢板上"嘶嘶"冒着烟雾。

阿玛拉感到很抱歉，她觉得是自己害了金海。

"快去搬救兵，快点儿！"

"噢，我的天啊！这下惹祸了！"

苏雷什说着，和梅林沿原路跑出去。血管还在渗漏，过道顶部其他地方也渗出了怪兽血液。两人一路上东闪西躲。梅林一边跑一边呼救。外面隐隐约约传来了安保分队的回应。

阿玛拉脱掉金海的外套，发现他的手臂已经被严重烧伤，伤口边缘的怪兽血液还在冒着泡。金海紧紧抓住阿玛拉的手臂，抓得她生疼。他咬紧牙关。阿玛拉坐在他旁边，忍受着手臂上的痛，并尽力安抚着金海。

终于，医务人员赶到了。

阿玛拉知道，这还不是真正的麻烦。她是让所有人都惹祸上身的罪魁祸首。她暗下决心，无论如何，她也要告诉杰克和权元帅她的发现。

TOP NEWS

身份未明机甲猎人袭击事件余波未平，
无人机甲猎人计划稳步向前
通讯社报道

　　"黑曜石之怒"依旧来历不明，但自从前天袭击 PPDC 委员会大会以来，邵氏工业似乎因祸得福，他们利用无人机甲猎人代替有人机甲猎人的计划似乎有所进展。因几名委员会成员命丧悉尼，委员会召开紧急会议，批准无人机甲猎人部署计划。也有个别委员指出，为了避免类似的情况再次出现，有必要对破碎穹顶基地实行特别保护；同时，也需要建立一个指挥中心，防止有人恶意操控现役机甲猎人攻击平民与 PPDC。

　　两名退役驾驶员对此表示竭力反对，他们坚决认为，在实战当中，无人机甲猎人无法像人类驾驶员一样及时应对特殊情况，它们无法拥有像人类一样的敏锐直觉。然而反对无效——最终的统计结果表明，只有他们两人投了反对票。

　　邵氏工业发言人约瑟芬·伯克也曾是一名驾驶员，他很感激委员会做出正确的决定。"我们有理由相信委员会此举十分明智，"约瑟芬·伯克说，"同时，我们希望无人机甲猎人早日投入使用，防止这样的袭击事件再次发生。"

19

破碎穹顶基地的安保员把阿玛拉关进了拘留室。医务人员仍在治疗金海。拘留室里只有一张小桌子和两张椅子。

阿玛拉坐在椅子上，等了一个多小时，既羞愧难当，又心急如焚。路过的人大多都没空留意她，少数留意到的，对她投以唾弃或怜悯的目光。很快，她犯的错就会闹得满城风雨。她看到杰克在拘留室外面的大厅里踱来踱去。不一会儿，权元帅走了进来，开始和他谈话。他们吵得十分激烈。杰克看起来很激动，而权元帅，从肢体语言来看，应该是在命令杰克服从——如果阿玛拉没有理解错的话。最后，权元帅似乎下了最后通牒，随后沿着大厅原路返回。杰克站在原地看着他离开。这时阿玛拉才意识到夜已深。杰克看起来非常疲惫，或许自从"复仇流浪者"去往北地群岛，在茫茫大雪中寻找那间工厂以来，一直到现在，他都没有合过眼。

杰克打开门走进来。

"金海没事吧？"阿玛拉问道。这是她目前最关心的事情。她知道自己可能会受到惩罚，无论什么样的，她都坦然接受。但如果金海因受伤而不能继续做驾驶员，她将永远不能原谅自己。

"没事，留点儿疤而已。"杰克回答。

阿玛拉长舒一口气。

"权元帅说金海要留校观察，"杰克继续道，"梅林和苏雷什也是，他们不应该听从你的错误指令。"

"不怪他们，"阿玛拉说，"都是我的错，是我极力怂恿他们的。"

杰克肯定会批评阿玛拉，说她的行为愚蠢至极，但在此之前，阿玛拉必须告诉杰克在"黑曜石之怒"内部的发现。

"杰克，我有要事告——"

杰克举手示意她停下："阿玛拉，我尽力劝说权元帅，可是……很遗憾，你不能继续这个项目了。"

这个处罚结果比阿玛拉预料的要糟糕得多。就在前几天，她才刚感觉到人生可能不会在圣莫尼卡的废墟堆里度过，不再需要逃避帮派疯子，不再需要偷东西来满足生活需求……正如兰伯特所说的，她找到了家的感觉，可万万没想到，这一切毁在了自己手上——因为她没有严守纪律。

"无所谓，"阿玛拉故作轻松地说道："反正我也不属于这里。"

杰克走到拘留室的另一头，在椅子上坐下。"以前我也这么说，但我跟你不同。"

阿玛拉知道杰克要干什么，她很感激，但同时，她希望一切能尽快结束。离开就离开，她绝不回头。

"那你当初为什么要加入？"

"当时还是战争状态，我的父亲是元帅，我以为或许这样能接触到他，甚至被分配到他的手下，和他建立浮动神经元连接。但奇怪的是，我居然是天生的驾驶员。"杰克沉浸在回忆中，满脸笑容，但马上恢复了严肃的神情。

阿玛拉第一次没有打断他。

"后来有一天晚上，内森，就是兰伯特驾驶员，我们为一些鸡毛蒜皮的小事吵得不可开交。我一气之下爬进了一架第四代老式机甲猎人，想证明即便没有他，我也可以成为一名出色的驾驶员。"

"这还真是幼稚。"阿玛拉听说过杰克能够连续几个小时保持浮动神经元连接而不断线，但独自驾驶机甲猎人难于登天，全世界只有寥寥可数的几个人能够做到。因为和别人吵架，就想以此证明自己？这……阿玛拉不知道怎么形容……丧心病狂……胆量过人……急躁冒进……但也让人肃然起敬。

杰克摇摇头，脸上再次浮现出微笑。"是啊，就是那么简单。"杰克的声音微微颤抖，继续说道，"我从医务室醒来看到的第一个人便是我的父亲，他告知我，我已经被开除了。我苦苦哀求他，希望他能替我求情，再给我一次机会，我承诺会努力成为一名出色的驾驶员。但我的父亲……他坚决地回答，这是他的决定。他说，我不配驾驶机甲猎人，他还……还说了许多。我也说了很多。当时我刚能站起，我头也不回地离开了这里。"他说话的时候始终没有看阿玛拉。

阿玛拉感觉到杰克此时此刻不仅仅是和自己在说话。他们曾经建立浮动神经元连接，她知道杰克对其父亲的复杂情感，而这也深深埋藏在他们两人的记忆深处。

"一年后，父亲牺牲了。"杰克说，"我还没来得及证明当初是他错了，甚至……我还没来得及为自己证明这一点。"说完，他回头，目光投向阿玛拉。

杰克的这番话，既是对自己亲身经历的回顾，也是在阿玛拉离开破碎穹顶、回归原来生活之前，为她提供的最后指点。

"当时我十分受挫，十分生气。阿玛拉，走自己的路，让别人说去吧！"说完，杰克起身朝门口走去，走了几步又停下道，"昂首挺胸，你和我一样，都一表人才。"

阿玛拉给他翻了个白眼。

杰克开玩笑道："真的，你这脸蛋保养得不错。"随后又加了一句，"天生丽质活得不轻松，相信你能应付得来。"说完正准备关门。

阿玛拉还没完全回过神儿来。该如何应对眼前的麻烦呢？去找权元帅，诚恳认错，乞求他让她继续当学员？或者，直接离开，永不回头？又或者……杰克是在暗示她，想办法留在这个像家一样的地方？她一门心思陷在挣扎中，差点儿忘了想要告诉杰克的事情。他马上就要离开，再不说就没机会了。

"是邵氏工业！"阿玛拉脱口而出，"我要告诉你的是，'黑曜石之怒'的先进技术与邵氏工业有关。"

杰克停下脚步，缓缓转过身来："朱尔斯和她的团队已经把'黑曜石之怒'翻个底朝天，一个序列号也没发现，也找不到任何归属。"
言下之意是：机甲猎人技术团队耗时耗力却颗粒无收，而阿玛拉才进去一会儿便能有所发现？

"并联电缆内部有逆时针缠绕的绝缘超材料，"阿玛拉说，"只有邵氏工业会这样绕线圈。"她脸上露出自信的神情。

杰克见状，吞下疑虑，问道："阿玛拉，你确定吗？"

"百分百！我偷过很多这种电缆来建造'拳击手'。"阿玛拉回答道，她恢复了平日勇字当头的形象，接着又漫不经心地补充道，"我想这个信息对你们来说很重要。"

杰克陷入了沉思。他在思考这一发现将带来什么样的后果。"黑曜石之怒"里有邵氏工业的技术产品，有三种可能性，第一种是简单的产品失窃，或者邵氏产品内部材料的重新利用，而其他两种可能性则……

"待在这儿，不许离开！"杰克警告阿玛拉，同时关上了拘留室的门。

20

"邵氏工业？"戈特利布满脸怀疑，"不可能吧，他们连个生物研究部门都没有。"

"或许有，只是我们不知道而已。"杰克说。

"电缆可能是偷来的呢？就像阿玛拉的'拳击手'里面的电缆一样。"兰伯特说，"要证明邵氏工业与'黑曜石之怒'有关，光靠这一点还远远不够。"

"不如去问问纽顿？他总有办法拿到内部资料，或者运输文件，等等。"

"好主意！去找他。"杰克建议道，"但是别声张。"

戈特利布眼前一亮，兴高采烈地说："我也终于要执行秘密任务了！"

起初，权元帅也和戈特利布一样表示怀疑，但他并没有立即排除这一可能性。权元帅是个很有专业操守的军人。尽管他受够了杰克·潘特考斯特不服从权威的个性，就阿玛拉的去留问题也已有结论，但万一阿玛拉的说法被证实，就极有可能为秘书长森真子以及悉尼成千上万无辜市民之死提供新的调查方向，要知道，救援队伍目前仍在海滩和委员会大楼之间的碎片瓦砾中进行着挖掘工作，死伤人数仍未最后确定。

这种时候必须深思熟虑，切不可轻举妄动。首先，必须确认阿玛拉的发现是否会影响到森真子之死的调查行动。

"你认为悉尼袭击事件实际上是针对森真子的？"

杰克此刻确实是这么想的。他坦诚交代道："邵丽雯上交的数据包提到了北地的工厂。"他希望权元帅能够厘清整件事。

兰伯特更加直截了当："邵丽雯肯定对北地工厂的事了如指掌。"

"要是 PPDC 知道邵丽雯搞怪兽生物武器实验……"

杰克没有继续说下去，兰伯特接过了话茬儿——他们毕竟搭档已久，多次建立浮动神经元连接，心灵已经相通，这也恰恰说明他们之间的浮动神经元连接超过了平均水平——"无人机甲猎人计划便不复存在，如此一来，邵氏工业也会轰然倒闭，一切都会付之东流，他们会成为阶下囚。"

权元帅不敢妄下定论，说像邵丽雯一样的权贵人士是不会成为阶下囚的。但正如兰伯特所说，无人机甲猎人计划和邵丽雯的公司都将不复存在。

杰克说："袭击委员会、怪兽崇拜者，这些都只是烟幕弹，只是为了掩人耳目。"

权元帅承认这种解释听起来似乎可行，但目前仍未有确凿的证据。他反问道："唯一的证据来自那位刚刚被我开除的学员？"

"戈特利布准备去找纽顿，看看能不能从邵氏内部找到更加确凿的证据。"兰伯特说。

权元帅沉思了一会儿，他不同意把戈特利布牵扯进来。虽说戈特利布一直表现良好，是一位稳妥可靠的科学家，但并非秘密调查的最佳人选，尤其是还要把 PPDC 的猜测告知纽顿·盖斯勒，他更加挑不起大梁。权元帅以及其他和纽顿共事过的官员一样，都认为纽顿虽然天赋异禀，但绝非懂礼守礼之人。

"这样吧，"权元帅说，"我们连线委员会，看看他们……"

"我不认为委员会此刻还是可靠的。"杰克说。权元帅忍无可忍，正打算训斥杰克擅自打断上司说话，但还没来得及开口，杰克又说道："森真子就不信任他们，否则她就会在悉尼事件前把北地群岛的事告诉其他人。"

权元帅觉得这话有理。他仔细思考着其他可能性，但一无所获。

"那我们私下去找他们吧，十五分钟后在停机坪等我。"

"那阿玛拉怎么办？"杰克问，"是她发现邵氏工业牵涉在内的。"

"果真如此，我们后面还有更棘手的问题要处理。"权元帅步入作战室安排行程，留下两名驾驶员守在大厅。

杰克不甘心，他为阿玛拉打抱不平。没错，她是闯祸了，但万一她真的找出了杀害森真子的凶手，揭露了非法的怪兽生物技术研究计划呢？在杰克看来，这足以弥补未经允许溜进"黑曜石之怒"而造成金海受伤的过错。因此，阿玛拉理应被释放。驾驶员应该机动灵活，而不是死板守旧。阿玛拉以实际行动做到了这一点。杰克坚持认为，驾驶员部队里应该有她的一席之地。

不过现在谈论这些为时尚早，因为他们还没有证实阿玛拉的发现，也没有证实杰克的推断。

邵氏工业全面部署无人机甲猎人计划的两天期限即将到来。邵丽雯亲力亲为，不断鞭策公司上下的员工，包括低层的技术员，以及盖斯勒博士。他们对她可谓又怕又恨，但仍夜以继日地为她卖命，因为这终将获得丰厚的回报。邵丽雯昂首阔步地走过上海邵氏工业研究总部的大厅，手里端着数据平板不断检查着工作进度。康主管刚刚检查完大楼安保系统，小跑着跟上邵丽雯。

"邵小姐，都检查过了，大楼安全。"

"无证件者不得擅自进入。"邵丽雯下令道。

这说明邵氏工业大楼的公共场所将被关闭，但她不在乎。眼下，她离梦想的实现只有一步之遥。怪兽大战期间，每当看到驾驶员奄奄一息，她就忍不住会想：真是浪费人才。如果在破碎穹顶基地动动手指，就可以驾驶机甲猎人，那我们还会把这些年轻的小伙子、小姑娘送去驾驶机甲猎人吗？当明天的太阳冉冉升起时，现状将发生变化。

"我不希望任何人影响部署进度。"邵丽雯再次强调，仿佛担心康主管没有完全听明白似的。

这时，数据平板发出声响。她紧皱眉头，低头看着平板，同时将平板倾斜过去，以免数据被康主管偷窥到。

"有事来办公室找我。"邵丽雯说着，意思是让康主管离开。

"好的，老板。"康点头道，大步走开了。

邵丽雯站在原地，处理着数据平板上传来的信息。

怎么可能呢？

第三部分　危机

////////////////////////

GIPSY
AVENGER

学员开除报告

学员名字：阿玛拉·纳玛尼

开除原因：鲁莽行动致使 PPDC 成员受伤；

　　　　　干涉 PPDC 情报调查；

　　　　　违反训练规定。

（简报）

纳玛尼怂恿同班学员在未经允许的情况下，进入"黑曜石之怒"机甲的残骸。其间，纳玛尼学员试图绕过安保分队，破坏"黑曜石之怒"内部结构。该行为造成的后果包括：怪兽血液流出，以及金海学员受伤。

纳玛尼学员主动承认错误，承担责任，可见她品行良好。犯下如此大错的学员，我们一般将永不录用，不过纳玛尼学员的档案上除了"开除"二字，不会有其他任何不光彩的指责。

纳玛尼学员将回到位于加利福尼亚州圣莫尼卡的家中，PPDC 建议当地执法部门不再起诉她过去的任何违法行为。

署名：权

21

阿玛拉按照杰克的吩咐，一直待在拘留室里，直至被 PPDC 的安保人员带走。

此前，她仍怀着微乎其微的希望，直到安保人员告诉她："根据 PPDC 的规定，你有权在旁观看我们清理你的储物柜。如果不认可我们处理你私人物品的方式，你有权提出口头意见。但是，请不要接近执行清理任务的安保人员。明白了吗？"

阿玛拉点点头，一言不发，她知道这时候只要一开口，自己必定会哭出声来。安保人员领着阿玛拉来到营房，其他学员站在旁边默默地看着她的储物柜被逐一清空。安保人员做事效率高，专业性强，甚至把她的衣服先折叠整齐再装进露营包里。但这种专业的行为却令她莫名地心生闷气。是的，如果安保人员做事粗心大意，甚至故意搞破坏，她还能找到生气的理由，可他们对待她的方式完全合规。她会怀念这种循规蹈矩的日子的。圣莫尼卡从来都是强者的世界，社会混乱，秩序糟糕。可怜的阿玛拉，直到被开除，她才意识到自己注定会怀念这种按部就班的生活。

"这不公平。"苏雷什说。

阿玛拉抬起头。金海正向她走来。他从大拇指到手肘上方都被裹上了厚厚的纱布。阿玛拉一开始不敢看，但这毕竟是自己一手造成的，她不该为了让自己好受一点儿就对金海受到的伤害视而不见。

"我和我的父母谈过了，"金海说，"可他们不肯听我的劝说。"

"是我的责任。"阿玛拉不希望金海因此自责，"是我一手造成的，本就该由我承担责任。"

她很感激金海对自己的宽容，但是，没有规矩不成方圆。阿玛拉未能得到赦免，主要还是因为没有父母撑腰，但要真得到了赦免，那也是徇私枉法的行为，不是吗？不管怎么说，世上没有十全十美的事。

储物柜很快被清空了，安保人员过来带阿玛拉离开。

"阿玛拉，"小维喊道，"下次你再造机甲猎人的话，造个大点儿的。"她露齿而笑。

小维突然示好让阿玛拉有点儿摸不着头脑，她记得小维曾嘲讽过自己"什么时候都以为越大越好"，没想到现在连她也支持自己。天啊！阿玛拉怎么舍得离开这群人，回到原本的生活？权元帅他们会把"拳击手"还给她吗？

安保人员打开门，等着阿玛拉离开营房。

阿玛拉没有回头，她不想被其他学员看到自己泪流满面的样子。

纽顿在实验室待了整整二十四小时，不断督促技术人员加快速度，直到他们完成所有的部署任务。总体计划是这样的：邵氏工业将在太平洋沿岸所有大城市——洛杉矶、悉尼、上海和东京等——展示无人机甲猎人战队，因此，需要大量执行该计划的无人机甲猎人，以及大量接受过浮动神经元连接训练的驾驶员。

邵丽雯从 PPDC 聘请了不少退役的驾驶员，其他不是退役下来的驾驶员则接受了新型驾驶支架与纽顿自主设计模拟设备的浮动神经元连接训练。不过由于纽顿是邵丽雯的职员，所有的发明专利和功劳都属于邵丽雯。这让纽顿不时感到苦恼。邵丽雯不能没有纽顿，她自己也心知肚明，但她表面上从不承认。

不过这不重要，纽顿觉得自己聪明强干，有时甚至过于自信，但那又怎样？这是实情。眼下，他心无旁骛，既不考虑专利，也不想邀功，只想专注于手上的发明——这种状态持续了好几个星期，甚至好几个月。

在圣莫尼卡，两架无人机甲猎人的情况有些棘手，它们仍无法正确处理从远程指挥实验室中 Drift 驾驶员发出的信号。

邵氏工业大厦中，有一层楼整个儿都是远程指挥实验室，仪器与Drift系统驾驶支架之多，甚至能布满整个城市的街区。一般而言，机甲猎人内部的仪器，需和驾驶支架进行即时的视觉与触觉刺激才能运转，而邵氏工业的仪器与驾驶支架经过稍微改装后，能够独自运转。因此，这里的一切都是虚拟化的。控制室里共有一百名驾驶员，每二十名列成一排，操纵着同样的Drift设备，将命令传输给同一个无人机甲猎人。

纽顿看着这一切，不禁有些沾沾自喜。比起两名驾驶员建立浮动神经元连接来操控一架机甲猎人，眼前的操作显然更胜一筹。毕竟两个人在意识交流的过程中，总会出现预料之外的情感共鸣，这将使得操控全副武装的钢铁巨人变得更加复杂。如果只有一名远程驾驶员，那么行动指令将变得更加清晰明了，也降低了驾驶员面临生命危险的系数。

这将成为机甲猎人革命进程中不可阻挡的大趋势。

纽顿洋洋得意，感觉自己即将改变世界。

他操作着任务部署屏，确保Drift连接稳定。根据日程安排，无人机甲猎人很快就要上线。很快……

控制圣莫尼卡无人机甲的Drift设备的灯由红变绿，显示系统稳定，网络连接畅通，无人机甲运转良好。

无人机甲猎人站在"秋末艾克斯"两侧，向全世界人民表明它们的统一战线立场。在其他破碎穹顶基地，在其他城市，无人机甲猎人与机甲猎人排成编队，以整齐划一的步伐登场。超出视觉范围的部分，邵丽雯要求至少确保直播时能让人们看到。她希望每个人都相信无人机甲猎人并不是机甲猎人的替代品，而纽顿觉得，只要观众看到这一幕，都不会相信。

最后两架无人机甲猎人仍在运往蒙屿兰破碎穹顶的途中，屏幕上的数据显示运转良好。它们已经整装待发，尽管还在跳鹰直升机上。驾驶员甚至在抱怨，为什么要最后上场！

重要的时刻到了。

除了蒙屿兰，其他无人机甲猎人都已准备就绪，且运转正常。最后这两架无人机甲猎人也进入了部署阶段。

"结束运输！"

纽顿欢呼起来，实验室里的技术员们也跟着欢呼雀跃起来。

"完美完成任务！"

不料纽顿话音刚落，警报灯立刻亮起。

蒙屿兰破碎穹顶基地任务指挥中心的技术员发现异常状况——正在接近停机坪的那两架无人机甲猎人的能量信号异常。

邵氏工业的远程控制实验室里，纽顿的命令主屏上的警报灯全部亮起来了。他的得力助手伯克离他最近。伯克也是一名远程驾驶员，他不断地摆弄着控制设备，却仍无法阻挡全息屏变色、变形。

"375号无人机甲断线！"

其他驾驶员的全息屏也出现了类似的状况。纽顿转身看着主屏数据。整个远程控制实验室的警报灯全部亮起，驾驶员的全息屏闪烁不停，最终都变了色。眼前这一切是那么熟悉，可他不知道哪里出了问题……

22

　　"欧米茄勇士"守卫着蒙屿兰破碎穹顶基地的机甲猎人机舱大门，等待最后两架无人机甲猎人的到来。据说，这两架机甲猎人到达之后，"欧米茄勇士"以及其他人类驾驶的机甲猎人将全部作废。尽管邵丽雯一再承诺，这种情况不会出现，但驾驶员和机甲猎人技术员们却认为这是不可避免的。夜空中出现了跳鹰直升机的照射灯，以及直升机上无人机甲猎人的运行指示灯，它们渐渐从南边向基地靠近。

　　阿玛拉抬头看向跳鹰直升机。PPDC 的安保人员正在护送她坐上直升机准备前往……她一脸茫然，不知道该何去何从。回家吗？那里一无所有。接下来该如何是好？

　　杰克站在停机坪的另一侧，与阿玛拉四目相对。他也正要坐上跳鹰直升机。阿玛拉很好奇，他匆匆忙忙地要去哪里？她甚至希望会和自己告诉他的关于"黑曜石之怒"内部电缆的事情有关。可惜她不得而知。直到目前为止，还没有人来找过阿玛拉，除了安保人员命令她离开。跳鹰直升机发出的声音越来越低沉吵闹，杰克小跑过来。难道是想叫安保人员放开她？想到这里，阿玛拉的心脏怦怦直跳，虽然其实她心里清楚，杰克很可能只是过来做最后的道别。

　　但杰克还没来得及走上十步，通信器响了起来，有人语速很快地说着什么，还能听见任务指挥中心的技术员用普通话大喊大叫。杰克停下来，回头看看权元帅。

　　权元帅翻译道："无人机甲猎人出现异常！"

杰克抬头看向跳鹰直升机。

无人机甲猎人的头部亮起了亮紫色的能量射线，卷须状的怪兽身体从装甲钢板裂缝处膨胀而出，怪兽身体上的脉搏处于活跃状态。接着，怪兽卷须体互相盘绕，与无人机甲猎人融为一体。动力系统超载，无人机甲猎人四肢胡乱摆动着。跳鹰直升机因此失去平衡而旋转起来，最后，多架跳鹰直升机相互碰撞，悬挂无人机甲猎人的电缆线"噼啪"断裂。无人机甲猎人在距离停机坪还有几百英尺的地方掉落下来，跳鹰直升机则旋转着坠下，在停机坪上"轰隆"一声爆炸，粉身碎骨。即便站在停机坪另一端，杰克也能感受到爆炸产生的冲击波。

无人机甲猎人尚未降落，便在液压升降梯附近狂轰滥炸起来。数枚等离子导弹齐齐略过停机坪，车辆全部被炸毁。还有几枚在机甲猎人机舱大门边缘爆炸。而后，无人机甲猎人转向一排排整齐停放的跳鹰直升机与Ｖ龙直升机。部分Ｖ龙直升机与小型直升机腾空飞起，但仍被无人机甲猎人的炮弹炸个粉碎。带着焰火的残骸散落到晴川湾的海水里。那些试图接近并攻击无人机甲猎人的直升机被重重地拍到停机坪上，爆炸后燃烧起来，目之所及，全是"爬行者"机器人和叉式起重机的残骸。

"快去驾驶'复仇流浪者'！"权元帅命令杰克与和伯特。

两人迅速离开。

权元帅继续对着通信器下达命令："全体驾驶员！启动机甲猎人，迎击敌人！"

机甲猎人驾驶员和机甲猎人技术员迅速到岗，"欧米茄勇士"守在舱外，无人机甲猎人转向这边。"欧米茄勇士"的驾驶员还没来得及启动，无人机甲猎人便连发两次导弹，把"欧米茄勇士"炸得支离破碎，周围的技术员与两名驾驶员在爆炸中牺牲。"欧米茄勇士"的碎片，有的翻滚着滑过停机坪，有的从海拔几百码的地方洒落下来。断下来的机器头部在地上被弹起，随后沿着停机坪滚动，差点儿砸中阿玛拉，幸好她身手敏捷，一个扑地躲开了。但她身边的安保人员就没那么走运了。"欧米茄勇士"的头部正中安保人员，也撞毁了准备载阿玛拉离开的直升机，一直撞到破碎穹顶基地外墙上才停下来。

惊魂未定的阿玛拉环顾四周，只觉得触目惊心。导弹连绵不绝，到处都在爆炸，停靠在一边的跳鹰直升机、机甲猎人技术运输机无一幸免，工作人员四下逃窜，他们也成了轰炸的目标。远处飞机跑道上的用于部署的起重机尚完好无损，无人机甲猎人从那里开始，沿着停机坪，一步步摧毁停机坪上的设备。

任务指挥中心的卫星监控显示，同样的灾难像海啸一般席卷了整个世界。无人机甲猎人瞬间成了混世魔王，大肆攻击了安克雷奇、关岛、利马、阿图岛，以及圣莫尼卡等地区。圣莫尼卡的"秋末艾克斯"身后，码头燃起了熊熊大火，后面是一堆怪兽骨头。权元帅眼睁睁地看着福冈破碎穹顶基地土崩瓦解，扬起蘑菇球状的尘土。一架机甲猎人在华盛顿湖浅滩倒下，无人机甲猎人朝着机甲猎人背部发射导弹，爆炸引起了阵阵涟漪，使湖水往外散去。马尼拉的北港海滩火光冲天，海滩前的无人机甲猎人大步跨过帕西格河。雅加达有一架无人机甲猎人倒下了，而奋起反抗的机甲猎人却倒在了另一架无人机甲猎人脚下。

全世界到处都是遭到无人机甲猎人攻击的画面。

只有在悉尼海滩上，由于在"黑曜石之怒"事件后增加了加农炮的守护，PPDC委员会大楼得以幸免。

本来今天是个普天同庆的日子，是个标志着PPDC与机甲猎人战队的发展进入新篇章的日子。然而现在，不过短短一天，机甲猎人战队或许就会全军覆没。权元帅心想。

（报告）

PPDC 全体警备指令

非公开指令

致 PPDC 各监管地区当局：

　　无人机甲猎人在首次部署过程中，攻击了人类驾驶的机甲猎人、破碎穹顶基地，以及 PPDC 的其他军事设施，因此，一旦出现无人机甲猎人，必须利用除了战术性核武之外的一切可利用武器进行摧毁。

　　全部民众以及 PPDC 非要员必须马上撤离，去往远离无人机甲猎人攻击的地区。

　　跳鹰直升机、V 龙直升机等部署中的 PPDC 飞行器不得返回所属破碎穹顶基地，根据非所属破碎穹顶基地的降落协议，启动 PPDC 飞行器紧急改道现行协议。

　　若无进一步通知，暂时不允许任何邵氏工业承包商进入破碎穹顶基地，除非得到破碎穹顶基地元帅或代元帅的批准。

　　任何 PPDC 人员不得在公开场合谈论以上事情，悉尼 PPDC 委员会外联人员需开展公关和辟谣工作。尤其需要强调的是，PPDC 人员不得回答任何关于怪兽组织与无人机甲猎人中怪兽成分的任何问题。

23

　　纽顿匆忙穿过邵氏工业的大厅，来到邵丽雯的办公室。来得正好，邵丽雯就等着听听纽顿的汇报。

　　事情已经火烧眉毛，纽顿却完全不知道为何会这样。对于实验室里发生的一切，他仍心有余悸。就在一瞬间，所有的无人机甲猎人同时掉线，而后突然上线，并开启了独立驾驶模式，由此引起的反作用通过远程驾驶支架传回。远程指挥实验室里的驾驶员们几乎全体命丧当场，这场景让人毛骨悚然。即便是侥幸存活的驾驶员，脑部严重受损，大部分都瘫在驾驶支架上，全身抽搐，甚至神志不清、胡言乱语。纽顿命令技术员重新连线，发出自动紧急关闭编码，但都不能奏效。

　　总之，他眼睁睁地看着几十架无人机甲猎人被运到世界各地，摧毁PPDC布置在世界各地的军事设施，更不用提在原本计划举办无人机甲猎人展示的几个大城市发生的巨大灾难。

　　不可思议！这到底是怎么发生的？谁是罪魁祸首？

　　现场报告显示，部分无人机甲猎人露出了奇形怪状的有机生物体，这更是让纽顿摸不着头脑。也许是人们在惊恐万分时没看清？就像"黑曜石之怒"一样动作敏捷的机甲猎人？或者比"黑曜石之怒"更迅速？莫非真的是什么特殊人物打造了"黑曜石之怒"……

　　每当心理压力大的时候，纽顿就会浮想联翩。而为了不让自己过多地瞎想，他近来开始自言自语，以达到放松的目的。他知道有人一定会认为自己精神失常，但他不在乎。现在，他跑出大厅，一路上连珠炮似的自我安慰道："一旦搞清真相，找到解决方法，一切都会恢复原状的。没事，没事，一切都会好起来的。你一定行，必须行……"

实验室的技术员晴晟看见纽顿走过来，喊道："盖斯勒博士、邵小姐找你！"

"知道，知道！这不正要去吗？！"纽顿几乎小跑了起来，但又觉得万一跑起来，反而会造成更多的恐惧。是的，他又反复无常起来。只有慢慢走才能平复心情。他至今想不明白，这是自己设计的无人机甲猎人，他全程监控生产过程、编写远程 Drift 驾驶支架训练协议，为什么会被人恶意破坏呢？

刚走到转角处，纽顿迎头撞上了戈特利布，并被戈特利布一把抓住，拉到了一旁。

"戈特利布？你是怎么进来的？"纽顿以为康主管已经封锁了整幢大楼。

"我有 PPDC 的证件。"戈特利布回答，语气中透露出对目前这种人心惶惶的环境略有不满，"再说了，这里的人似乎都在忙着替你老板刚刚闯下的祸善后。"

"不是她闯的祸，"纽顿下意识地说道。可他又从何而知不是邵丽雯的错呢？为何这么断定？这时，他突然想到了另一个理由，赶紧道："是怪兽崇拜者！可能是他们黑入了我们的系统……"

"不，这和怪兽崇拜者一点儿关系都没有！"戈特利布吼道。

纽顿停下脚步。

戈特利布环顾四周，确定没有偷听者，这才压低声音说道："我们有证据证明，'黑曜石之怒'和邵氏工业有关。"

纽顿一脸惊愕。

在无人机甲猎人计划得到批准的那一刻，对 PPDC 发动恐怖袭击？邵丽雯是要打阴谋论的幌子吗？这也太巧合了吧？不过或许这样才不致被怀疑？纽顿暗自揣度。没有人会认为这是有预谋的，因而才更容易脱身。建造一架黑化的机甲猎人，威胁其他机甲猎人的地位，甚至炸掉委员会大楼的一部分……这些都是邵丽雯干的？不，不。纽顿不敢相信。大亨老板虽然冷酷无情，但总不至于变成杀人狂魔吧？

要不然呢？

若真是在纽顿不知情的情况下，邵丽雯设计建造了一架黑化的机甲猎人，那么，她为什么这样做呢？纽顿负责着所有无人机甲猎人计划的驾驶员，他仔细检查过邵氏工业的所有季度生产报告，尤其是那些全自动工厂的报告，这些工厂的生产力占了邵氏工业的40%。为什么他没有发现在哪里有分散的生产资源和生产能力，足以打造一架机甲猎人呢？更何况，这个企业同时还在建造一百架无人机甲猎人……

即便确实如此，纽顿在短时间内也无法接受。或许邵丽雯是始作俑者，但他脑海里有个声音在说：事情远比表面上看起来的要复杂得多。

"你确定是我们这家邵氏工业？"纽顿问，他只想再次确认。

可能存在另外一家同名的公司，也可能是戈特利布没有调查清楚。

"不错，是做超级缤纷圣代的邵氏工业。"戈特利布开玩笑地说道。他很少开玩笑。

纽顿被戈特利布故作轻松的玩笑带偏了，更是一头雾水。"超级缤纷圣代"是什么？还没等他发问，戈特利布又说："是这家。我来找你，是想看看你能否从内部找点儿资料证实我们的猜测，不过既然邵丽雯已经派出了那些无人机甲……"

不会的。邵丽雯多年来一直致力于建立无人机甲猎人战队，她的事业、声誉和公司，全部压在了上面。她弄出这番事故就为了毁掉这个计划吗？这不合逻辑。纽顿仍然无法相信邵丽雯与黑化机甲猎人有关。就算PPDC真的掌握了什么证据，肯定也另有隐情。

"邵丽雯会故意造出像疯子一样狂轰滥炸的无人机甲猎人？这不合常理。还有，你说的那个'超级缤纷圣代'到底是什么？"

"她只是想利用你，然后过河拆桥。"戈特利布愤然但低声说道。

两人走向电梯。戈特利布挂着拐杖，但也健步如飞，这似乎从侧面告诉纽顿，情况已经十万火急。

"邵丽雯用金钱、名誉诱惑你，等你功成名就，她就趁机窃取甚至篡改你的研究成果。"

纽顿咬住嘴唇，他一紧张就会如此，这是过去一年多来养成的习惯。

"你真的相信？"

"我相信。纽顿，这不是你的错，是邵丽雯的把戏，她把所有人都耍得团团转。现在我需要你的帮助，我们一起拯救世界吧。"

纽顿当然愿意帮助戈特利布，如果戈特利布所言属实，可内心似乎有股力量在阻止他说出"我愿意"。他尝试着转换角度，避开那股阻力："我的意思是……"刚开口，他发现有人从背后拿枪指着戈特利布。他连忙阻止道："别开枪！"

拔枪的是康主管和安保员，他们沿着大厅靠近。

戈特利布无奈地举起双手，后退了几步。他看着纽顿，脸上的表情似乎在说："这下你该信我了吧？"

我信了。纽顿在心里说道。

可惜为时已晚。

阿玛拉和一部分破碎穹顶基地的技术员以及现场的机组人员一同冲进了机甲猎人机舱。在无人机甲猎人的首轮攻击中，他们幸存了下来。其他学员在机舱里不知所措，一看见阿玛拉，就冲上前去。

"到底发生了什么？"金海抢先问道。

这时，从停机坪上传来轰天震地的爆炸声，无人机甲猎人扫荡完飞机跑道，开始轰炸液压升降梯和集结在停机坪上的大批军备物资。少数逃出魔掌的跳鹰直升机与V龙直升机开始反击，然而这些直升机装备的是轻武器，根本不是无人机甲的对手。有些勇敢的飞行员尽可能地接近无人机甲，以便攻击其头部或安装在躯干内部的能源内核，可惜没有成功，英勇殉职。

良一瞄了一眼外面的情况，问道："就是那些机甲猎人？"

"是无人机甲猎人，邵氏工业的杰作！"阿玛拉说道。

学员们挤到甲板一边，为机甲猎人留出通道。

"他们到底想干什么？"塔希玛望向停机坪外。他和良一都无法理解眼前所见。

"我怎么知道！"阿玛拉说，"他们一定是疯了！"除了"屠杀"，她实在想不出还有什么词可以形容这疯狂的举动。她以前也见过死亡，在圣莫尼卡贫民窟，死亡时有发生，但如此大规模的、灭绝人性的屠杀……

杰克和兰伯特全副武装地跑过去，在"欧米茄勇士"的残骸中迂回前进，跑向"复仇流浪者"。

"迅速清理甲板！"兰伯特命令学员。

杰克也冲他们喊道："回到营房里！"

无人机甲猎人走近机甲猎人机舱的大门。学员们虽然没有进入机舱，但能清楚地看到正在出动的机甲猎人。一声长鸣后，等离子导弹从阿玛拉头上飞过。"救赎者泰坦"刚踏出船坞。数发导弹炸开了船坞和起重机架，炸飞了船坞附近的机舱高层过道。阿玛拉本以为无人机甲猎人造成的破坏仅此而已，但当"救赎者泰坦"跨出第二步时，她发现其腿部开始冒烟。"救赎者泰坦"被导弹击中了膝关节，庞大的身躯压在受伤的腿上，导致膝关节凸出，尚未来得及平衡重心就倒了下来。

"快跑！快！"兰伯特喊道。

"泰坦"正往这边摔倒，兰伯特和杰克赶紧把学员们推开，完全顾不上自己的安危。"泰坦"越来越近，兰伯特没来得及逃离。阿玛拉眼睁睁看着，心急如焚却无能为力。来不及了，兰伯特教练！

就在那个瞬间，朱尔斯从附近的过道飞奔而来。在"救赎者泰坦"撞向机舱大门的前一秒，她抱住兰伯特滚到了一边，逃过了被压碎的命运。所有人短暂地松了口气。

不一会儿，晨星锤坠落，砸穿了机舱船坞的钢板，并嵌在里面。随后，一股强大的冲击波涌向学员们，学员们无不跟跄着勉强站住。

朱尔斯压在兰伯特身上，兰伯特不经意间抱住了她。

"嘿！"朱尔斯一巴掌打过去。

"嘿！"兰伯特回应道。

杰克看不下去了，说道："开玩笑吗？你们在干什么？"

兰伯特赶紧松开手，他回味着由于两人身体接触而产生的触电般的感觉。这时，通信器的警报灯亮起来了。全世界的无人机甲猎人正在摧毁毫无防备的机甲猎人。

是时候进行反击了！

机甲猎人观察室：论怪兽

关于怪兽的传闻闹得沸沸扬扬，众说纷纭，但其实都是些谬论。为什么这么说？因为只有相信外星人和人类一样有思想和感情，我们才能真正对其有所了解。对于怪兽，我们必须牢牢记住这一点——虽然听上去像无稽之谈，却在情理之中——怪兽是外星人，我们一点儿也不了解外星人：对于它们的情感、欲望、思维的运作方式，我们一无所知；对于它们是否会伤心、为什么而伤心、能否辨认颜色，我们一无所知；对于它们是如何看待宇宙万物的，有着什么样的理论，等等，我们其实都一无所知！

怪兽是外星人，这点毋庸置疑！由此，我们必须分析一下"先驱者"。它们生活在遥远的、另一维度的星球上。那里的环境极其诡异，即便PPDC的K-科技部也无法识别出粘在罗利·贝克特的操作服上的物质。当然，这些科学家们表示，他们愿意穷尽一生来探索这些神奇的物质。

因而，我想对怪兽狂热分子和K-科技部说——

其实你们根本不懂怪兽的世界！

因为你们不得而知！

因为你们是人类！

除非你们不是人类——那就另当别论。

24

纽顿和戈特利布并肩站在电梯里，一同乘坐电梯的还有康主管的保安。康主管就在纽顿身边。电梯正往楼下降，预测目的地是地面一层，等出了电梯，康主管就会把两人交给警察，接着邵丽雯随便给他们安个罪名，例如诬陷他们是造成此次无人机甲事故的幕后主使。

纽顿在大脑中预想着事情的发展。首先，邵丽雯会编造出一个悲剧，说曾经拯救世界的纽顿和戈特利布因与怪兽大脑建立过 Drift 连接而精神失常。然后，她保证一定会做出补偿，同时鼓吹邵氏工业在抵抗无人机甲以及灾后重建等事情上的重要性。最后，纽顿和戈特利布一生都在监狱里腐烂发臭，而她则继续逍遥法外，实行诡计……

绝不能坐以待毙！纽顿灵机一动。他瞅向戈特利布，与戈特利布的目光撞个正着。他低头看着戈特利布的拐杖，这个举动让戈特利布感到诧异。纽特再次下意识地看着戈特利布的拐杖，他动了动下巴，旨在暗示戈特利布：拐杖。他只能寄希望于戈特利布了。是时候殊死一搏了。

戈特利布突然眼睛一亮，恍然大悟，随后眼神闪过一丝忧虑……但最后，忧虑转为毅然决然的气概。他故意大声咳嗽起来，弯下腰假装痉挛发作，随后猛地站起来，用力一挥拐杖，狠狠地砸在靠近自己的保安脸上。保安被砸中了鼻子，鼻血顿时溅洒而出。

纽顿也动起手来。康主管见状，赶紧伸手拿枪，不料被纽顿一把抓住，两人为抢夺手枪大打出手。在狭小的电梯空间里，戈特利布用拐杖狂揍保安，杀伤力可不容小觑。

就在此时，手枪意外走火，"砰"的一声，子弹射穿了电梯的地板，幸好没造成人员伤亡。尽管康主管接受过格斗训练，但仍不敌纽顿一开始的出其不意和背水一战的气势。纽顿从康主管手里抢过手枪，以枪托砸康主管的脸。康主管踉跄了一下。纽顿再次砸过去。康主管直接倒下了。纽顿抬起头，戈特利布也搞定了其他保安。真是难以置信，纽顿心想，谁能想到一本正经、靠头脑吃饭的戈特利布居然也身手了得！

纽顿按下电梯的控制按钮，停在了地下一层。两人走出电梯，留下不省人事的康主管和保安。纽顿轻抿嘴唇，用手擦了擦嘴角的血。戈特利布的鼻子也流血了。两人此时异常激动亢奋，就在刚刚，他们经历了动作片中才能看到的场景，可谓惊心动魄，这点儿小伤根本不算什么。

"纽顿，谢谢你！要不是我比较忌讳在公共场所表达情感，我早就抱紧你庆祝了——管他呢！"正说着，戈特利布抱住了纽顿，弄得纽顿一脸震惊，他自己却没有丝毫尴尬。

纽顿对戈特利布素来有好感，两人终于在患难中再次结成联盟。

"客气什么！"纽顿说，"还有，抱够了，是时候去对付那些无人机甲了。"

两人以最快的速度回到纽顿的实验室。黛雨和其他技术员还在实验室里想办法重新控制无人机甲。这无异于螳臂当车，不自量力。但纽顿不是一般的角色，他急中生智，想出了一个办法。

"全部停手！"他举起从康主管那里抢来的手枪，随后用普通话喊道，"马上滚！否则我开枪了！"

实验室里顿时乱成一团，技术员们惊慌失措，赶紧往门口方向逃跑。

黛雨最后离开，她经过纽顿身边时，说："我就知道早晚有一天你会爆发。"

"你被解雇了！"纽顿厉声应道。

现在，整个实验室只剩下纽顿与戈特利布。

"怎么办？"戈特利布问，"要怎么阻止这一切？"

"后门！"纽顿喊道。他放下枪，冲到电脑终端面，快速输入指令，动作之快，连戈特利布都跟不上他的节奏。

"哪里的后门？"戈特利布问，"实验室吗？"

电脑终端操纵台上出现了全息显示屏，整个环太平洋区域的地图都出现在显示屏上。每一架无人机甲所在地都用红点标示出来了，从屏幕上可以看见这些小点有的互相重叠，有的靠得很近。

"我指的是无人机甲子程序的后门，"纽顿说，"我偷偷设计了一个子程序，以免我有一天想要坐上去，到街上逛逛。"

"你这浑蛋！"戈特利布的语气中充满了敬佩。

"可不是嘛？"纽顿咧嘴而笑，又重新专注于眼前的工作。

子程序启动指令开启，纽顿小心翼翼地输入代码。他之前设定了失效保护程序，一旦输错代码，子程序会自动锁上。目前他们必须确保万无一失，一旦输错，他们没有时间等待子程序解锁了。纽顿反复检查了几遍，以确保指令正确。

（计算机文本）

LV426

指令正确。

纽顿按下"确认"键。

戈特利布看着屏幕，期待着无人机甲停止运作，或者恢复远程 Drift 连接协议。

不料，屏幕上只出现了一行指令。

（计算机文本）

利马胜利（LIMA VICTOR）426 指令确认完毕
启动废除协议程序

戈特利布重复读了几次，吓得目瞪口呆。

"你到底做了什么？"

"一件处心积虑了十年的事——毁灭人类世界！"纽顿抬头看向戈特

利布。

戈特利布从纽顿的眼神中读到了黑暗与恶毒。纽顿竟然会做出这样伤天害理的事！戈特利布瞠目结舌、惶惶不安，老伙伴的话在他脑海中挥之不去——处心积虑了十年……他蓦地明白了一切。

没错，"黑曜石之怒"虽然用的是邵氏工业的零部件，但并不是邵丽雯的杰作；没错，无人机甲遭到了攻击，但也不是邵丽雯所为……

这一切的幕后指使原来是纽顿！

全息显示屏上出现了卫星影像，影像中间弹出一处地表，是檀香山海港，一架无人机甲出现在海港附近的浅滩上，而后与其他无人机甲围成一个圈。它们能源内核上的躯干晶体在发光，然后发射出粒子束，粒子束交汇于圆圈中心。之后，霹雳一声巨响，闪闪发光的能量球就这样汇聚而成。海面激起一阵水波涟漪，而在能量球的下方，海水波涛汹涌，海底开始散放出耀眼的光芒。

戈特利布恍然大悟——他想开启另一个虫洞！

"为什么？"他质问道，"你为什么这么做？"

"他不会这么做。"纽顿说，语气充满了嘲讽与憎恨。"或许他会，因为他对所有人都恨之入骨！因为你们都嘲笑他，你们对他，就像对待大象上的跳蚤一样，你们觉得他微不足道，甚至像个笑话……"

他？！

戈特利布不明白为什么纽顿要用"他"来称呼自己。但很快，他就明白了。

"你……"纽顿的眼神变得非常陌生，看上去就像一个心狠手辣的暴徒的眼神。

真相已经水落石出。

"'先驱者'！"

突然，纽顿骤然变了个人，脸上病态的笑容散去，眼里充满了恐惧。

"戈特利布，帮帮我！"他哀求着，"他们在我的脑子里，挥之不去……"

"纽顿，挺住，别让他们得逞！"戈特利布走上前去抓住他的领子，"战胜它们——"

纽顿四肢抽搐，重新被"先驱者"掌控。他反手一推，将戈特利布推倒在实验桌上。

"他还不够强大。"纽顿咆哮着，"你们所有人都不够强大！"

忽然，实验室里清晰地响起子弹上膛的声音。两人转过身来，发现邵丽雯举着康主管的手枪正对准纽顿的脑袋。

纽顿不以为意，轻蔑地笑道："嗨！老板，你终于查清楚啦？怎么查清楚的？诊断程序？"

"我们的数据不一致，"邵丽雯说——两天前她和纽顿因为 Drift 连接出现延迟而争吵，"你是怎么实现的？我居然毫不知情。"

"邵氏工业 38% 的生产都是全自动化的，"纽顿说，"在那么多年的时间内，拆东墙补西墙，这很难吗？"他换成了流利的中文继续说，"更别说我有一个总认为自己聪明绝顶的老板。"

邵丽雯准备开枪了。她或许还没完全弄清事情的来龙去脉，但她自认为已经掌握了足够的信息。这个员工比她聪明，还背叛了她、毁掉了她穷尽一生追求的梦想，这些理由已经足够将他一枪击毙！她眨了眨眼："我离成功仅一步之遥。"

不！绝不能开枪。纽顿虽然受"先驱者"的控制，但他仍旧是纽顿，仍然是我的朋友。戈特利布心里焦急。他猛冲上去，就在邵丽雯开枪的那一刻，举起拐杖一个横扫，打在她手上。

就在这时，戈特利布被纽顿从背后推倒了，他撞在邵丽雯身上，两人顺势摔倒在地。邵丽雯猛地站起来，用手枪指着纽顿。戈特利布一把抓过她的手。

"千万别开枪！他不是纽顿，是'先驱者'！我们与怪兽大脑建立连接的时候，'先驱者'趁机入侵了纽顿的大脑。"

"闭嘴！"邵丽雯怒声呵斥，但她还是放下了枪。

戈特利布仍然紧紧抓着邵丽雯的手不放，随后却发现纽顿不见了。

邵丽雯甩开戈特利布的手，朝纽顿的全息电脑终端走去："别再碰我！"她打开终端的对讲机控制程序，用普通话飞快地说了一大串。

戈特利布没有完全听懂，但他听到了纽顿的名字……还有……开枪……

五条邵丽雯语录

Bootstrap 网站访谈录
2033 年 3 月 22 日

1. 做任何事都要精益求精，这本无可非议。但倘若已经到达自己认知的极限，那么是时候另起炉灶了。

2. 无论做什么，都可能会搞砸，奇怪的是，一旦搞砸，你就不会再相信事情可以变好。

3. 或许你觉得目前制造出来的产品已经完美无缺，但只有下一件产品生产出来时，你才会知道是否可以继续改进。

4. 人类常常提出问题、解答问题，有时候答案仅仅是一台机器。认为机器与人类完全不同的观点，实际上大错特错。人类设计、创造并完善机器，随后又废弃旧的机器、设计新的机器，如此反复循环。创造机器是人类做的最符合人类性格的事情之一。

5. 如果我没有成为工程师、程序员，或许会成为……我感觉目前仍未做到臻于至善，因此还不能放弃。

25

得知"欧米茄勇士"和"救赎者泰坦"都已经壮烈牺牲，权元帅冲进任务指挥中心，查看机甲猎人机舱的具体情况，他发现"英勇保护者"、"凤凰游击士"、"军刀雅典娜"以及"复仇流浪者"仍生死未卜。不过"复仇流浪者"上次和"黑曜石之怒"大战后伤痕累累，目前应该还在维修中。

"报告战情！"权元帅喊道，"驾驶员到底在哪里？！"

项无暇回答，因为任务指挥中心的环太平洋地区的全息地图突然红圈遍起，他正在查看问题所在。"发现虫洞！"他突然大喊起来，"元帅，多地出现虫洞！无人机甲开启了虫洞！"

权元帅见出现了这么多的虫洞，立马意识到问题的严重性。即便每个虫洞只出现一只怪兽，人类也没有足够的机甲猎人去阻止它们。

"全体驾驶员注意！"权元帅对准通信器，"发现虫洞！"

杰克在破碎穹顶基地里听到来自权元帅的警报。

"环太平洋多个地区的无人机甲开启了虫洞……"

这时突然传来一声尖鸣，等离子导弹射进机甲猎人机舱，炸毁了任务指挥中心。通讯广播中断了。整个任务指挥中心倾倒下来，附近的人群四下躲避。杰克俯身走到庞大的"救赎者泰坦"后面，朱尔斯与兰伯特紧随其后。机舱内部的爆炸声轰天雷地，还在燃烧的碎片残骸散落在甲板和其他机甲猎人船坞之间。学员们俯身冲到杰克等人的身旁，来到"救赎者泰坦"后面这个相对安全的地方。

"不是叫你们回营房吗！"杰克吼道。

阿玛拉解释说："过道被堵住了！"

兰伯特清点了人数："塔希玛和梅林呢？"

"不知道！"阿玛拉也四处张望，但没有发现同伴的踪迹。

雷娜塔蹲在阿玛拉身旁，她努力保持着镇定，但一开口，内心的恐慌就暴露无遗："我们该怎么办？"

"先别动。"杰克说，"我们去驾驶'流浪者'。"

导弹接二连三地在杰克和兰伯特去往机甲猎人船坞的路上发生爆炸。尽管危险重重，但他们只能放手一搏。如果虫洞开启，怪兽再次踏足地球，除了机甲猎人和驾驶员，还有谁能抵抗它们？

杰克看向兰伯特："准备好了吗？"

"没有，"兰伯特脱口而出，"你呢？"

"我也没有。"他和兰伯特蹲伏着准备出发，"我数三声，一、二——"

通信器突然传来一个声音："有人在吗？"

杰克认出这个声音："戈特利布？"

在纽顿的实验室里，邵丽雯疯狂操作着电脑终端，想办法入侵纽顿安装在无人机甲操作代码上的子程序。可是代码存在安全防护程序，子程序已经乱成一团，旁人实在看不出任何端倪。不过邵丽雯毕竟是邵丽雯，是这个世界上唯一能与纽顿·盖斯勒相媲美的程序员。她肯定能破解代码的安全防护程序，只有一个问题——是否来得及阻止这一切？

"杰克，是你！感谢上帝！"戈特利布说，"我一直想各种方法连线任务指挥中心……"

"任务指挥中心被炸毁了！我们遭到了攻击！你必须让邵丽雯关闭无人机甲！"

"不是邵丽雯，是纽顿，'先驱者'控制了他的大脑。"

这个出人意料的消息让驾驶员们一时没反应过来。"先驱者"控制了纽顿——戈特利布知道要大家立马接受这件事确实过于勉强，但他希望至少杰克和兰伯特能明白自己不是信口开河。

几秒钟后，兰伯特缓过神儿来，回应道："戈特利布，我是兰伯特，那你有办法让纽顿关掉无人机甲吗？"

听到兰伯特的声音，戈特利布暂时感到安慰，起码他们愿意相信自己所说。可惜他却只能遗憾地回答："恐怕不行，他……他逃跑了，都是我的错，我……"

全息显示屏的数据乱码形成了几行清晰能懂的代码。

"我入侵了子程序，"邵丽雯说，"启动停机协议。"

破碎穹顶基地的无人机甲站在机舱门口，它们摧毁了视线以内的所有目标，然后走进机舱，举起武器瞄准车辆，还有机甲猎人。此刻，机甲猎人也在它们攻击范围内。

"赶紧停掉无人机甲！"杰克大叫道。

"快了！"戈特利布回答。

通信器中传来邵丽雯的声音，她正用中文大声吼着什么。

"子程序快锁上了！"戈特利布说。

邵丽雯忽然灵机一动，停下了手中的操作。如果无法在被安全防护程序屏蔽之前打开子程序，那么或许还有时间修改几行关键代码。

"反馈回路。"她用英语说道。

"太好了！"

数据块重组，但仍可以访问部分代码。

"假如可以微调这个计算程序……"

她飞快地操作着键盘，修改了一些关键的计算程序，屏幕上再次排满了数据块。戈特利布无法判断邵丽雯是否能及时且正确地改完代码。

通信器传来杰克的声音，充满了紧迫感。

"戈特利布，如果不能马上关闭无人机甲，我们都要挂了！"

杰克说着抬起头，无人机甲耸立在"救赎者泰坦"身旁，将目标锁定在"救赎者泰坦"被毁掉的那一半脑袋上。导弹爆炸产生的冲击波粉碎了"救赎者泰坦"的面部装甲，机舱里的驾驶员已经殉难，他最后一个动作是单手举起加农炮准备发射。

我们很可能还没开始战争就要牺牲，杰克想，连走到"复仇流浪者"的机会都没有，更别谈什么反击了。如果史塔克·潘特考斯特还在，看到此情此景，一定会感叹："我早就知道，以杰克的能力还不足以取得成功。"

无人机甲左右摇摆，一阵尖利刺耳的声音响彻整个破碎穹顶基地，只见它抽动手臂，发射出加农炮，在已经倒塌的任务指挥中心后方大厅里打出一个大洞。随后，它四下踉跄着，压毁了还在燃烧的叉式起重机。怪兽血液从它头部的缝隙处迸溅而出，腐蚀了机甲外部的合金，扬起的烟雾包围在它头部。杰克发现另一架无人机甲也出现了相同的状况。它们都失去了重心，跌倒在地，刺耳的尖鸣声随之散去。

在纽顿实验室的全息显示屏上，檀香山海港的卫星影像显示，围成一圈的无人机甲朝后打了个趔趄，接着齐刷刷地倒下了。它们发射的粒子束闪烁而去，消失在远处。圆圈下的海水仍在翻腾，一只怪兽离开了"Anteverse"星球，即将爬出虫洞，然而随着能量球的消失，虫洞关闭，它被卡住了，身体被切成了两半。现在，它的上半身正浮在海面上，血液在海水中沸腾，它垂死挣扎着，引起了汹涌的海浪，海浪涌上了檀香山海滩码头。

"太好了！"戈特利布欢呼着，"杰克！邵丽雯关闭了无人机甲！虫洞也关闭……"忽然他安静下来，他看到全息显示屏出现了三个闪烁的圆圈，是不祥的预兆。显示屏上出现：

（计算机文本）

发现怪兽！

"噢，天啊！"戈特利布喊道。

"怎么回事？"杰克问。

戈特利布没有马上回应，杰克又急切地喊着他的名字。他无奈说道："有三只怪兽已经走出虫洞，分别在韩国、俄罗斯海岸和中国东海，两只四级怪兽，一只五级怪兽。"

杰克明白了问题的严重性，一时说不出话来。从和怪兽大战以来，人们已经充分意识到，一架机甲猎人难以抵抗一只四五级的怪兽，而现在有三只！因此，PPDC 必须倾巢而出，可是经过一轮无人机甲的攻击，目前武器装备已经所剩无几。

尽管如此，杰克在短暂的震惊之后，做出了坚定的回应："收到！快回破碎穹顶基地，我们需要你的帮助。"

第四部分　决战

////////////////////////////

GIPSY
AVENGER

TOP NEWS

头条新闻

环太平洋地区惨遭无人机甲攻击，一片恐慌

有人怀疑恐怖分子侵入无人机甲

邵氏工业厄运来临

无人机甲袭击破碎穹顶基地、攻击民众，或已造成数千人死亡

邵氏工业能躲过一劫吗

分析：邵丽雯是否知情

无人机甲袭击事件引发人们对"黑曜石之怒"的种种猜想

这些怪兽到底是谁？为何要攻击我们

怪兽崇拜者与"黑曜石之怒"无关的 12 个理由

破碎穹顶基地、委员会大楼接二连三遭受袭击，PPDC 恐将全军覆没

网络传闻：邵氏工业是否利用怪兽器官建造黑化的无人机甲

怪兽崇拜者声称，怪兽卷土重来，上帝再次派出信使

探索怪兽器官黑市交易

邵丽雯虽摧毁了自家无人机甲，但却是在它们摧毁了 PPDC 的机甲猎人战队之后才发生的，由此，是邵安排了这场无人机甲袭击事件吗

为邵丽雯辩护

无人机甲袭击事件引发股票市场暴跌，科技股票损失最为惨重

26

现有的机甲猎人技术医务员中，只有少数人是怪兽大战时期的老兵，亲历了人类大规模伤亡的惨痛。许多年轻的医务员当时还只是懵懂的小孩儿，经历和老兵完全不同，他们对那个时期的回忆，只有如何幸存，并且如何为逝去者默哀。而现在，他们不得不在破碎穹顶基地的断壁残垣中救死扶伤，照顾几十乃至上百名伤亡者。他们自我安慰，说一切都过去了，可内心仍在与那些回忆做着艰苦的斗争。老医务员尝试帮助这些年轻人全身心地投入到营救任务当中。于是所有人都动起手来，有的帮助伤员撤离，有的在现场救助伤员。

杰克和兰伯特使出全身力气抬起压在塔希玛身上的水泥块，阿玛拉和其他学员把他抬了出来。

"医务员！"朱尔斯招手喊着。

塔希玛仍有呼吸，但伤势很严重。

金海说着笑话逗塔希玛："你怎么老是躺着没事干？"好让塔希玛保持神志清醒，并掩饰自己内心的担心。

塔希玛吃力地挤出一丝笑容。

另一支医疗队在塔希玛隔壁为梅林医治，任务指挥中心被炸毁时，掉下来的水泥块刚好砸中了梅林。

兰伯特见朱尔斯走过来，便向她询问情况。任务指挥中心已经无法使用，兰伯特不得不叫她亲自了解一下破碎穹顶基地的现状。

"还在等待汇报。目前只知道，无人机甲毁掉了整个环太平洋地区的机甲猎人和破碎穹顶基地。"朱尔斯说。

"蒙屿兰还剩多少架机甲猎人？"

"还能用的？只有'复仇流浪者'，不过也只是勉强能用。"

"只有一架？"

"得修好更多的机甲猎人，否则抵挡不了。"

"就算能修好，也没有足够的驾驶员……"

在她说出让所有人泄气的话之前，兰伯特及时打断了她："我们还是先搞定这些机甲猎人吧。"

"你应该可以帮忙修理机甲猎人吧？"杰克问阿玛拉。

"我？我不是被开除了吗？"

无人机甲摧毁了停机坪上所有的直升机，杰克本来想说"已经没有直升机可以载你离开破碎穹顶基地了"，但鉴于当前大家士气低落，需要鼓舞，他没这么说，而是告诉阿玛拉："是我把你拉回来了，只有你有丰富的经验，能用废弃的零部件建造机甲猎人。"他瞅了瞅兰伯特，"你没意见吧？"

"完全没意见。"兰伯特笑着说。

现在需要聚集一切可以聚集的力量。

能被大家这样信任，阿玛拉感动得不知道该说什么。自己能做到不负众望吗？她环顾整个机甲猎人机舱，意识到这差事不同于以前的小儿科。建造"拳击手"是一回事，修好"凤凰游击士"和"军刀雅典娜"，让它们上战场是另一回事。

一定能的！她相信自己。

"有目标靠近！"金海望向机舱大门外的停机坪说道。

杰克和兰伯特以及一群好奇的技术员冲到大门处。怪兽不应该那么快就到，难道还有其他无人机甲？若果真如此，蒙屿兰破碎穹顶基地将马上被一举歼灭。好在靠近的是飞机舰队。杰克顿时长呼一口气。是Ｖ龙直升机，不过不是PPDC的，而是邵氏工业的私人舰队，每一架直升机的机身上都印有邵氏工业的标志。

杰克快步走出去。直升机一落地，关闭引擎，戈特利布便匆忙走出来，紧跟在后面的是邵丽雯。

"我去搬救兵了！"戈特利布说。

其他 V 龙直升机里走出了一小批邵氏工业的技术员和工程师，他们有的身上扛着工具，有的推着一整车设备，下机之后他直接走进了破碎穹顶基地。

还算不错，应该能成事。杰克心想。

在被毁掉的任务指挥中心旁边，曾经有一间实验室，戈特利布和邵丽雯在那里搭建起了临时作战室。即使邵丽雯头脑敏捷、眼疾手快，还是没能在三只怪兽走出虫洞之前击垮无人机甲战队。现在她和戈特利布、杰克、兰伯特一同围在全息显示屏旁追踪怪兽的移动路径。

杰克依然无法相信纽顿是幕后主使。他一直对纽顿抱有好感，可纽顿居然秘密地将怪兽组织加入"黑曜石之怒"和其他无人机甲中。这是背叛，杰克无法接受这种行为。但事已至此，杰克只能坦然面对，就像必须面对已经有三只怪兽出现在地球上这一事实一样。

"我给怪兽起了代号，分别是'白蛇'（Hakuja）、'伯劳鸟荆棘'（Shrikethorn），还有'雷神'（Raijin），怎么样？"戈特利布说，以前一般由任务指挥中心的职员来给怪兽取代号。

"不错，"杰克说，"听起来真像浑蛋。"

兰伯特观察着怪兽的移动路线，皱起了眉头。

"'伯劳鸟'和'雷神'并未朝着城市移动，而是往太平洋去了。"

"或许他们打算前往中国东海与'白蛇'会合。"邵丽雯说。

有这样的可能。杰克对邵丽雯的观点表示认可。不过据了解，怪兽从来没有出现过寻找彼此的行为。怪兽大战期间，它们偶尔会成双出现。甚至有一次，PPDC 同时对付三只怪兽，就是在那次"核攻虫洞"大战当中，史塔克·潘特考斯特面对"憎恶"、"迅龙"和"毒妇"（Slattern），引爆机甲猎人反应堆，以让"危险流浪者"有时间和空间进入虫洞。如今，杰克也和父亲当初一样需要对抗三只怪兽，至少目前看来是这样的，因为三只怪兽的移动路径逐渐在一处相汇了。但是为什么它们不直接找到彼此？杰克有些疑惑。

"要是能从纽顿口中套出一点儿信息，应该就能知道它们的目的地。"杰克说。

"那得先找到纽顿。"兰伯特说。

"他坐一架邵氏V龙直升机逃走了，"邵丽雯说，"我的人本来要追踪他，可他关掉了雷达。"

"那就暂时不管他了，"杰克看着屏幕说道，"我们没有时间处理这些不受控制的事。还有其他机甲猎人比我们更接近它们吗？"

"珍岛和萨哈林州这两个基地上幸存的机甲猎人曾试图拦截，"戈特利布说，"但是失败了。"

兰伯特仔细观察着地图，说："这里面一定有什么玄机，中国东海……"

杰克也认为一定是忽略了某些重要的细节，如果沿着怪兽的移动路线观察的话，或许……没错，就是要把所有的路线结合起来看。

"他们可能不是去中国东海，"杰克说，"把怪兽大战期间的怪兽移动地图调出来。"

兰伯特有些吃惊，他看向杰克："难道你知道什么大家都不知道的事？"

"你曾说过，要打败敌人，必定要先知道他们的目标。"杰克回答说，好让兰伯特知道他一直记着这句话。

戈特利布从PPDC的战略记载服务器中找出了大战期间怪兽入侵的线路图，在屏幕上打开了。杰克开始摆弄屏幕。他沿着怪兽移动的路线画出线条，接着假设若没有机甲猎人阻挠的话，怪兽会朝哪个方向走，并画出延长线。

"万一大战期间，怪兽并不是无故攻击我们的城市呢？万一是我们挡住了他们的进攻方向呢？"

杰克不是艺术家，但是随着他画出来的线条越来越多，越来越可以清晰看出这些线条交汇于一点。

"是日本富士山。"兰伯特说。

戈特利布也按同样的方法推演出"白蛇""伯劳鸟""雷神"的行进路线，证实了杰克的直觉。这三只怪兽的移动路线最终也将在富士山交汇。

那么问题来了：为什么？

邵丽雯直接问道："为什么是富士山？"

戈特利布很快就明白了："那里有稀土元素。"他放慢语速，"富士山是火山，富含稀土元素。"

"你怎么看起来这么害怕，都快尿裤子了？"杰克说道。能使戈特利布害怕到如此地步，自己也没有理由不害怕，但他需要知道究竟是为什么。

"怪兽血液能和稀土元素产生强烈的化学反应。我的助推器燃料实验就是以此为理论基础的。"

"听起来像要大祸降临。"兰伯特说，"我说得没错吧？"

"完全正确，"邵丽雯说，"富士山是一座活火山，也是一个地质压力点。"

戈特利布操作着全息显示屏，快速运算起来。显示屏上出现了画面。屏幕模拟了怪兽从火山口爬进富士山之后，富士山的横断面及其下方的火山岩储存层的具体情况。

"根据怪兽血液的质量比……"戈特利布正在粗略计算怪兽的血液对应火山内部不同稀土元素会产生怎样的反应。

真是个人才，不动声色就能完成惊天动地的大事。杰克心想。

像赫尔曼·戈特利布如此聪慧过人的人，世上恐怕寥寥无几。

现在，屏幕上出现了整个环太平洋地区的地图，上面标注了所有的活火山。有标志的地区被称为环太平洋火山带。这里处于太平洋板块与亚洲板块、北美洲板块的交界地带，火山活动异常强烈，环太平洋火山带也因此而得名。屏幕上的火山一座座接二连三地开始爆发。

戈特利布语气略显低沉："怪兽血液与火山内部的稀有元素反应之后，会产生级联效应，导致整个环太平洋火山带的火山喷发。"

屏幕上的模拟画面仍在继续，随之整个地球都被一层灰白灰白的气体笼罩起来。

"几十亿吨有毒气体与火山灰将会排放到大气层中，湮灭地球上所有的生命。"

邵丽雯也豁然明了："然后就达到了'先驱者'改造地球的目的。"

"这不合常理啊。"兰伯特反驳道，"为什么它们不在富士山开启虫洞，直接送怪兽进入那里？"他有着极高的战术意识。

随即，杰克从另一角度提出了想法："为什么不直接派出一个所向披靡的巨型怪兽？"

"根据盖斯勒博士的文档中的数据，'先驱者'只能从所谓的宇宙维度'凶门'进入地球。"邵丽雯解释说，"无人机甲猎人选择的地点，就是'凶门'所在的位置。"

"从理论上看，能穿过'凶门'的怪兽，最高等级只能到五级，因为开启一个虫洞所需的能量，会以四倍的速度增加，增加的基准是……"

"嗯，我们懂了，你的科学理论。"杰克打断戈特利布。

像戈特利布这样的科学家，大多都有一个缺点，那就是总爱说一些一般人听不懂的理论。"你的意思就是不能让怪兽靠近富士山一步。"兰伯特明了地指出问题的要点。

这就是他们的目标，也是他们唯一关心的问题。

"我去找朱尔斯，问问她是否已经完成了机甲猎人的维修工作。"杰克说。

"就算有一百架机甲猎人，最后我们还是无法及时拦截怪兽。"邵丽雯看着地图上显示的距离，"因为无人机甲摧毁了你们的跳鹰直升机，而我的Ｖ龙直升机无法承载如此大的重量。"

大家沉默了一会儿。如果机甲猎人不能通过直升机运输，确实无法及时拦截怪兽。必须想出解决办法，否则大家就只能在作战室里坐以待毙，眼睁睁看着卫星影像里的怪兽爬进富士山，毁灭全人类。

许久，兰伯特转向戈特利布问道："你的吊舱式助推器可以用吗？"

杰克记得他刚到蒙屿兰的时候，戈特利布确实提到了吊舱式助推器。当时，纽顿不以为意，并警告戈特利布不要和怪兽血液打交道。杰克还觉得奇怪，毕竟，K-科技部存在的意义不就是为了想出新的方法，进一步了解并打败怪兽吗？不过现在既然知道纽顿是幕后主使，那么当时他对戈特利布说的那些话，是否故意带有恶意？万一他当时就已经被"先驱者"控制而故意说那些话呢？十年了，"先驱者"一直藏在纽顿的脑袋里，难道纽顿就不会发疯，也从未露馅儿？倘若"先驱者"能够越过维度障碍通过Drift连接进入纽顿的大脑，那么自然也有可能隐藏自己，甚至不让纽顿知道。但这只是杰克的猜测。现在最迫切的是找到解决具体问题的方法，比如，能否利用戈特利布的吊舱式助推器赶在怪兽到达富士山之前成功地拦截它们。

"助推器还没准备好。"戈特利布说。

邵丽雯指出了重点："意思就是说，它们可以用，对吗？"

戈特利布思考了一会儿，说："理论上……或许可以，如果你能帮忙的话。"

"'理论上'是什么意思？"杰克问。他们没有时间讨论理论，只需要成果。时间如此紧迫，他们需要立竿见影的工具。

戈特利布明白杰克的意思，明白当前的任务。他微微抬起下巴，说道："今天就可以。"

27

多亏了邵丽雯的增援部队，现场工作人员达到了数百名，但时间依然十分紧迫。

工作人员迅速检查了"欧米茄勇士"，发现它已经没有复原的可能，原本它的腿可以拆下来，用以补救"救赎者泰坦"受伤的腿。然而，"救赎者泰坦"失控倒下时，其他部位也遭到了毁灭性的损坏，制导系统需要大幅度修整，而且，操作舱内部因遭到导弹攻击，损坏也相当严重。很显然，这样支离破碎的"救赎者泰坦"目前不可能参加战斗。因此，技术团队只需重点修复四架机甲猎人。"复仇流浪者"在西伯利亚大战"黑曜石之怒"之后，要想再次以完美的状态迎战敌人，必须对其装甲和操作舱外壳进行修复。

"凤凰游击士""军刀雅典娜"以及"英勇保护者"遭到无人机甲猎人的攻击而受损，也需要维修。

还有一个问题，即吊舱式助推器。技术员必须在二十四小时内将戈特利布笔记本里的理论模型变成实体成品，然后安装在破碎穹顶基地的停机坪上，否则，所有的维修工作都毫无意义。

大批支架台车和船坞设备也遭到了严重的破坏，这让本就已经够糟的局势雪上加霜。邵氏工业的技术员首先把四台支架焊接好，以便利用这些支架固定需要维修的机甲猎人。然后，他们把机甲猎人拖到船坞里，展开了真正的维修工作。机甲猎人机舱里，机甲猎人技术员与邵丽雯的团队穿梭在零件及电子设备仓库和船坞支架之间，形成一个乱中有序的场景。

在机甲猎人机舱外，戈特利布忙着指挥一辆辆排成纵队的油罐车，它们运输着怪兽血液。在破碎穹顶基地地表深处，科学家们利用无氧存储法储藏了大量怪兽血液，以及用于K-科技部研究项目的怪兽组织及基因样本。戈特利布跟随着这些油罐车来到停机坪狭长的跑道上，跳鹰直升机起重机架高高耸立在那里。要是能及时将吊舱式助推器安装到机甲猎人的控制系统中，使其合而为一，那么这些起重机架应该要足够坚固，在点燃吊舱式助推器的时候，能让机甲猎人矗立不倒。戈特利布思索着。

戈特利布还在起重机架旁组织了一条室外生产线，一队队焊接工与工程师改装着燃料罐，同时把V龙直升机的发动机改装为锥体推进器。接着，他们还得争分夺秒地生产出其他零部件，比如燃油管道、燃油阀门、能够迅速配合机甲猎人操作软件的电子控制系统，以及由稀土金属催化锭、L型支架与助推器箱体组成的助推器点火装置。有了这个点火装置，机甲猎人身上的吊舱式助推器便不会出现角度偏倚。这样一来，启动助推器时，机甲猎人就不会失控旋转。

此外，助推器的余热问题也需要解决。戈特利布计算得出，助推器产生的余热可能会损坏机甲猎人腿部与上腹部的电子设备。因此，他在停机坪与机甲猎人机舱之间来回奔波，既要确保工作人员把防热装置安装到机甲猎人背部，又要确保他们把助推器分流装置安装在排气喷管下方，以便把热量尽量排出机甲猎人体外。如此一来，他又得回实验室重新计算冲角，防止机甲猎人升天时天旋地转，抑或直接倒下。助推器的生产工序可谓错综复杂。他必须足够认真仔细，确定计算不会出现偏差，也确定怪兽血液能够产生足够的推动力帮助机甲猎人飞起来。总之，他必须确保设计出来的产品不需要测试便可直接投入使用。

在机甲猎人机舱里，医务团队已经转移了大部分伤员，现在忙着处理死者的尸体。破碎穹顶基地的医务室已经人满为患，远远超出了原本可容纳的病人数量。和医务室同楼层的营房里也到处都是伤者。数百条死尸被装进运尸袋里，随后被放进破碎穹顶基地的停尸间，这同样也导致了停尸间超负荷使用。这次攻击给大家带来了严重的心理后遗症，但此时此刻，所有的工作人员都有一个更为迫切的任务，那就是阻止那三只怪兽踏入富士山，他们根本顾不上自己内心在想什么。

技术员对四架机甲猎人的伤势进行了分类评估，要想成功阻止怪兽，需要维修的地方实在太多了。"凤凰游击士"伤势最严重，它的右臂已经完全烧毁，想要马上修好几乎不可能。朱尔斯感到困扰，她去找兰伯特和杰克求助。她在"复仇流浪者"的手肘部位找到了两人，他们在重新调试机甲猎人的磁悬浮场马达。

"'凤凰游击士'的一只手臂受伤严重，来不及修理了，它现在无法战斗。"朱尔斯说。

"'游击士'没有手，不会影响磁射炮吧？"兰伯特问，"虽然不是最理想的状态……驾驶员可能不得不独臂作战了。"

"还有一个办法……"朱尔斯往船坞的地面看去。

"救赎者泰坦"的部分残肢断臂被搬到了任务指挥中心的废墟旁，躯干部分依旧待在原地，而左臂还挂在两部移动起重机之间的电缆吊钩上。

"它的左臂应该用不上了吧？"

杰克和兰伯特也都低头瞧了瞧那个被卸下来的手臂，然后互相对视一下，再转头看着朱尔斯。

"那是'救赎者泰坦'的左臂。"杰克说。

"是啊，"朱尔斯点点头，"我们用不着整只左臂，'游击士'手臂受伤的部位是手肘以下，我们可以取走'泰坦'的晨星锤，对接到'游击士'的右臂上。然后，在它的右臂接上新的电缆导管，使之与'游击士'的战斗集成主系统连接。最后把晨星锤加到操作舱的显示屏上。按理说，驾驶员应该不会觉得不习惯。"

"好主意。"杰克说。

"我同意，"兰伯特说，"不过'游击士'驾驶员没有接受过晨星锤的训练，他们知道怎么使用吗？使用晨星锤会改变'游击士'移动过程中的平衡方式，晨星锤很重的。"

"总比没有好，不是吗？"朱尔斯等着两人的反驳，但他们都不作声，于是她又说，"就这样定了，开工吧。"

阿玛拉和金海站在"凤凰游击士"头部旁，两人停下手中的活，看着那两架起重机架把晨星锤送往目的地。他俩距离地面足有一百英尺高，机甲猎人部件之大却让这一百英尺看起来并没有那么高，他们发现，拥在机甲猎人宏伟的手臂周围的人们，显得那么渺小。

这边，朱尔斯带领工作人员，拆下了"救赎者泰坦"的晨星锤和连接电缆的线轴，这个线轴内部有几根粗如人类大腿的电缆，工作人员把它们和"凤凰游击士"的制导系统连接起来。

另一边，邵氏的工作人员已经拆下了"凤凰游击士"手肘以下的部分，并拆开了"游击士"肩膀以下的装甲。新的电缆连接口已准备就绪，就差把"游击士"的连锁装甲钢板安装到晨星锤上了。

工作人员把晨星锤安装到"游击士"手肘上，"砰"的一声巨响，"游击士"在固定支架上摇晃了一会儿。

阿玛拉和金海重新投入工作。无人机甲的导弹打中了"游击士"的头部侧面，头盖部位的装甲差不多已经拼接完毕，只是导弹爆炸引起的冲击波损坏了结构复杂的回转仪装置。机甲猎人的回转仪装置就如同人类的内耳一般，没有了回转仪装置，机甲猎人就无法保持平衡。两人返回"游击士"的操作舱，途中遇到了小维，她正在忙着点焊 L 型支架。

阿玛拉和金海把手放到回转仪下方，紧闭眼睛。

"一……"

金海并没有数"二"和"三"，但两人还是同时抬起了回转仪，边咕哝着边跟跟跄跄地将它搬到回转仪外箱那头去。他们抓着回转仪边缘，把它和外箱凸出来的地方对接。金海变换了姿势，抓住回转仪的两侧并逐渐松手。就在那一刻，回转仪失去了平衡，眼看着就要摔倒，小维冲上来稳住了回转仪。三个人齐心协力，配合着把回转仪安装好了。他们互相挥舞着拳头，为这小小的胜利高兴。接着，小维回到了自己的岗位继续焊接支架。

金海启动一台给冲击扳手充电的压缩机，用冲击扳手把回转仪拴牢。阿玛拉原路返回，走到外面的过道上去。

苏雷什和伊利亚在过道上等着阿玛拉，在这之前，阿玛拉让他们去船坞支架下的储物柜取零部件。他们装满了一车，等待阿玛拉告诉他们接下来要做什么。

"我们还需要这种减震器。"阿玛拉边说边轻拍着那个长六英尺的液压减震器。

这种减震器一共有八个，用于安装在回转仪外箱上，可以有效防止机甲猎人的平衡调幅器在战斗期间或部署期间上下跳动得过于激烈。苏雷什和伊利亚把减震器搬到阿玛拉身旁后，走进了"凤凰游击士"的操作舱。

阿玛拉又沿着过道来到"军刀雅典娜"所在的船坞查看工作进度。虽然她已经筋疲力尽，且睡眠严重不足，但却有种前所未有的满足感。杰克让她负责所谓的"拳击手式"修理工作，意思是她必须找出方法，在有限的时间内完成大量维修工作，因为现在已经没有时间按照机甲猎人的技术说明书循规蹈矩地进行维修了。阿玛拉觉得自己是新人，她可不愿意像那些老师的跟屁虫一样发号施令。

杰克告诉她："你曾经成功建造了一架机甲猎人，而他们没有这样的经历，我们需要你的知识和经验。现在根本没时间考虑别人的感受，如果他们为难你，你可以秋后算账。"

他所说的"秋后"是指四架破烂的机甲猎人，借助戈特利布的助推器穿越几百英里的海洋，成功击败三只战斗力超强的怪兽之后吧？

阿玛拉越想越觉得杰克说得对，现在应该担心的不是别人将来会怎么想，因为大家是否还有"将来"，仍旧是个未知数。但就算注定失败，也要殊死一搏。

"军刀雅典娜"周边有一条圆形过道，上面挂了两条吊绳，雷娜塔和良一绑着吊绳悬在半空，忙着焊接"军刀雅典娜"胸部的钢板，修补被等离子导弹打穿的裂缝。总体来说，"军刀雅典娜"的身体还算完整。它的武器装备都安装在背部，幸好导弹没有给这些武器直接造成损坏。不过导弹爆炸引起的冲击波给它的正面带来了不少损坏。另有一队由机甲猎人技术员和邵氏工业工作人员组成的队伍，也绑着吊绳悬在半空，焊接着装甲钢板。经过这样的焊接，"军刀雅典娜"的外观恐怕不会有多美观，但阿玛拉觉得，至少他们找到了方法，能使修复后的"雅典娜"依然身手敏捷。这是她最基本的期待。

她也希望工作人员在分析"复仇流浪者"与"英勇保护者"的修复方案时，不会有遗漏差错。

在这几架机甲猎人中，身体最完好的要数"英勇保护者"。天穹之鞭完好无损，机身外壳也没有损坏，操作舱的检查结果显示运行稳定……唯一需要修理的就是它的外观，不过这个不着急。很快，"英勇保护者"就被送到了履带传输平台上，并被缓缓移动到停机坪另一端的发射起重机架上。机舱内部的工作人员把"爬行者"残骸和跳鹰直升机残骸推到一边，清理出了一条通道。机舱外的工作人员则把"欧米茄勇士"和"救赎者泰坦"的装甲钢板拆下来，盖在停机坪上被导弹打凹的地方。虽然这样不怎么美观，但有助于把"英勇保护者"送到起重机架上。"英勇保护者"被送到起重机架之后，已等候在那里的工作人员便把它固定好，然后操作起重机，吊起两个吊舱式助推器。当助推器靠近"英勇保护者"背部时，工作人员便会启动整个起重支架的焊接喷灯和冲击扳钳。

戈特利布手里攥着数据平板和一沓写着怪兽血液潜在能量的原版笔记。他计算燃料方程式的过程并不顺利，他找不到使方程式平衡的方法。要是时间充裕，他可以调制出第二燃料成分，然后加到燃料混合剂里，生成一种自燃混合剂，那么一切便大功告成。但眼下时间紧迫，他只能使用未加工过的怪兽血液。他并未完全了解怪兽血液的性能，至少还不清楚怪兽血液势能的具体来源。他用未加工过的怪兽血液和点火器进行过多次模拟实验，但全部失败了，不是热能释放量不足，就是出现燃烧室难以控制的失控反应。

简而言之，尽管戈特利布已经竭尽全力，但机甲猎人还是会直接倒地，或者在起飞过程中爆炸。在这千钧一发的危急时刻，他承受着千斤重担，不觉惶恐不安起来。

邵丽雯也在研究燃料方程式。戈特利布决定回到实验室里，问问她进度如何。要是他俩都解决不了这个难题，那么要阻止怪兽进入富士山，除了发动核弹攻击外别无他法。

TOP NEWS

怪兽的东京复仇之旅
国际通讯社报告

据 PPDC 发布的消息，环太平洋地区发生多起虫洞爆发事件，且有三只怪兽幸存下来，它们将在日本聚头。

据观察，这三只怪兽起初沿着亚洲大陆东海岸移动，而后改变路线，朝日本移动，预测将在日本本土会面。不过，PPDC 表示仍无法确定它们接下来的具体路线。

据 PPDC 内部知情人士提供的消息，在无人机甲同时失灵、虫洞关闭之后，部分怪兽在穿越虫洞时死亡，具体怪兽死亡数目仍未知。该知情人士身份未知，他表示，由于他未得到授权，可以透露关于虫洞出现与关闭的任何信息，因此身份保密。PPDC 与邵氏工业同时拒绝回答关于该事件的问题，但本通讯社得知，至少有九只怪兽出现在太平洋地区人口密集的浅滩附近。当地的 PPDC 准备移走怪兽尸体，同时将会帮助治理当地自然环境。

不少传言认为，来者不善的"黑曜石之怒"和被入侵的无人机甲一样，全都使用了怪兽生物技术，若果真如此，未来对怪兽组织样本的管理工作将变得越来越重要。

28

戈特利布听到了邵丽雯在叫他，瞬间回过神儿来。他走回破碎穹顶基地，却一直心不在焉。现在，他抬起头，发现邵丽雯正朝他这边走来。

邵丽雯小跑跟上戈特利布，一边走，一边让他看她刚刚研究出来的方程式。

"你看，未加工的怪兽血液接触到纯镧之后便会发生连锁反应，但或许有方法，可以先在初级燃烧室使用少量的未加工燃料，然后把全部燃料注入中级燃烧室……"

"对对！"戈特利布说，"这就对了。马上回实验室，立即开始模拟实验。"他随手拦住一名邵氏工业的技术员，和技术员详细说明需要的材料。

等戈特利布说完，邵丽雯用中文告诉技术员，起重机工作人员需要对吊舱式助推器做出怎样的精确调整。而后，她追上戈特利布。

两人一同回到实验室，并一同验证方程式是否正确。

邵丽雯的方程式是合理的。为了防止怪兽血液发生连锁反应炸起来，得先用极少量的催化镧点燃少量的怪兽血液，之后，把点燃后的怪兽血液引入中级燃烧室，在这里，点燃的怪兽血液与由另一管道注射进来的未燃血液融合。如果能够正确调节这两种血液的比例，热能释放量就能够达到既足以让机甲猎人飞起来、又不会使发动机过载的水平。

在发射平台上，起重机工作人员已经着手安装第二条燃料注射管道以及中级燃烧室。此外，他们不仅需要重新调整排气喷管，还要重写机甲猎人的操作软件，不过，这必须等到戈特利布和邵丽雯给出稳定反应的混合燃料方程式之后。

邵丽雯和戈特利布分别在全息显示屏和主电脑终端上计算和检验着方程式。到了这一步，他们要做的只是排除不正确的数值，找到那个必然存在的能成功的数值。他们不得不重复着同样的计算，直到找到那个数值。这些计算，一部分可以自动化运算得出，一部分却只能依靠科学家的实验直觉来完成。

"戈特利布。"邵丽雯叫道。

她找到那个数值了！

戈特利布连忙跑到邵丽雯隔壁，用那台电脑终端一遍遍检验她的数值，确保数值准确无误。

检查完毕！

方程式平衡！

他们终于找到了初级燃烧室的燃料比例。

然而，兴奋激动之中，戈特利布突然感到一丝忧伤。他遗憾无法与纽顿分享这一成果。他们也曾为这个实验共同努力奋斗。可如今，纽顿被"先驱者"控制了。他现在在哪里？在干什么？他知道怪兽正向日本本土靠近，最后抵达富士山这座沉睡的活火山吗？如果PPDC找到纽顿后没有当场杀掉，戈特利布希望能找到方法治愈他。要是在平时，纽顿·盖斯勒一定会对戈特利布和邵丽雯的成就赞不绝口。纽顿是地球上少数能够和怪兽产生通感的人，当然，这一特点也让他被"先驱者"利用，成了危险的敌人，但万一他能够被治愈……

"戈特利布，"邵丽雯喊道，"我的方程式检查完了吗？"

戈特利布点头："完成了，真了不起！这肯定会成功。"

天已经亮了，四架机甲猎人屹立在发射台起重机架上，每架机甲猎人的背部都已安装上一整套吊舱式助推器，双脚也分别安上了小型脉冲助推器，以提高它们的机动性能。

晨曦微露，原本要前往起重机架的"凤凰游击士"停在半路，技术员在给从"救赎者泰坦"上转接过来的晨星锤做部署测试。

破碎穹顶基地可谓万人瞩目。

站在远处的技术员远程操作晨星锤的武器系统，之后操纵"游击士"举起右手。

工作人员已经把倒下的无人机甲拖曳到破碎穹顶基地外，现在，它们正躺在海边的升降梯旁，"游击士"即将要攻击的目标就是它们。

杰克和兰伯特在装配室里忙着穿操作服，并对Drift头盔进行部署前的检查。通过通信器可以听到技术员在用普通话争论着，其中一名技术员命令"凤凰游击士"开始攻击。

杰克和兰伯特抬头看着装配室的影像屏幕，停机坪上发生的事情一目了然。

晨星锤从"凤凰游击士"的右手"砰"的一声弹出，以每秒数百码的速度穿过停机坪，砸向无人机甲的躯干。爆炸一般的巨响顿时响彻整个基地。无人机甲整个儿飞起来，和支离破碎的装甲一同掉进海里，激起一阵巨浪，涌上了停机坪的边缘。"凤凰游击士"收回晨星锤。无人机甲沉入水中，而它周围的海水仍激越地翻腾着。

在旁等候的跳鹰直升机投放缆绳，将无人机甲拉出水面运回。它的装甲上有一处深凹进去的伤口。

杰克转头看向兰伯特。他俩都在想，要是对付四、五级的怪兽呢？结果会如何？

"应该能应付得来。"兰伯特说。

两人驾驶的不是"游击士"，所以这个话题就这样结束了。他们完成准备工作之后，前往破碎穹顶基地。

工作人员花了几个小时装备机甲猎人，随后，朱尔斯在破碎穹顶基地找到杰克和兰伯特，并汇报了机甲猎人的最新情况。

杰克和兰伯特身穿操作服，正前往发射台，之后他们将搭乘起重机的升降梯进入"复仇流浪者"的操作舱。

　　工作人员在甲板上清理出一块空地，车辆残骸和废弃的机甲猎人零部件在空地四周堆积如山。

　　很快就能知道戈特利布的计划是否会奏效。戈特利布自己可是信心十足，他说的那些专业术语弄得杰克和兰伯特云里雾里，只能频频点头。杰克听说他和邵丽雯一齐解决了使用怪兽血液当燃料这一关键难题，因而心态略微乐观了一些。希望下达点火指令后，那个吊舱式助推器不会立刻爆炸，让所有人粉身碎骨。

　　"'军刀雅典娜''英勇保护者''凤凰游击士'已全部准备就绪。"朱尔斯说。

　　在此之前，杰克和兰伯特也已检查完毕"复仇流浪者"。

　　"唉，能并肩作战的，只剩寥寥几个了。"杰克感叹道。

　　他说的是机甲猎人。他多希望能驾驶着"救赎者泰坦"去对抗怪兽，可是时间不允许将它恢复如初。况且，为了加快其他机甲猎人的维修进度，它差不多被"大卸八块"，部件都被挪作他用，甚至连最重要的武器都被拆掉了。

　　"丽雯的团队把'黑曜石之怒'的先进技术加到了'复仇流浪者'上，应该能达到锦上添花的效果。"朱尔斯说。

　　杰克本打算问她加了什么，却发现兰伯特一副漠然的样子，他就此作罢，反正很快就能知道加了什么技术。

　　"准备所有的武器装备，全部投入部署。"兰伯特说。

　　根据 PPDC 的规定，只有在非常时期，才允许一个破碎穹顶基地的武器装备悉数投入部署。怪兽大战期间，曾有几个基地同时这么做，随后却遭到了怪兽的袭击，因此，这个规定是合情合理的。

　　现在就是非常时期。

　　但即便在如此紧迫的情况下，兰伯特和朱尔斯也忍不住眉来眼去、含情脉脉一番。

杰克自然全都看在眼里，心里不免一阵醋意。他酸溜溜地想：没有人会为自己送别，祝福自己凯旋，真的……很久没有人这样对自己了。不过，他已经习以为常。他是为正义而战的。

"答应我，一定要活着回来。"朱尔斯说完，亲吻了兰伯特的脸颊。而后她转向杰克，这让杰克很是惊喜。"你也是，活着回来。"她也亲了一下杰克，然后离开了。

"这弄的是哪出？"杰克说。他刚才还在自嘲没人在乎自己，却不想得到了朱尔斯宝贵的吻别，心情立马愉悦起来。

兰伯特则紧皱眉头，说道："谈正事。现在我们只有四架机甲猎人，却要对付两只四级怪兽和一只五级怪兽。"

杰克乐观地说道："总比只有'流浪者'一架强。"

"可我们没有驾驶员。"兰伯特说。他在和杰克较劲儿。

杰克继续向前走，绕过"救赎者泰坦"被废弃的装甲钢板。他似乎并不担心驾驶员的问题——"有他们。"

学员们并肩站在前方，他们身穿学员操作服，手拿 Drift 连接头盔。梅林和塔希玛在无人机甲攻击期间受了伤，除了他俩，其他学员都在这里了。杰克和兰伯特走到他们前面，向他们点头示意。

杰克暗想：我的姿势还行吧？应该能鼓舞他们吧？其实，他这也是在为自己打气。

在地球的其他地方，崇拜怪兽的崇拜者正欢欣鼓舞，他们知道怪兽重返地球，也听说了"先驱者"操控无人机甲猎人计划的事。他们相聚在这些无人机甲倒下的地方，抚摸着无人机甲，甚至举办仪式。

当地的 PPDC 和执法部门为了处理无人机甲造成的破坏已经筋疲力尽，无暇也无力阻止这些怪兽信徒。

许多城市都遭到了无人机甲的攻击，人们就像热锅上的蚂蚁一样惶惶不安，连那些未遭攻击的城市也陷入了恐慌，出现了暴乱。

人们万万没想到，怪兽竟会卷土重来。从怪兽大战结束、虫洞关闭以来，已经过去十年。在这十年里，人们开始相信怪兽不会再出现。很多人要求缩减 PPDC 的规模，把人力物力用在其他更需要的地方。还有一些人则要求使用无人机甲猎人，通过远程操控来削减 PPDC 的开支。

森真子代表 PPDC 竭力反对削减开支，继续维持 PPDC 运行所需要的财力，和怪兽卷土重来、人类将遭受的损失相比，后者才是人类的噩梦。谁能保证"先驱者"不会重新开启虫洞？如果 PPDC 不复存在，而虫洞再次出现，人类就再也没有能力保护自己。到时候，这些人又怎样面对全世界人民？

可是，森真子已经不在了，她再也不会知道，当初的自己竟是如此料事如神。

想到这些，杰克不觉怒火中烧。

不管纽顿是否被"先驱者"控制，总之是他建造了"黑曜石之怒"，并利用这个机甲猎人杀死了森真子。

森真子是怎么知道纽顿的计划的？杰克不得而知。PPDC 的情报机构还在研究她的记录，试图找到一点儿线索。然而事已至此，过程已经不重要。森真子知道了纽顿的计划，纽顿因此杀死了她，抑或是隐藏在他大脑中的"先驱者"杀死了她？

此时此刻，杰克不想纠结其中的区别。

学员们注视着杰克，目光中充满了期待。杰克不是父亲，他可说不出类似"世界末日终结于今日"这种激动人心的话来，但他可以从别的角度、亲身经历的角度出发，对这些稚气未脱的学员们说些什么。

"假如我的父亲还在这里，他可能会说出一番鼓舞人心的话。"杰克说，"可我不是他，我不是像他那样的英雄，也不是像罗利·贝克特和森真子那样的英雄。不过他们原本也不是英雄，他们原本也和你们一样，只是一名学员。我们之所以铭记他们，是因为他们伟大，他们团结一致。无论你付出了多少努力才来到这里，无论你的父母是谁，无论你来自何方，无论你信仰谁或不信仰谁，现在，你都是我们这个大家庭的一分子！"

杰克的这些话，和几天前兰伯特对学员们说的那番话如出一辙。杰克转头看着兰伯特。

"这个时代是属于我们的，是时候一展拳脚了！"

学员们挺直腰板，昂首挺胸，表现出坚定不移的决心。

杰克的目光挨个儿看过他们。他们是否能满足要求，只有进入操作舱，见到显示屏上的巨型机甲猎人之后，才能分晓。

任何人面对如此巨大的机甲猎人都难免会有些怯场，更何况，这些学员还没有接受过相关训练。

杰克下达命令：

"全体就位，准备迎战！"

TOP NEWS

全球恐慌

多个虫洞出现怪兽，环太平洋地区居民随即撤离

PPDC 确认已有三只怪兽走出虫洞

昨日，人类的噩梦降临，太平洋有多个虫洞开启，三只怪兽横空出世，摧毁了 PPDC 多处破碎穹顶基地。

这三只怪兽分别出现在日本海、中国东海以及鄂霍次克海，现身之后并未立即登岸。根据其目前的移动路线，人们预测它们正前往日本，但环太平洋沿海其他地区的人们也都被要求撤离。

有人声称亲眼看见是无人机甲猎人开启了虫洞，但 PPDC 拒绝承认。邵氏工业发言人也极力否认，并称他们将与 PPDC 齐心协力对抗怪兽。

无人机甲猎人计划功亏一篑，最终的结果是，无人机甲摧毁了几架 PPDC 的机甲猎人，并对环太平洋沿海城市造成了不可估量的破坏，其中包括南美洲和俄罗斯的沿海城市。可以说，无人机甲猎人计划失败之后，可谓祸乱滔天。因此，人们强烈要求对邵氏工业及其创始人邵丽雯展开调查。据称，邵丽雯此刻正在上海的蒙屿兰破碎穹顶基地，暂时不对此事件给予任何回应。

相关的后续情况，我们将持续为您报道。

29

在起重机架上，驾驶员们走出电梯，而后进入操作舱。技术员在机甲猎人周围的脚手架上跑上跑下，忙着对吊舱式助推器做最后的调整。其他设备都成功与现存系统对接完毕，并已经测试了多年。只有吊舱式助推器不仅没有测试过，甚至没有经历过完整的设计研发过程。它们是由技术员东拼西凑而成的——燃料罐是直接从跳鹰直升机上搬过来的，助推器则是由 V 龙直升机改装的，还有燃料管道，是由等离子进料器改装的。而且，助推器的控制软件也是把其他系统的代码块拿过来后七拼八凑而成的。

虽然助推器的计算过程经检查后确认无误，各种材料也通过了测试，但在火箭的发展历史上，工程师连续数月筛查完每一个零件之后，仍然出现意外的情况也比比皆是。可是现在，无论是 PPDC 还是整个人类，都承受不起一丁点儿的失败。

然而现在只能听天由命。技术员们把所有的希望都寄托在戈特利布和邵丽雯身上。反正再多担忧也无济于事。不赌一把，结局就是在爆炸中死掉，或者在"先驱者"改变地球气候之后饿死。总之，只能放手一搏。

阿玛拉、金海和小维已经在"凤凰游击士"的操作舱里整装待发。这里有三个 Drift 连接支架，两个在前，一个在后。后面那个支架连着轨道，向下延伸连接着磁轨炮。小维就坐在这个支架上控制磁轨炮。阿玛拉和金海则坐在前面的支架上，负责操控"游击士"和其他武器系统——包括新装上的晨星锤。他们在模拟训练中用过这个武器，不过当时它还在"救赎者泰坦"的左手上。杰克和兰伯特提醒两人，晨星锤被安装在"游击士"右手之后，用起来会有所不同。他们坦然接受这个状况，就像知道吊舱式助推器可能无法成功助推，他们也不得不面对一样。不想白白送死，就必须掌握晨星锤的操作。三人站在全息影像的长方形里，随后，他们的靴子被固定在磁悬浮场上。

"启动神经元连接。"阿玛拉说。

一股由 Drift 连接引起的神经反应冲击着他们的大脑，把三人紧紧地连成一体。在这个过程中，阿玛拉沉着冷静，表现出坚定的决心，小维想着即将来临的战斗，感到异常兴奋，金海则有点儿头晕目眩。支架上升，他们悬空在磁悬浮场中。

金海看到显示屏上的数据，面带微笑地说道："神经元连接信号强大稳定。"

不错，三人都能感觉到彼此同心协力，仿佛融为一体。金海和小维一年多来一直在练习 Drift 连接，阿玛拉虽是新手，但她勤能补拙，经过和萨莎的多次练习，也熟练地掌握了 Drift 连接。

答案是杏仁巧克力！阿玛拉心想。

她立马发现其他两人也所回应。

"驾驶真正的机甲猎人感觉还不错吧？"小维开这个玩笑没有任何恶意。其实前几天她就该如此。

"大点儿……也不赖。"阿玛拉承认道。

完成 Drift 连接之后，她的神经非常兴奋，想到自己居然真的坐在了"凤凰游击士"的操作舱里，脸上顿时绽开了灿烂的笑容。那天爬出"拳击手"，她以为即将面临牢狱之灾的情景还历历在目。而现在，她就要去拯救世界了。

雷娜塔和良一放松身心，开始建立 Drift 连接。过去无数个日子里，他们一起争吵、一起操练，建立了深厚的友情，现在，Drift 连接进一步加深了他们的友情。"军刀雅典娜"就像巨人版的他们。两人的技能和机甲猎人的性能配合起来，可谓相得益彰。

"连接信号强大稳定。"雷娜塔看着神经元连接数据说道。

"跟我一样强大。"良一说。

他们伸出手对接拳头，动作小心谨慎，保持"军刀雅典娜"在发射台起重机架上的稳定状态。武器系统检查完毕，吊舱式助推器的数据也全部正常。

"怪兽很快就会被我们打得跪地求饶，良一。"雷娜塔说，"反正我不会手下留情的，我要打它们个落花流水。"

"哼，就知道总有一天能为自己报仇！"良一回应到。

此刻，两人虽对先前的袭击心有余悸，但同时也迫不及待地想要立即开战。他们连接着 Drift 系统，感受着"军刀雅典娜"的力量，仿佛自己正是为此刻而生。

苏雷什在建立神经元连接时过于紧张，身旁的伊利亚见状，像往常一样帮助他冷静下来。伊利亚深呼一口气，放松身心，总算镇定了下来。他们能切实地感受到"英勇保护者"的气息。此时，"保护者"非常稳定。尽管两人的神经元连接出现了波动，不过很快就进入了稳定状态，而且信号也很强大。接着，他们开始检查武器系统。天穹之鞭有两个监控屏，一个控制输送电流的等离子供给器，另一个监控武器上石墨烯绞合线的完整性。它们并未直接遭到无人机甲的攻击，只是导弹击中了"英勇保护者"左肩进气涡轮机附近的驾驶支架，从而导致监控屏的位置出现了偏移。不过邵氏工业的技术员已经将其恢复原样。现在监控屏显示一切正常。总之，"英勇保护者"准备就绪。苏雷什和伊利亚都一声不吭地检查着所有的系统、武器，等待最后的发射命令。

天啊！我居然在驾驶机甲猎人，真是难以置信！苏雷什心中忍不住为自己赞叹。

伊利亚听到了——苏雷什，淡定点儿！让我们一起面对这一切。

杰克和兰伯特屈身走进驾驶支架，他们和往常一样，检查了"复仇流浪者"的武器系统，之后，又简单地了解了一下第二次和"黑曜石之怒"交战后技术员对"复仇流浪者"做的改变。杰克第一次在悉尼作战时，已有十年不曾驾驶过机甲猎人，但他当时一点儿都不紧张。在过去十天里，他又执行了两次部署任务，所以现在已经非常熟悉"复仇流浪者"的操作，就像他从未离开过一样。兰伯特14岁就开始接受技能训练和体能训练，这么多年来从未间断，现在的他操作起Drift连接来，也是得心应手。

两人进入操作舱之前，已经得知怪兽的最新位置。杰克还真是神机妙算，"雷神""伯劳鸟"和"白蛇"果然在日本四大岛屿中最靠南的九州岛东海岸附近聚首。之后，它们从九州东海岸出发，又走了四百英里左右，准备登陆东京。戈特利布感到疑惑，为什么这三只怪兽没有直接走向富士山？后来他想到一种可能性，即怪兽潜在水底时，无法直接探测到富士山的位置，因此，它们只能凭着"直觉"先接近探测范围内最大的城市。不管怎样，它们正朝着东京前进，路线暂时没有变化。

此时，中国、美国、俄罗斯三国海军都派出了潜艇对怪兽进行攻击，鱼雷一波一波发射出去，却无济于事。这种级别的攻击根本不足以阻止怪兽。一个小时后，它们将进入浦贺水道，然后进入东京湾。

危机迫在眉睫。按照怪兽当前的进度和路线，机甲猎人将无法在它们对东京展开攻击前赶到。这意味着，东京再次面临覆灭的威胁。日本政府已经收到PPDC的消息，并开始组织民众往北方撤离。但东京有两千多万人，全部疏散完毕，需要几天到几周的时间。好在还有几百个怪兽庇护所，没能及时逃离东京的民众全部转移到了庇护所中。怪兽大战期间，不少民众就是靠这些庇护所成功躲过一劫。庇护所不但可以保护人们不被倒下来的楼房砸中，而且有充足的物资供给帮助人们支撑到救援人员赶到。可万一"复仇流浪者"和其他机甲猎人无法阻止那三只怪兽，那么是否能在这些庇护所中幸存下来都将不再重要。

杰克认为凡事都得往好处想，可他不得不承认，如果那三只怪兽聚首后，沿着直线往西走一百英里，过了骏河湾，直接去往富士山，那么，机甲猎人肯定不能及时拦截到它们。所幸的是，它们没有这么做。

两个小时之后，"复仇流浪者"将迎战三只怪兽。

这是生死之战！必须决一死战！胜者将成为地球的统治者，而败者……将永远从地球乃至宇宙消失……

"全体机甲猎人,"兰伯特对着通信器说道,"依次报告是否准备好发射。"

伊利亚:"'英勇保护者',准备完毕。"

雷娜塔紧随其后:"'军刀雅典娜',准备完毕。"

阿玛拉兴奋地报告:"'凤凰游击士',早已准备完毕。"

"收到。"杰克最后检查了一次助推器数据,确保无燃料泄漏,无过载警报。

一切正常。

"任务控制中心,全体机甲猎人准备就绪。"

戈特利布在作战室里看着主全息显示屏,检查四架机甲猎人的数据。在他看来一切正常,但是否真的正常,只能等到吊舱式助推器点火的那一刻才知分晓。

朱尔斯·雷耶斯匆匆忙忙地从机甲猎人机舱跑进作战室,又迅速跑过站在作战室协助终端的技术员身边,最后停在戈特利布身旁。她打开自己电脑终端的全息显示屏,监控助推器对机甲猎人操作系统和机甲猎人机身整体性的内部影响。她看向戈特利布,汇报道:"一切正常。"

戈特利布对着通信器下达指令:"好了,'复仇流浪者',十秒后点火,九、八……"

操作舱里,驾驶员和学员们动作一致,都紧盯着显示屏上的数据。他们忐忑不安,但又为即将到来的战斗激动不已。

苏雷什默默地哼着小曲。

阿玛拉一只手握紧拳头,而后又放开,她发现"凤凰游击士"也做着同样的动作,这才停下小动作,强迫自己保持冷静。

良一小声跟着戈特利布一起倒数,猜想着自己是否会随着"点火"的命令而命丧黄泉。

雷娜塔笑了。

通过 Drift 连接，良一听到雷娜塔说：你一定要留着命来把我打趴下，怎么样也要打赢一次吧！

"……二、一……"

杰克无比紧张。

这一刻终于来了。

"点火！"

（日记）

《生物技术研究实验期刊》

第 27 册第 1 期

实验笔记：加有催化镧元素的怪兽血液的反应性和燃烧性

PPDC　K- 科技部　赫尔曼·戈特利布

摘要

　　众所周知，怪兽血液和陆源有机材料以及大多已知金属化合物、塑料化合物进行物理接触时具有腐蚀性，而经过进一步的研究分析，怪兽血液还有另一相关特性——巨大的热能。对怪兽血液的首次实验发现，怪兽血液和镧元素进行化学反应会产生额外的热量。若能攻克和怪兽血液的化学不稳定性有关的系列难题，怪兽血液研究未来在推进力和航海学两方面将发挥重大作用。该系列难题包括：可控燃烧的最佳时机较短和生成物具有爆炸危险或者可能无法燃烧；储存与使用怪兽血液期间仍旧无法避免容器腐蚀现象；再者，在上述科技应用成果得以广泛使用之后，也有必要解决合成怪兽血液难题。

　　进一步研究仍在持续进行中。

30

伴随着一阵隆隆巨响，整个晴川海湾震天动地，四套吊舱式助推器被点燃。随之而来的白色烟雾和蓝色火焰在停机坪上蔓延开来，起重机架被烟雾团团笼罩。机甲猎人缓缓上升，脚下火柱熊熊燃烧。

戈特利布屏住呼吸。没有在点火时发生爆炸，第一关算是过了。但它们能提供足够的推动力让机甲猎人飞起来吗？从之前的计算来看应该是可以的，但他毕竟没有花更多的时间去核算验证。下一关，机甲猎人机身能否经受住升空带来的震动能？当初设计机甲猎人时，主要考虑的是机甲猎人对于直接攻击的抵抗能力，而震动能却是完全不同的力量。他对这一危险性闭口不提，但他其实一直提心吊胆，担心助推成功后，操作舱可能会因为机甲猎人缺乏空气动力学的性能设计而粉身碎骨。

看到操作舱内的画面，戈特利布战战兢兢、手足无措。操作舱猛烈摇晃，导致驾驶员的脉搏和呼吸率等生命迹象出现大幅波动。接着，他听到"英勇保护者"操作舱响起了警报声。

苏雷什憋不住了："警报响了，难道出问题了？"

在"复仇流浪者"的操作舱里，杰克和兰伯特相互对视了一下，交换了紧张的眼神。杰克抬头看着操作舱顶部，虽然他被磁悬浮场固定住，但依然有种地动山摇般的感觉。相比之下，兰伯特显得沉着多了。

"争气点儿，"杰克深呼一口气，"团结就是力量……"

四架机甲猎人上升到海拔五十英尺……一百英尺……五百英尺……终于，向上的势能大于重力势能，机甲猎人不再摇晃。它们在天空中滑翔着朝东边飞去，留下四条烟雾弧线，雷鸣般的巨响也渐渐散去。

戈特利布看着屏幕上的机甲猎人，又看了看监控器。吊舱式助推器没有爆炸，机甲猎人也没有粉身碎骨。自动分析子程序确认系统没有出现损坏之后，所有的警报也解除了。

紧张的作战室里终于响起了久违的欢呼声。戈特利布瘫倒在椅子上。他已经精疲力竭。看到朱尔斯微微露出笑容，他假装镇定地说道："我就知道助推器能成功。"

根据戈特利布的推测，机甲猎人从蒙屿兰破碎穹顶基地出发到东京湾，大约需要一个半小时。他要求驾驶员每半个小时就向他报告机甲猎人的最新情况。

"我这边的监控器显示吊舱式助推器运作情况符合预期，"他说，"发现任何异样立刻通知我。"

"我们飞上天了，终于飞上天了！"兰伯特说。

"机甲猎人升空之后，震动感已经减弱。"杰克回应着戈特利布，"'英勇保护者''凤凰游击士''军刀雅典娜'，发现问题立刻告诉戈特利布博士。"

"有飞行餐吗？"阿玛拉开玩笑地问道。

同在"凤凰游击士"上的小维打断了她的玩笑："一切都很稳定，系统也无异样。"

"我们也是。""军刀雅典娜"上的良一说。

四架机甲猎人排着整齐的队形，飞过九州岛上空。前方便是日本狭长的大陆，这里重峦叠嶂、林海茫茫，天空布满了条状云团。很快，他们便看到了富士山，但他们不能在这里降落。不出所料，怪兽登陆了东京湾。

"兰伯特驾驶员，"伊利亚在通信器里说话了，"'英勇保护者'没有问题，我们需要分一部分人在富士山建立防线吗？"

兰伯特想了想伊利亚的建议，很快回应道："不需要，三只怪兽都在东京，我们越早到达东京，就能拯救越多的生命。"

"它们为什么不在骏河湾登陆？"戈特利布嘟囔道。和怪兽准备毁灭世界一样，这不合常理的行为让他如坐针毡。

"你不是推理出来了吗？"杰克提醒他说。

"说是这样说，可我还没办法验证这一理论的正确性，只能说是凭空猜想而已。"

"找到盖斯勒后，我们一定会向他问个清楚。"兰伯特说，"有他的消息吗？"

"还没有，"戈特利布说，"这让我很担心。你也知道，他这个人就喜欢幸灾乐祸，'先驱者'进入他的大脑之后，他这个缺点就愈发严重了。他藏起来的时间越久，我就越担心他会……怎么说……处心积虑密谋什么。"

"博士，我希望你的想法是错误的，"兰伯特说，"其实我们大家也不是很正常。"

"没……呃……也是，你说的对。"戈特利布勉强笑了笑，"希望不是我想的那样。再看看吧。"

TOP NEWS

怪兽登陆东京

大部分东京市民撤离，战前准备工作如火如荼

  三只怪兽穿越虫洞还不到一天，它们已经在津轻海峡东端会合，接而转向南方前往东京。据观察，怪兽从未像现在这样彼此主动合作，PPDC 等机构的科学家们也对此行为表示不明所以。

  日本规模较大的城市为了预防怪兽入侵，已经展开撤离工作。尚未逃离沿海地区的人们已经躲进怪兽庇护所。据说这些庇护所不仅能抵挡一万吨重的物体产生的冲击，而且数量众多，仅东京到大阪地区，就能够容纳近五千万人。

  目前关于怪兽登陆地区的详细消息非常少，不过已经知道，它们摧毁了部分虹桥，以及东京湾附近不计其数的建筑。无人机甲猎人遭到破坏后，蒙屿兰破碎穹顶基地是距离东京最近的 PPDC 设施，而且尚存了几架机甲猎人，据说很快就会完成部署，但在现场，目前未发现机甲猎人的踪影。

  据报道，怪兽已经在东京市中心造成了大范围破坏，并继续往西南方向前进。由于日本政府强制性疏散居民，暂时未能得到关于现场情况的可靠消息。

  怪兽具体去向何处，还是说它们只是漫无目的地胡乱冲撞？我们将继续跟踪报道。

31

"雷神""白蛇""伯劳鸟"在涩谷肆意妄为，所到之处一片狼藉。它们一登陆就摧毁了虹桥，导致桥上的引坡道掉进了海中。方圆几百里，碎瓦颓垣，火光冲天。尚未来得及躲进庇护所的人们在大街上东奔西躲。救援人员已经到达现场，帮助混乱的人群疏通道路，逃离这个危险之地。

"雷神"突然停止前进，朝后一仰站起来。它大肆咆哮，引起了"白蛇"和"伯劳鸟"的注意。随后，三只怪兽四下张望，在那西边遥远的地方，隐隐出现了富士山白雪皑皑的山顶。它们改变线路，朝着富士山长驱直入，摧毁了一切阻挡在前方的事物。

"看到了吗？"戈特利布在通信器里说，"它们竟然会互相交流！'雷神'发现了富士山，并把这个消息传达给了其他两只怪兽，真的是匪夷所思啊。"

"确实。"杰克俯视着怪兽。

"复仇流浪者"正以风驰电掣之势接近怪兽。

杰克简单地观察了三只怪兽的行为方式。它们走出虫洞时，戈特利布捕捉到的画面很模糊，而现在，通过相对近距离的观察，他对怪兽的基本特性已经了如指掌。任何不起眼儿的细节，都能决定作战的成败，以及世界末日是否来临。了解并预测每一只怪兽的作战方式——这是驾驶员的日常训练项目之一。从科学的角度来看，对怪兽的预测很难做到精确，不过在怪兽大战期间，这种方法确实挽救了不少驾驶员的性命。

"雷神"是三只怪兽中体型最大的。也许戈特利布说得对，它在有意识地领导另外两只怪兽。此时"雷神"的头部竖起了一个骨板，身体向前倾斜地快速跑动着。根据杰克的目测，它高约一百米，这只是粗略估计。

这是一只两足怪兽，腰和腿都是大型骨架结构，身后拖着一条长长的尾巴，用来平衡头部的重量。它的每只手上都有两个手指和一个钩状的短拇指，由此形成了钩状的爪子，即使在白天，它的爪子也亮着蓝色的光。凡是被"雷神"的爪子触碰到的 东西，都会被从爪子上释放出来的能量所摧毁。"雷神"的头部有点儿奇怪：两侧围着重甲壳，从头部一直延伸到脸和颚部，甲壳尖端布满了钢钉，而且这些钢钉竟然是向内聚拢的；在两侧甲壳之间，"雷神"的大脑泛着鲜红色，内部都是凸出的骨头，其中包括有獠牙外露的下颌骨。"雷神"嘴巴非常大，可以吞下一辆巴士。此外，甲壳内外都排列着蓝色的眼睛，看起来非常可怕。

"伯劳鸟"紧跟在"雷神"后面。它和雷神一般高，但看起来更笨重。它的两条尾巴在身后卷曲着，尾巴的末端布满了直立而起的长钢钉。肩膀和脖子上长满了粗大的尖刺。头部是一个呈扁平状且有骨感的突出物，宛如锤头鲨的脑袋，眼睛则长在头部末端。它的嘴巴里面会发出和"雷神"的眼睛一样的蓝光。

根据"伯劳鸟"的外形，杰克突然意识到，在攻击敌人的时候，它很可能会把头部边缘的尖刺一致朝前。他牢牢记住了这一特点。他还发现，附近的建筑物上插着"伯劳鸟"尾部的尖刺，是经过时不小心插进去的，还是主动发射出去的？杰克很快就会知道是怎么回事了。

"白蛇"和"雷神""伯劳鸟"都不同。它相对较矮，双腿粗壮，从后脑勺到尾巴分段分布着厚重的甲壳。它的尾巴也和另外两只怪兽很不同，上头布满了甲壳，而且十分短小。"白蛇"的头部也呈扁平状，头的两侧突起发亮的物体，且颚部尖锐锋利。它的口鼻两侧分别长着深橙色的小眼睛，下巴处翘起两根尖刺。"白蛇"吼叫时，伸出的舌头是分叉的。此外，它的手指没有相对短小的对向性拇指，而是均匀分布着三只爪型手指，而"雷神"和"伯劳鸟"的爪子都呈钩状，又长又粗，类似于獾爪或熊爪。

靠近敌人，显示屏响起了警报。从戈特利布说话到现在，不过短短几秒钟，杰克就大概了解了三只怪兽的基本情况。

"复仇流浪者"已经到达怪兽的正上方。

兰伯特说："来吧。"

他戳了戳显示屏，关闭了吊舱式助推器，机甲猎人以站立的姿势，朝着"雷神"的方向平稳下落。在"雷神"察觉之前，"流浪者"朝它脑袋上猛地一拳。"雷神"重重地摔在地上，将地面撞出一个大坑。没等它站起来，"流浪者"拽住它的脖颈处，使出柔道的招数，把"雷神"甩向附近的大楼。受到反作用力的冲击，加上从空中反冲的势能尚未完全消失，"流浪者"滑过几个街区才停下来。

杰克和兰伯特站直，举起"复仇流浪者"的右手抓住紧握的左拳。这是"流浪者"的传统姿势，罗利·贝克特和他的哥哥杨希做过，后来和森真子也做过。对杰克来说，这个握拳的姿势是在向这些已经牺牲的人们致敬，特别是姐姐。如今，他既是在为人类而战，也是在为姐姐而战。或许姐姐就在天上看着自己，和父亲一起……

"'流浪者'呼叫任务控制中心，"兰伯特说，"发现目标。"

"好，'流浪者'，收到。"戈特利布回答。他还没有完全熟悉作战通信的操作程序。

作战室传来忙碌的声音。

过了一会儿，戈特利布说道："该地区的民众已经全部撤离到庇护所，你们可以大展拳脚了。"

太好了！杰克心想。幸好他们正确预测了怪兽的目的地，民众才有撤离的可能和时间。按照以往的经验，在和怪兽交战的过程中，一旦分心照顾民众，就难以占上风。

"收到，"杰克回答，"机会来了！"

"英勇保护者"和"军刀雅典娜"降落在"复仇流浪者"身后，并关闭了吊舱式助推器。不一会儿，"凤凰游击士"也到了，但因为飞得太快，一时没站稳，落地后滑过了一个广场，摧毁了广场上的树木和长凳之后才站稳。

通信器中传来阿玛拉的声音，她还是和以前一样爱耍酷："我故意的。"

　　"'凤凰游击士'跟我对付'雷神'。"杰克命令道，"'军刀雅典娜'和'英勇保护者'，你们搞定另外两只。"

　　"军刀雅典娜"靠近"白蛇"，而且身手敏捷，对付动作最慢的怪兽合情合理。

　　"收到！"苏雷什回应，而后说道，"我们注定是要拯救世界的！"

　　这时，三只怪兽仰天咆哮，对机甲猎人发起了挑衅。

　　"听我口令，"兰伯特说道，"三、二、一，出发！"

　　四架机甲猎人沿着大街冲向敌人。"军刀雅典娜"一马当先，从背部的剑鞘里甩出等离子剑，朝"白蛇"砍去。"白蛇"猝不及防，甲壳被割出了几条深深的伤痕。它欲冲向"军刀雅典娜"，但"雅典娜"动作实在太敏捷，给"白蛇"来了一个后旋踢。"白蛇"朝身后的玻璃办公大楼倒去，它挣扎着想站起来。

　　"复仇流浪者"全速冲向"雷神"，它举起右手，用尽全力直击"雷神"的面部。杰克和兰伯特本想攻击它鄂部周围的头骨组织，那里看起来比较脆弱，然而，他们的拳头还未靠近，"雷神"就合上了头部两侧的甲壳。"流浪者"立刻改变目标，将拳头打向"雷神"的身躯。整个机甲猎人晃动起来，而"雷神"却安然无恙，并且在受到"流浪者"攻击的部位，甲壳内部亮起了蓝色的能量光线，随后，蓝光沿着"雷神"的手臂一直到传送到爪子上——"雷神"开始反击了。它那发亮的爪子抓过"流浪者"的肩膀和躯干，"流浪者"猛烈震动起来。随后，杰克和兰伯特被这股强大的冲击力弹飞。

　　"凤凰游击士"见"复仇流浪者"朝自己的方向摔过来，连忙俯身躲过，随后立马直起身躯向前冲去，同时，肩膀炮架发出导弹，在"雷神"身旁炸开的瞬间，它也进入了攻击距离。

　　"雷神"将身体一缩，躲开了导弹，随即站起来，还没等"游击士"走过来近身搏斗，它反手一击，将"游击士"打倒在一幢小房子上。房子的碎片瓦砾散落到了隔壁的街区。"游击士"四脚朝天地躺在这片水泥废墟里。整个战斗区到处都是碎石，机甲猎人很难保持平衡。

　　和"凤凰游击士"一样，"英勇保护者"也连发导弹来为自己打掩护，以便接近怪兽"伯劳鸟"。第一波导弹命中目标，第二波……就在那时，"凤凰游击士"仰倒在它面前，它立即变飞奔为滑行，一路滑向"游击士"，差点儿没刹住，原本要打向"伯劳鸟"的拳头砸在地上，震得停放在"游击士"头部的警报直响。

被"雷神"打飞的"复仇流浪者"总算重新站起来了。没想到"雷神"的爪子竟有如此强大的攻击力。杰克和兰伯特都感到不可思议。

戈特利布在作战室中看着现场传回的影像，找到了原因——"'流浪者'，是雷神脸部的甲壳吸收了你们的攻击能量，并反弹给你们了。"

事情不好办了，因为要想博得更大的赢面，只能攻击敌人的面部。

"雷神"再次沿着街道往这边来，为了看清道路，它打开了头部的甲壳。

杰克想到了一个办法："如果它把这个吸进去呢？"他选择指令，启动引力吊索。

"复仇流浪者"右手重组成透镜阵列器，之后举起附近的一幢楼房，从"雷神"头顶砸下去。足足五十层水泥钢筋直接砸在"雷神"身上，扬起滚滚灰尘，模糊了"雷神"的视线。"雷神"甩开身上的碎石继续前进。"流浪者"举起另一幢楼房砸在它身上，接着第三幢、第四幢……接二连三，整个街区的高楼大厦都砸在了"雷神"身上。在楼房的连环攻击下，"雷神"这个第五重量级的怪兽行动速度越来越慢，但仍气势汹汹地朝"流浪者"冲过来。"流浪者"每次后退一步，不断引导着"雷神"。

"看你能扛多久。"杰克一脸严肃，又"拿"起一幢楼房。"雷神"迟早都会被击倒的。

与此同时，"军刀雅典娜"追踪着"白蛇"，并且发现"白蛇"正隐蔽在一幢楼的后面，准备偷袭"复仇流浪者"。

"想得美！"

雷娜塔说着前倾身体冲刺。她和良一看准时机，腾空而起，一个飞膝撞向"白蛇"，打中了"白蛇"眼睛下方的一侧脑袋。"白蛇"撞倒了那幢用于隐蔽的楼房。它转身站起来，用爪子勾住"军刀雅典娜"的装甲，但"军刀雅典娜"反应更敏捷，一拳接一拳地打在"白蛇"脑袋上，直到把敌人再次打趴在地。

雷娜塔和良一全身心地对付着"白蛇"，完全没留意到显示屏上发出的警报。"伯劳鸟"正从他们身后过来，距离他们只有两个街区。它仰天咆哮，把两条尾巴甩向头部，几十根尖刺从尾部发射而出，大部分插进了附近的楼房里，但仍有几根飞过楼房击中了"军刀雅典娜"的装甲，并且逐渐插进装甲深处。"军刀雅典娜"受伤了，雷娜塔和良一感受到由此带来的痛感，不约而同地大叫起来，暂时放松了对"白蛇"的警惕。

"白蛇"立马抓住机会一跃而起，跳到"军刀雅典娜"的身上，用前爪紧紧地抓住"军刀雅典娜"，后爪则在它身上胡乱剐蹭。"军刀雅典娜"承受不住"白蛇"的重量，被迫倒下，压毁了怪兽博物馆的前部。

这个怪兽博物馆所在的位置，就是当年"恶魔女巫"倒下的地方，当时打败它的驾驶员正是史塔克·潘特斯考特。而就在这附近的某条小巷里，森真子幸运地活了下来，并在这里第一次遇见她的养父。据说，当时她被吓得瑟瑟发抖，脚上只穿着一只鞋。

历史总是惊人的相似，这一次，我们要彻底结束这一切！杰克心想。

"军刀雅典娜"被死死地按在地上，它躺在地上和"白蛇"搏斗，完全占不到优势。"白蛇"猛地撕咬"军刀雅典娜"的装甲。雷娜塔和良一挣扎着挡开"白蛇"的攻击，保护着"军刀雅典娜"的头部。然而情况不容乐观，厄运马上降临，因为"伯劳鸟"正健步如飞地往这边冲来，一副要彻底解决"军刀雅典娜"的气势。

"'伯劳鸟'！"良一大叫起来。

雷娜塔打开通信器："伙伴们，快来帮我们！"

就在刚刚，"雷神"利用从"复仇流浪者"的拳击中吸收的动能攻击了"凤凰游击士"。"凤凰游击士"被打倒在地，动力系统暂时死机。雷娜塔呼救的同时，系统重启完毕，"游击士"重新站了起来。

"马上！"阿玛拉回答，"小维！交给你了！把'伯劳鸟'拿下！"

"好的！"小维触碰屏幕上的按键。

支架下方的内嵌式地板打开了，小维眨眼间就下落了五十层，不过仍和她的两个搭档保持着 Drift 连接。随后"嘎"的一声，她在一个开火装置前停住。正是"凤凰游击士"腹部的四连装（quad-mounted）磁轨炮。磁轨炮被安装在轨道上，射界为 360 度。小维启动磁轨炮，眼见浑身带刺的"伯劳鸟"举起双爪准备攻击"军刀雅典娜"，千钧一发之际，她锁定了目标。磁轨炮戳进"伯劳鸟"的甲壳，发生了猛烈的爆炸，一时间，被炸落的甲壳七零八落地飞散到了街上。"伯劳鸟"被惹怒了，它猛地转身，暴怒地跳动着离开"军刀雅典娜"，转而朝"凤凰游击士"冲去。磁轨炮接二连三地发射出去，"伯劳鸟"遭到了连续的攻击。

"英勇保护者"也听到了雷娜塔的呼救，正往这边赶来。

"'军刀雅典娜'！'英勇保护者'来也！"

"启动天穹之鞭。"伊利亚语气平和地说道。

"英勇保护者"立马部署天穹之鞭，操作舱里所有相关的显示屏启动了。"保护者"甩出天穹之鞭，紧接着腾空而起，落在"白蛇"后面。天穹之鞭随即以雷霆万钧之势击中了"白蛇"背部的甲壳。"白蛇"四肢抽搐，不得不放开"军刀雅典娜"，转向"英勇保护者"。伊利亚与苏雷什旋转180 度走到它身后，甩出鞭子"啪嗒"一声套住"白蛇"的腹部，直接把它从楼房中间拽过来，一直拽到主街上。此时，"复仇流浪者"仍在对"雷神"进行"楼房连环击"。

受伤的"白蛇"暴跳如雷，咆哮声震落了楼房残骸碎石。突然，它弯腰俯身，竟然钻进了地里，电光火石之际，便消失得无影无踪。

"对了，这就对了，赶紧跑！"苏雷什看到"白蛇"落荒而逃，得意扬扬地叫道。他又看向伊利亚，暂时的胜利让他不再自卑。"这家伙也就这点儿能耐！"他说道。

在他们身后，"凤凰游击士"仍在连续发射磁轨炮牵制"伯劳鸟"。在他们面前，"复仇流浪者"再次部署引力吊索，举起一幢摩天大楼把"雷神"砸倒。突然，附近的地面起伏了一下，"流浪者"冷不丁一个趔趄，差点儿没摔倒。杰克通过操作舱的显示屏发现，只有"白蛇"在移动，刚刚就从他们正下方经过，现在正朝着"凤凰游击士"而去。

"'游击士'，小心后面！"杰克大叫起来。

没想到如此庞大的怪兽居然能够在地底下飞速移动。

"收到！"小维回答道。

狡猾的"白蛇"！小维看了看磁轨炮炮台上的显示屏，发现"白蛇"正在靠近，于是把炮台转了 180 度。当"白蛇"穿过水泥板从地底下拱出来时，磁轨炮正好对着它的脑袋。四管磁轨炮精准而猛烈地出击，把"白蛇"打得晕头转向、眼冒金星。

"哇哦！"小维欢呼起来，"来，再来呀！"

"英勇保护者"甩开天穹之鞭冲向"伯劳鸟"，同一时刻，"军刀雅典娜"从怪兽博物馆站起来，从另一边对"伯劳鸟"发动攻击。"凤凰游击士"对"白蛇"展开暴击，牵制着这只浑蛋怪兽，逼着它只能在地底下抱头鼠窜。"雷神"则在"复仇流浪者"的连续冲击下被迫停住了前进的步伐。这个大块头甩掉身上的钢筋水泥，既愤怒又沮丧。好极了！总算停下来了！"复仇流浪者"朝这个静止的目标发射出等离子导弹。

尽管杰克仍旧有点儿不敢相信"雷神"不再前进了，但还是觉得无力反击了。

TOP NEWS

（社论）

好吧，我认错

我还能说什么呢？一周前，我天真地以为无人机甲猎人就是我们的未来，我们不再需要 PPDC，甚至，我以为不妨把所有的希望都寄托在邵丽雯这个"白衣天才"身上，让她管理机甲猎人。

然而，第一次无人机甲部署任务就证明，这些想法是何等的愚不可及！

如今，虫洞重新开启，据说已经有四架机甲猎人赶到了东京，驾驶员共有九名。上帝保佑他们能把怪兽打得粉身碎骨，永无翻身之日。

那么，无人机甲去哪里了呢？它们已经被摧毁，因为它们被黑化了。可能是软件出错，也可能是怪兽从中作梗，看你们愿意相信哪个理由了。不过，这已无关紧要。

真正的人类正为我们而战！他们虽操作机器，但他们并非冷冰的机器。请谨记这一点。同时，我们也要敢于为彼此挺身而出，而不是冷眼旁观，等着机器来援救。

驾驶员们，加油吧！把它们杀个片甲不留！我再也不会说 PPDC 一句坏话。

PS：怪兽狂热分子似乎把他们的神看作克苏鲁（Cthulhu）[1] 了，然而我不会对这所谓的神留情！

---

[1] 美国小说家霍华德·菲利普·洛夫克拉夫特创造的"克苏鲁神话"中的一个邪恶存在，是旧日支配者，虽不是地位最高的，却是最知名的，也是克苏鲁神话的形象代表。

32

在破碎穹顶基地中心区的机械工厂里，邵丽雯正观看着从东京传过来的影像。她在忙着制造一种机器，浑身弄得脏兮兮的。自从机甲猎人离开后，她就在思考，或许还有一件事能帮上忙，不过，从目前的战况来看，或许他们已经不需要帮忙了。

"他们应该很快就能赢。"邵丽雯克制住内心的激动。

"我们一直在赢。"作战室里，戈特利布停顿了一会儿，继续说，"大多数情况是。"

目前，"白蛇"身受重伤，"伯劳鸟"和"雷神"也受了伤，而四架机甲猎人几乎毫发未损，只有"军刀雅典娜"受了一点儿轻伤，但战斗还在继续，仍不能轻敌。搏斗的过程中，机甲猎人和怪兽已经往东京郊区的方向移动了几英里，但距离富士山依然很远。从猜到"先驱者"的阴谋开始，戈特利布就非常肯定——起码大部分时间都是自信满满的——他相信机甲猎人会赢。

戈特利布的电脑终端上方的全息显示屏闪了闪，机甲猎人战斗数据以及怪兽的现状数据忽然消失了。过了一会儿，显示屏恢复正常。纽顿·盖斯勒出现在显示屏上，他只露出了胸部以上，看样子是用数据平板进行视频的。他的身后是天台，邵氏Ｖ龙直升机停在那里；远处还有从战斗区冉冉升起的烟雾；正被磁轨炮和导弹攻击的怪兽发出的咆哮声也清晰可闻；更远处，则是被烟雾遮盖的富士山山顶。

"纽顿，"戈特利布说，他的声音既带有谴责，又夹着一丝担忧和愤怒。

"嗨，伙计，"纽顿说，"你好！看来你的助推器小玩意儿终于研究成功了。恭喜你，戈特利布。"他叫着戈特利布的名字时，语气中带着一丝讽刺的意味。

"并不全是我的功劳。"戈特利布说。

朱尔斯看到屏幕上的纽顿，气冲冲地来到戈特利布身边："我们都知道你的阴谋！"

"不是他的错，"戈特利布解释道，"是他脑袋里面的东西。"

纽顿耸了耸肩："每个人脑子里都有东西，只是我脑子里的东西比较有趣罢了。"

"纽顿，我也曾进入你的脑袋。"戈特利布提醒道。

必须利用他们之间的联系，让纽顿想起那些共同经历过的事，想起和怪兽大脑完成 Drift 连接的可怕经历，只有这样，才能挽救纽顿。

"它们以为你很脆弱，其实不是的，你能够打败它们，完全有能力阻止它们。"

戈特利布的呼唤触动了纽顿——那个真正的纽顿——刹那间变得强大起来。他抽搐着，极力想要摆脱"先驱者"的控制。

"我……我无法停止和怪兽大脑的 Drift 连接，我试过了，可是它们太……真实，它们就在我的脑子里，挥之不去，对不起，戈特利布……"

"你可以的！"戈特利布大声吼道，"别被它们控制！"

纽顿忽然一动不动了，俄而，他恢复了正常。戈特利布知道，真正的纽顿已经离开，现在是"先驱者"。

"哼，不错嘛。"纽顿冷笑道，"可惜你甚至连我要干什么都不知道，怎么能知道事情的真相呢？要我告诉你吗？想知道我在西伯利亚还做了什么吗？想还是不想？要不就告诉你吧？"纽顿说着举起手指，动作非常夸张，往下戳了戳数据平板，整个过程，他的眼睛一直盯着摄像头。"好戏即将开始啦！"他说，"当然不是对你们。对你们来说是大难临头。真遗憾，开个玩笑，我可是一点儿都不遗憾。"

显示屏关闭了。

技术员发现屏幕上出现了不计其数的怪物，顿时感到毛骨悚然。

"发现敌人！数量众多！东南方，距离三千米远！"朱尔斯划动手指，把战术视图转移到作战室的主全息显示屏上，四架机甲猎人周围突然出现重重叠叠的红点。

戈特利布立即打开通信器："任务控制中心呼叫机甲猎人战队，你们看到了吗？"

杰克首先回答："它们从哪里冒出来的？"

戈特利布也不知道它们来自哪里，甚至不知道到底是什么。

通信器中传来邵丽雯的声音："从我的自动化工厂里出来的。"

戈特利布想起了纽顿对邵丽雯说过，他霸占了邵丽雯的自动化生产工厂。纽顿在那里已经偷偷生产出一架全尺寸机甲猎人，这些怪物虽然没有那么大，可……戈特利布想数数怪物有多少，但它们密密麻麻，根本数不清。它们到底是什么东西？

"纽顿！"兰伯特怒吼，他操作着显示屏，"定位他的信号……"

在怪兽被机甲猎人打得无力还手时，兰伯特就开始琢磨什么时候能给这个六亲不认的科学家戴上手铐，或者至少把他按在地上，怎么样都行，抓住他再说。显示屏储存完毕纽顿的位置，之后，兰伯特把显示屏切换回战术视图模式。

"敌人在一千米之外，还在继续接近。"

该死的！杰克心想。就差一步，他们就能把怪兽彻底解决了。"游击士"的磁轨炮已经击破了"白蛇"的甲壳，"英勇保护者"和"军刀雅典娜"也拿下了"伯劳鸟"，而"复仇流浪者"刚才又把一幢楼房砸"雷神"身上，它到现在还在挣扎。谁会料到，这个时候突然出现新的危险。

"全体机甲猎人注意，全部停手，准备迎战。"杰克对通信器下达指令。

四架机甲猎人同时停止了对遍体鳞伤的怪兽的攻击，转身面对迎面而来的新敌人。

这些畸形机器人大小如卡车，每一个都带着触角。它们从邵氏工厂蜂拥而来，就像涨潮一般，瞬间占据了大街小巷，涌上了"复仇流浪者"用引力吊索摔毁的建筑废墟上。这些机器人外形和怪兽差不多，眼睛在头盖骨上，周围长满尖刺，背部有点儿像人类的脊椎，由上至下突起了类似骨头的物体，越往下越平缓，最后在尾部两侧才又稍微突起。但很明显，这些就是机器人。它们的主材料是金属合金，它们只是长得比较像怪兽。几百个怪物蹦着、跳着、跑着，不断接近正在等候它们的机甲猎人，它们"啾啾嗡嗡"地叫着，就像万蝉齐鸣般嘈杂。即便机甲猎人的传感器已经尽可能削弱了这些噪声，但仍令人抓狂。

机甲猎人试图瞄准这些怪物，可是由于怪物数量过多，行动又很难准确地定位。如果只有一只或十几只，机甲猎人才不会放在眼里，一只手就可以把它们捏得粉身碎骨，可如今这排山倒海之势，该如何应付？

"戈特利布，有什么建议吗？"杰克问道。

戈特利布没有回答。整个作战室里的人都被这些怪物惊得说不出话来。机械工厂里，邵丽雯也惊恐万状，她这才意识到纽顿瞒天过海的手段竟是如此了得。真是聪明反被聪明误啊！居然在她眼皮底下把邵氏工业变成了毁灭人类的"发动机"。

"凤凰游击士"发射磁轨炮，准备横扫千军，然而炮弹攻击的效果微乎其微，怪物仍以铺天盖地之势汹涌而来。它们并没有躲避炮弹攻击的意向。

"'游击士'，停止开炮！"杰克命令道，"等我们搞定这些小玩意儿之后，还需要你的磁轨炮去和那些怪兽玩儿真的呢。"他也不知道哪里来的自信。

没错，这是他们真正要对付的敌人，至少就目前的情况来看是的。怪物朝着机甲猎人蜂拥而上，发出的噪声越来越大，机甲猎人们严阵以待。

纽顿在天台上密切关注着他的机器人。撕裂怪（the Ripper）机群果然是好东西，它们都是他自己造的，"先驱者"其实也给了一点点设计建议，不过，代码是他亲自打出来的。看着它们，纽顿倍感自豪。机甲猎人驾驶员肯定被吓坏了。

真正的好戏要上演了。

所有美好的事物注定消失，比如——人类。

纽顿按下数据平板上正在闪烁的按键。

机器人机群距离机甲猎人还有几百尺，机甲猎人们架好战斗姿势，准备迎敌。然而，出乎意料的事再次发生，机器人机群改变了路线，转向一边，绕过街区，朝着受伤的怪兽移动。它们停在"白蛇"挖出的大坑和压在"雷神"身上的高楼大厦之间，之后，爬到其中一只怪兽身上，电光火石之间，怪兽就消失在了几百个——甚至几千个——银色的机器人之中。怪兽痛苦地咆哮着，暴跳着，后仰倒下，倒在了那群涌动的机器人之中。

"它们这是在干什么？"伊利亚很困惑，大声问道，"它们是来帮我们的？"

阿玛拉也一脸迷茫。驾驶员们无不被眼前的情景弄得一头雾水。

"老兄，"苏雷什说，"这真是恶心死了。"

作战室里，戈特利布和朱尔斯看着三个大型怪物被群峰般的小红点消灭得干干净净。一刻钟后，监控屏幕上出现了一个奇怪的现象——在怪兽消失的地方，出现了一只较小的怪物，但比机群中的单个怪物大一点儿。新出现的怪物和周围的小怪物不断合并，很快，这群小红点重组成了三个大红点……

戈特利布忽然意识到一件很恐怖的事情，他一字一顿地回答伊利亚的问题："我、可、不、这、么、认、为！"

杰克看着坑里坑外的机器人逐渐消停下来，随即烟尘滚滚连成一片。看样子小型怪物机器人军队已经把大怪物消灭得一干二净了。可他的显示屏上显示，还有一只超大怪物。脚下的地面在震动。坑里有动静，有个东西正在站起来。

起初，驾驶员们以为是那三只怪兽中的其中一只，想象着它出来后，身上会挂着那些小型机器人。可当怪物渐渐站起来，才发现不是"雷神"，也不是"白蛇"或"伯劳鸟"。它的头比那三只怪兽的头都要大，甚至比它们三个的头加起来还大。杰克感到一阵恶心。他终于明白了，这才是纽顿·盖斯勒最后的王牌！

纽顿故意等怪兽受伤，或奄奄一息的时候，才亮出科学怪人的终极诡计——把三只怪兽吞并，然后重新组成一个超级巨怪。这个超级巨怪的脑袋比任何一架机甲猎人的机身还要大，它完全站直后，比附近任何一幢仅存的高楼大厦还要高。小型机器人的本体消失了，仅在巨怪尾部及其甲壳边缘上可发现它们的部分踪影。

看着这个巨怪从大坑里缓缓站起，所有的驾驶员都张口结舌。那些小型机器人还在巨怪身上蠕动着，直到将最后的部分——下巴——组装完成。巨怪的下巴仍和"雷神"的下巴一样锋利，而且多了几根像"伯劳鸟"那样的尖刺，足有两百英尺长。巨怪喉部的能量散发出蓝色的光芒，背部和四肢上数不清的小孔中也闪耀着同样的蓝光。小型机器人在这里组装成了柔韧的外甲壳。它庞大的身影落在机甲猎人的身上。

兰伯特惊叹道："这怪物还真是巨大！"

纽顿站在天台上扬扬得意地看着眼前的一切，在此之前，他还在怀疑这个计划是否能奏效，而如今的状况令他深信不疑，他明白了当初质疑自己是多么可笑。过去十年里，整个过程一直都是他亲力亲为，他反复琢磨着设计流程，怎么可能不成功！他制造撕裂怪只为一个目的，而现在，它们已经很好地完成了使命，合体成了超级巨怪。

纽顿很好奇戈特利布现在的反应。到底谁才是真正的天才？把人类大脑发挥到极致，创造出空前……又绝后的作品，这才是K-科技部该有的样子！他知道自己正在毁灭人类，他也知道日后会为此自责。然而此时此刻，"先驱者"把他的内疚感悉数抹去了。现在，他唯一能感受到的只有对这旷世之作感到欣喜若狂，对他为这世界创造出强大力量而欢欣鼓舞。

超级巨怪的咆哮声响彻云霄，千里之外的窗户都被震碎了，在少数未被摧毁的街区，汽车残骸受到声波的冲击腾空而起。巨怪走出大坑，冲向机甲猎人，一路上逐渐加快步伐。尾巴随着每一次奔跑而晃动，毁掉了路上所有的东西。

"世界末日降临了，"纽顿得意地说道，"没有哭天喊地，只有天崩地裂。"

在"复仇流浪者"操作舱里,杰克面对目前的状况,只有一个命令:"全体机甲猎人,开足火力,上前迎敌!"

"流浪者"带头冲锋,一面数弹齐发,一面用引力吊索举起碎石砸向超级巨怪。其他三架机甲猎人在"流浪者"身旁排成侧翼进攻部队,等离子加农炮、粒子束双管齐下。然而,发射出去的导弹不是未能伤它毫发,就是被能吸收能量的甲壳挡开了。接着,超级巨怪蹲跨臀部,上体后仰,一拳打到地上,引起地面猛烈震动,由此产生的冲击波席卷了整条街道,四架机甲猎人都被震飞了。操作舱里警报四起,驾驶员们骤然失重,各个手忙脚乱起来,以保持身体的平衡。操作舱外,机甲猎人也重复着同样的动作,因为冲击波震毁了它们的回转仪。同时,操作舱的磁浮悬场由于失去定向重力而有所损坏。只有"英勇保护者"站稳了,其他机甲猎人都摔成了重伤。

苏雷什和伊利亚知道其他三架机甲猎人需要时间恢复,因此,他们担起了带头冲锋的重担。"英勇保护者"勇往直前,一面部署天穹之鞭,一面不断发射加农炮。

"'保护者',别冲动!"杰克对着通信器大喊道。

要对付这个所向无敌的怪兽,四架机甲猎人必须共同进退。

"我们一定行的!"伊利亚大声回答着锁定超级巨怪的头部。

"攻击它的眼睛。"苏雷什提议道。

伊利亚摇动瞄准镜分划板,对准巨怪庞大的头部。

"哪只眼睛?"

巨怪有十多只眼睛!

"全部!"苏雷什说。

巨怪身子后仰,打算再次发动引起地动山摇的拳击,但这一次,机甲猎人未雨绸缪,没等巨怪的拳击碰到地面,"英勇保护者"便一跃而起,跑酷似踹向旁边一幢高楼,继而朝巨怪的眼睛挥出天穹之鞭。苏雷什大吼着，眼见着天穹之鞭就要击中敌人的眼睛，却被巨怪抓住了。

不只有"英勇保护者"懂得未雨绸缪，巨怪也懂。天穹之鞭发出的能量在它手上"噼里啪啦"作响。巨怪掌握了主动权，将"保护者"撞向街上的楼房，一栋接着一栋，把够得着的楼房都撞了个遍，最后，它利用天穹之鞭余下的动力势能把"保护者"甩了出去。遍体鳞伤的"英勇保护者"像个玩具风车一样掠过东京的上空，撞穿远处一幢办公大楼之后，又摔进了另一幢楼房，楼层轰然倒塌，全部砸在"英勇保护者"身上。

机甲猎人战队溃不成军。

纽顿·盖斯勒看着它们一个个倒下，拍手叫好。

"太棒了！这就是我说的好戏！"

超级巨怪不费吹灰之力，就把机甲猎人全部打败了，现在，它朝着东京郊区走去，走向它的终极目标——富士山。

今天可真是个好日子啊，纽顿心想。广阔无垠的蓝天映衬着富士山白雪皑皑的山顶，真可谓风景如画啊。可惜，这将是地球最后一片蓝天。

33

杰克与兰伯特难以解决"复仇流浪者"的平衡问题，刚才的冲击波以及后来的二次撞击给他们造成的损坏实在太严重了，他们与那三只怪兽搏斗期间加起来所受到的损害还远远比不上这次冲击。操作舱内电路过载导致了短路，四处溅散着电火花。"流浪者"的动力内核似乎也出现了问题，等离子泄漏了，虽未到危如累卵的程度，但也不容乐观。

兰伯特飞快地输入指令，修补各种系统，试图把操作系统与"复仇流浪者"的武器系统重新连接起来。尽管它们可以恢复，但再也不是最佳状态了。

相比自己，杰克更担心伊利亚与苏雷什。"'英勇保护者'，报告现状！"他对着通信器号叫道，"你们还好吗？"

通信器里无人应答。

"伊利亚！"杰克大喊，听不到回答，他更加着急了，"苏雷什，回答我！"

此时，伊利亚听到了杰克的叫喊声，逐渐恢复了意识。他发现头部的一侧在流血，血液流进了他的眼睛里。他眨了眨眼睛，伸手去启动通信器，说道："'保护者'已经倒下，我被困在操作室里，苏雷什……"

他四处张望，寻找着苏雷什的踪影。但血液模糊了他的视线。他抹了抹眼睛上的血。当手指触碰到脸庞时，他感受到彻骨的疼痛，他低头一看，发现几根手指断了。就在这时，他发现了苏雷什。操作舱的残骸全部压在苏雷什身上。倒塌下来的楼房大梁砸穿了"英勇保护者"的头部装甲，然后……

伊利亚控制住自己的情绪，努力拿出驾驶员该有的样子："苏雷什……苏雷什牺牲了。"

杰克与兰伯特听到这一噩耗之后，犹如五雷轰顶。任何一个驾驶员牺牲都会让人痛彻心扉。身经百战的老驾驶员知道如何处理这种状况。但是这些年轻的驾驶员们甚至从未料到今天的怪兽战争会发生……一直以来，学员们从未质疑过PPDC，他们信赖老驾驶员，跟着他们训练，接受他们的教导和保护。而如今，苏雷什就这样死了战场上。

"收到，'保护者'。"杰克缓缓地说。

"等着，我们很快就到。"兰伯特终于解决了"复仇流浪者"的平衡问题，机甲猎人重新站了起来。

"'凤凰游击士'，报告现状。"杰克说。

阿玛拉中气十足地回答："我们遭到损坏，但还能继续战斗。"

"我们也是。""军刀雅典娜"上的雷娜塔也回答道。

其实"军刀雅典娜"的损坏程度比雷娜塔说的要严重。良一还在一旁忙着处理系统警报，不过他们的机甲猎人确实再次站了起来。在受到冲击波的攻击之后，"军刀雅典娜"没能站稳落地，这就足以说明，她与"白蛇"搏斗时所受到的损伤比他们俩人想象中的更严重。

过了一会儿，雷娜塔才忽然意识到自己忘了加通信呼号，于是又说道："驾驶员，我是说'雅典娜'，'军刀雅典娜'。"

杰克如释重负，幸好三架机甲猎人尚存，事情没想象中那么糟糕。他输入全息地图上富士山地区的坐标，说道："'保护者''雅典娜'，准备在这个地方阻击巨怪。"

"出发，别落后了。"兰伯特补充道。他还真是永远一副学员教练的模样啊。

"收到，"阿玛拉说，"'凤凰游击士'，出发。"

"复仇流浪者"出发了，一路上逐步加快速度，追击着向富士山低山坡冲去的超级巨怪，"凤凰游击士"与"军刀雅典娜"紧跟其后。

　　只有自己的机甲猎人无法战斗到最后……被困在"英勇保护者"操作舱里的伊利亚难以接受这样的事实。他想独自承受神经元负荷驾驶"英勇保护者"。他艰难地操控着机甲猎人，拨开压在它身上的废墟。

　　"驾驶员，"他用尖锐且沙哑的嗓音说道，"我准备独自驾驶'保护者'。"

　　"不可以，"兰伯特回答，"原地待命！"

　　他们都听说过驾驶员单独承受神经元负荷的后果，尽管有些驾驶员能够独自支撑一阵子，可是事后很长一段时间里，他们在心理和神经上都会遭到不可小觑的不良影响。兰伯特不可能在这个问题上妥协。他本就觉得自己无论如何都要为苏雷什的死负责，如今战斗尚未结束，他不能再让一名学员的生命受到威胁。况且，如果只有一个驾驶员驾驶"英勇保护者"，它的战斗能力肯定会削减大半。

　　"我可以帮忙的——"伊利亚不听。

　　兰伯特打断了他的话，呵斥道："伊利亚，听从指挥，原地待命！"

　　"我们明白你非常想继续战斗，"杰克接过兰伯特的话说，"可就算是一名久经沙场的老驾驶员，也无法在没有人帮助的情况下独自驾驶机甲猎人，你就听话吧。"话音刚落，他忽然想到机甲猎人之所以一定要两个人驾驶，是因为一个人无法独自承受驾驶机甲猎人的神经元负荷。而戈特利布之前提起过"黑曜石之怒"的大脑不是中枢大脑，而是二级大脑，而且与怪兽的脊髓一样布满了神经与突触。他看了看那个正前往富士山的超级巨怪。

　　"'流浪者'呼叫任务指挥中心，可以做一次敌人的战术扫描吗？"

　　作战室里，名叫麦金尼的技术员立即回应了杰克的请求。"正在分析机甲猎人传感器收到的数据。"她收集了各种远程传感器所捕获的数据，并把它们集齐放到了一个屏幕上。

　　画面还没有成形，朱尔斯对着通信器告诉杰克最新情况，以免他着急："'流浪者'，数据有了，但还在等画面出现。"

　　"没时间等了，"杰克说，"可以只扫描大脑吗？"

戈特利布接手了麦金尼的工作。他放大了超级巨怪的大脑，仔细扫描它的器官。巨怪的大脑竟被一层又一层的骨刺与颈脊保护着，而且在骨刺与颈脊外面还有一层由机器人交织而成的外甲壳，这层甲壳看上去密不透风。

"敌人的中枢大脑被层层甲壳保护着。"戈特利布说道。

过了一会儿，从刚刚做的联合扫描程序来看，他发现无论是动力阻尼值、能量烧蚀值，还是其他防御值，看起来都不容乐观。

"你们目前的武器系统不可能穿破它的甲壳。"

兰伯特虽然在一旁驾驶着"流浪者"追击超级巨怪，但他还是听到了杰克与戈特利布的对话。而且，由于他与杰克建立了 Drift 连接，他完全明白杰克的计划，于是说出了杰克要说的话："那二级大脑呢？这浑蛋有没有二级大脑？"

戈特利布还在操作全息显示屏，系统正在编译来自当地影像与卫星资料的数据。他去除巨怪的重重甲壳之后，直接打开巨怪身体内部的解剖图，那场景可真是令人惊叹。

这只超级巨怪竟是由之前的三只怪兽组合而成的，它们的骨骼结构仍历历可辨。只是经邵氏工业的机器人简单粗暴地改装后，这些骨架已然不同。如果是在其他情况下看到这只超级巨怪身上不可思议的设计以及巧夺天工的生产技术，他肯定会一连几个小时甚至几天都不断地惊叹——但此时此刻，他只想着怎样让它赶紧下地狱。

屏幕上显示了巨怪的三个二级大脑的位置，它们就藏在巨怪三条尾巴下面的臀部中。

"敌人有三个二级大脑，"戈特利布报告说，"分别是三个怪兽的大脑。"

朱尔斯把战术扫描结果收集起来，发送到所有机甲猎人都在用的战场信息共享服务器。屏幕显示：

资料正在发送。

杰克与兰伯特看到了"复仇流浪者"的显示屏上出现了经处理的解剖扫描图。他们还在追击超级巨怪，但杰克不确定能否及时追上它。他们需要速战速决。

"就算毁掉它的二级大脑，它也不会死的。"兰伯特说。

"可能吧，"杰克说，"虽然死不了，但它的移动速度肯定会慢下来。"说完，他便呼叫其他两架机甲猎人的驾驶员，"'军刀雅典娜''凤凰游击士'，查看你们显示屏的数据包。"

"'军刀雅典娜'收到数据包。"雷娜塔报告道。

阿玛拉很快也给予了回复。

"跟上我们，"杰克说，"准备出击。"

接下来事情会如何发展，无人知晓。不过，兰伯特知道他们能做点儿别的准备。

"是时候试试丽雯给我们的'黑曜石之怒'的武器了。"兰伯特说。

杰克笑着说："算你懂我的心思。"其实他并不清楚这些武器都是什么。朱尔斯说，她也不知道会有怎样的效果。不过，杰克知道，加上一个武器之后肯定如虎添翼，而且他很期待用上它。

两人对超级巨怪穷追不舍，等走到攻击距离内时，"复仇流浪者"便甩动双臂，"黑曜石之怒"的等离子双链锯随即从前臂滑出，迅速部署完毕。"流浪者"冲上去一跃而起，与"英勇保护者"之前一样做出了蹬壁跳高的动作。它跳上楼房的高处，然后单脚一蹬，在巨怪的尾巴上方跳出一个高空弧线，随即一边下落一边从背部使出等离子链锯。链锯在由撕裂怪组成的外甲壳上扯出了一条深深的裂缝，接着一个个撕裂怪从超级巨怪的背部摔落。"复仇流浪者"安然落地。巨怪摆动尾巴想要反击，"流浪者"俯身躲过了它的攻击。

紧跟在"流浪者"后面的是"军刀雅典娜"，它从天而降，直接攻击巨怪被等离子链锯扯破的地方，却被巨怪举起爪子一拍拍倒在地。幸好此时"凤凰游击士"多枚导弹齐发，巨怪才没有继续攻击"军刀雅典娜"。它缓慢地转身，面向"游击士"那一刻，阿玛拉与金海使出了晨星锤，锤上的钢刺"啪"地一声突出，随即从侧面打中目标。巨怪被打得晕头转向，下颌骨上的一根獠牙也被打断了。

"凤凰游击士"见状，跳上巨怪的背部，攻击其脊椎下方二级大脑所在之处。不料，超级巨怪迅速反应过来，转身猛击"凤凰游击士"。"游击士"被打飞了，摔落在街区的楼房上，把楼房压得粉碎。

紧接着，"军刀雅典娜"单腿蹬地，一跃而起，再次攻击巨怪背部的伤口。然而，巨怪似乎早有预料，正当"军刀雅典娜"跳跃着举起等离子剑时，它挥动一只爪子，戳入"军刀雅典娜"的双腿，扯碎了其髋关节以下的腿部。"军刀雅典娜"重摔落地。巨怪走过来，赫然耸立在"雅典娜"身边。它大肆咆哮着，炫耀着自己的胜利。雷娜塔和良一感到了削骨之痛，但攒眉苦脸的两人仍然继续驾驶"军刀雅典娜"慢慢挪动着。

巨怪的咆哮声震耳欲聋，盖过了操作舱里的警报声。巨怪将两条尾巴抬起高过了头部，杰克见状，大叫着提醒雷娜塔和良一巨怪将攻击他们。可即使他们听见了杰克的喊叫，也想躲避巨怪的攻击，却心有余而力不足。他们逃不掉了。巨怪像蝎子一样摆动尾巴，由上至下猛击"军刀雅典娜"，尾巴上的尖刺直接插进了机甲猎人的装甲。被巨怪尾巴砸穿的动力内核燃烧起来，分崩离析的"军刀雅典娜"四肢抽搐，随后彻底瘫痪。雷娜塔和良一叫苦不迭。

巨怪收回尾巴，顺势把"军刀雅典娜"甩到一边。

"雷娜塔！良一！"兰伯特呼喊着，"报告现状！"

无人应答。

失去了双腿的"军刀雅典娜"千疮百孔，"砰"的一声撞在地上，不再动弹。

在付出失去"军刀雅典娜"这个惨痛的代价后，杰克和兰伯特终于找到了进攻的机会。绝不能白白浪费！他们在战术扫描图上找到了二级大脑的具体位置，之后，"复仇流浪者"腾空而起，跳上超级巨怪的背部，双臂同时把等离子链锯插进其连接着脊椎处的甲壳，直击其中一个二级大脑。巨怪痛苦地哀叫起来，一条腿也随之残废。由于它的外甲壳是由小机器人组合而成的，此时，巨怪残腿上的小机器人互相挤压，最后分崩离析，变成了碎片。

"灭了一个，还有两个。"杰克说。

两人拔出了其中一把等离子链锯，小机器人和怪兽血液如涌泉般散落。超级巨怪感到剧烈的疼痛，拼命挣扎，扭动身体，折断了另一把等离子链锯，并把"复仇流浪者"撞飞了。眼看着"流浪者"即将撞上高架列车轨道，杰克和兰伯特操作机甲，撞飞了停在一旁的车辆，最后重重地摔在轨道另一侧的空地上。

超级巨怪转身面向"复仇流浪者"，这正是"凤凰游击士"攻击其背部伤口的黄金时机。小维下降到磁轨炮台上，疯狂地连发炮弹。磁轨炮炸飞了巨怪伤口处的甲壳。但由于巨怪在移动，和巨怪的体型相比，伤口又显得非常小，小维无法瞄准如此小的目标。"游击士"转了一圈，试着寻找更好的射击角度。结果，巨怪转动身体，走出了射击范围。

"打不穿它的甲壳！"小维气愤地大叫起来。

金海四下张望，希望能找到方法让巨怪停止移动。他发现旁边的楼顶上有一根长长的钢制尖顶。

"瞄准那个尖顶！我有办法！"

小维二话不说，转动炮塔，直接开炮，炸开了那个楼顶，尖顶摇摇晃晃地掉落下来。"凤凰游击士"跑过去，飞跃而起，想抓住尖顶。尖顶旋转着，阿玛拉找准时机，伸手将其抓住。她跟随旋转的尖顶，在 Drift 连接支架上原地旋转起来，金海也和她完美地同步。

半空中的"凤凰游击士"双手紧握尖顶，然后一个转身，把尖顶举过头顶。此时，一只脚残废的超级巨怪正在一瘸一瘸地往前走着。就在即将落地的刹那，阿玛拉双手向下。尖顶深深地插进了超级巨怪的背部，朝着剩下的两个二级大脑扎去。尖顶的尖端正中一个大脑，随后这个大脑消失在了显示屏上。

超级巨怪再次哀号起来，更多的血液喷薄而出。

作战室中一片欢呼，通过通信器传到了阿玛拉的耳朵里，她也在心里默默地欢呼。

蓦地，"凤凰游击士"猛烈晃动起来，原来是超级巨怪突然转身，用巨爪抓住了"游击士"。它猛烈摇晃着"游击士"，如同小狗玩弄手中的老鼠一般。在"游击士"的操作舱里，巨怪的尖牙一点儿一点儿地插进三个学员所在的位置。操作舱开始倒塌。

"全体驾驶员，弹射逃生！"

金海用力按下按钮，然后将自己的 Drift 连接驾驶支架"砰"地塞进逃生舱，接着，逃生舱被弹了出去。紧跟其后的是阿玛拉。小维还在"凤凰游击士"腰部，她先沿着磁悬浮轨道冲上逃生舱，最后一个逃出来。

就在三个逃生舱从"凤凰游击士"的头部弹出的刹那，超级巨怪一口咬烂了"游击士"的上半身。三个逃生舱重重地摔落在"军刀雅典娜"倒下的断垣残壁之中。巨怪撕咬着"凤凰游击士"，最后将其扔到一边儿。

机甲猎人战队只剩下"复仇流浪者"了，而超级巨怪还没有死。杰克和兰伯特只得先和巨怪周旋，寻找时机攻击它的第三个大脑。

此时的巨怪已然深受重伤。它的背部体无完肤，血肉模糊，外甲壳上裂开了一个巨大的伤口。但它仍拖着一条残腿，顽强地朝富士山的方向走去，它身上的小机器人一路散落，有的撞地而死，有的则被超级巨怪踩死。

现在是一对一了，杰克心想。

"复仇流浪者"对战世界上最大的怪兽。

地球的命运旦夕便可见分晓。

"复仇流浪者"从高架列车轨道残骸的碎石堆里爬出来。杰克再次看着显示屏上超级巨怪的伤口，希望能找到攻击的突破口。但是，"复仇流浪者"伤势也不轻，等离子链锯被折断时，它的手臂也跟着损坏了，而且，连续的撞击造成了不少损伤。再者，"流浪者"的武器系统还在重启，部分传感器组件也遭到了破坏。

但是，他们还活着！

就算"复仇流浪者"没有了武器，用拳头也要把超级巨怪彻底解决！

"杰克……"兰伯特暴躁地操作着全息显示屏，尝试重新连接"流浪者"

的武器系统。

"明白。"杰克回答。

绝不可以让超级巨怪领先太多,否则永远也赶不上它了。

两人身体前倾,"复仇流浪者"从列车轨道的一侧跳起,再次落在超级巨怪的背上。巨怪失去平衡而摔倒在地。与此同时,等离子加农炮恢复了,兰伯特朝巨怪连续发动炮击。巨怪没有理会,拖着"流浪者"继续向前走,直到背部的伤口被打中,它才仰天怒吼,再次猛地甩动尾巴,将其插进了"复仇流浪者"操作舱的后墙,戳中了内森的 Drift 连接驾驶支架。内森的驾驶支架被击碎了一半,他的头盔也裂开了,他发出了痛苦的呻吟。巨怪并未继续攻击,而是迅速拔出了尾巴。

杰克感受到了内森撕心裂肺的痛苦。

"内森,撑住哇!兄弟——"

内森的眼睛缓缓闭上了,他和杰克之间的 Drift 连接也逐渐消失了。

"警报!""流浪者"的人工智能系统提醒,"神经元连接断开。"

杰克感受到驾驶"复仇流浪者"的神经元负荷瞬间全部压在了自己身上,他一时难以承受,跟跄了一下,"复仇流浪者"也跟着跟跄了一下。

超级巨怪再次把爪子戳进"流浪者"的装甲,杰克奋力反抗,但他一个人抵挡不了巨怪。鲜血从他耳朵里涌出,随后,他的思维出现了混乱。过去的时光在他脑海中一遍遍回放。他听到了父亲的说话声,听到了索尼的枪声;他想起了当初看向"复仇流浪者"破碎的防护面罩外的情景,森真子的身影一次次掠过他的脸庞,可他最终没能抓住她;他看到了森真子坠落的情景,仿佛看到了年轻时的森真子,她脸上带着笑容、挂着泪珠,手上还拿着一根木棒——刚刚她就是用这根木棒把杰克撂倒了。

忽然,他感觉到"复仇流浪者"在移动,原来是悬浮磁场在猛烈摇晃,随后把他稳住了。

杰克眨了眨眼睛,努力想起当初离开碎片穹顶时的场景,想起"复仇流浪者"进入自己人生的场景。

"你永远不会成为一名驾驶员。"听到父亲说这句话,杰克火冒三丈。

就在那个瞬间，他回过神儿来，回到了现实中。

尽管他仍有些恍惚，但还是努力独自操控着"复仇流浪者"。下一秒，他看到整个世界倾斜了过来。超级巨怪把"流浪者"扔飞了。"流浪者"重重地摔落在地上，杰克晕了过去，但很快就醒了。他看到超级巨怪正大步流星地走向东京郊区，朝着富士山、朝着世界末日走去。

TOP NEWS

机甲猎人观察室：大家看到了吗？！

各位兄弟姐妹、各位父老乡亲，你们看到了无人机影像吗？要是没有的话，我真的为你们感到可惜。因为，此刻在东京发生的事情真的让人难以置信。四架机甲猎人正与三只怪兽打得不可开交……一群疯狂的小机器人怪物突然出现，包围了三只怪兽，它们像是把三只怪兽全部吞进肚子里了，随后小机器人变成了一只体型巨大的超级巨怪，我从未见过如此大型的怪兽。

已经有不少民众无辜牺牲，我现在是在一个安全的地方把这篇文章放到网上来的，这里距离怪兽曾经出现的地方大概有一千英里远。

不过，这个超级巨怪似乎不容轻视，它还活着吗？东京传来的无人机影像已经断线，我也找不到另外的影像。东京大部分居民都已经撤离了。若有人如此英勇地靠近战斗区，并且在那里遥控一架无人机飞到机甲猎人与怪兽之间，不管你是谁，我都将给予你最崇高的敬意。

还有，能提供更多的影像资料给我吗？

不过，大家千万不要忘记真正的人类还在东京作战。虽然我们只能在屏幕上看到他们，很容易就忘记他们是人类，但是他们的确是如假包换的人类。可能大家对他们的印象只有他们坐在巨型机器人里的情景，但是他们真的是人类。

而且他们是为了我们而去拯救世界的，我会牢牢地记住这一点。相信大家也会如此的，是吧？

34

"哇哦！"纽顿欢呼，"给我站起来，你这废物！"

机甲猎人战队全军覆没。

超级巨怪迫使机甲猎人不得不近身搏斗，而面对巨怪的超强体力，机甲猎人可以说是不堪一击。撕裂怪实验获得了圆满成功！纽顿站在天台上见证了整个战斗过程，而现在，超级巨怪正在接近他所在的天台。当这只巨型怪兽一步步靠近，他感觉世界都安静了。巨怪与天台差不多高，它看着纽顿，喉咙里发出"隆隆"的声音。它在观察纽顿。

纽顿忽然想到，万一巨怪在去终结整个人类的路上顺便把自己杀了，那简直就是天大的讽刺。

不过，巨怪把头靠近了一点儿之后就停了下来。此时，它和纽顿之间的距离非常小。纽顿甚至能清楚地看见机甲猎人在它身上留下的伤口、烧伤、手脚上的裂痕，还有裂开的层层甲壳。它的两翼在淌血，血液沿着它的尾巴流到了街上，滋滋作响。纽顿伸手就能触碰到这个庞然大物的口鼻，但他没有。巨怪又凑过来闻了闻纽顿的气味。它那二十英尺的长牙就在纽顿的头顶，它一口就能把纽顿吃掉。不过，巨怪徘徊了一会儿，就转身重新朝富士山而去。

纽顿看到它离开，长吁一口气，然后大笑起来。根本不必提心吊胆，不过事实上，他也没有真正担忧过。

"再见啦！"纽顿对着远去的巨怪大喊。

在蒙屿兰破碎穹顶基地的作战室里，戈特利布急躁不安，他在想，如果最后一架机甲猎人也散架，那么他们唯一的希望就只能寄托在邵丽雯的

"小型地下工程"上了。

"丽雯！"他对着通信器大叫，"你不是说还有东西可以帮上忙吗？"

"现在还不行！"她回答道。

"但是我们已经没有时间了。"

超级巨怪已经穿过了丹泽山，走到了富士山下广阔的平原上，而且它在加快速度。

"要是巨怪到达了富士山……"

通信器里出现了杰克·潘特考斯特的声音："'流浪者'呼叫任务指挥中心！兰伯特身受重伤！"

戈特利布快速浏览着正在运行的计算程序，从三只怪兽出现开始，他就借助这个计算程序收集它们的相关数据。可现在的计算结果不容乐观，即便潘特考斯特在这儿，恐怕也无力回天了。尽管如此，戈特利布还是把结果告诉了杰克。

"任务指挥中心呼叫'流浪者'，如果我的计算没错的话，那只五级怪兽身上的血液刚好足够引爆整个环太平洋火山带。"

杰克看到了屏幕上的数据。兰伯特已经无法驾驶机甲猎人。现在只剩"复仇流浪者"还能站起来。"明白，"他回答说，"我绝不会让这种事发生。"

他决定去阻止超级巨怪，哪怕为此牺牲。无论如何，拼死一搏总好过坐以待毙，总不能眼睁睁看着超级巨怪爬上富士山，然后毁灭世界。

"可是杰克，你根本无法独自驾驶'流浪者'……"戈特利布坚持道。

但是，如果戈特利布不能另辟蹊径，杰克就只能独自驾驶"流浪者"。况且，他的 Drift 连接还没断。他用尽全身力气站起来，"流浪者"也尝试站起来。就在此时，一阵剧烈的头痛向他袭来，他的鼻子在流血。

我们潘特考斯特家族，似乎总要流鼻血，在我们面对困难无所畏惧、英勇向前时。他心想。

通信器里响起了另一个人的声音："'复仇流浪者'，我是阿玛拉·纳玛尼！我可以帮忙！"

杰克在显示屏上发现了阿玛拉的信号，她正沿着附近一栋高楼大厦的天台疾步跑着。这栋楼房的部分外墙已被摧毁，内部结构可以看得清清楚楚，还有些小片的水泥块沿着外墙往下坠，就像瀑布一般。阿玛拉正朝着"复仇流浪者"的方向飞奔而来。

"流浪者"还单膝跪在地上，现在的杰克甚至无法让它站起来，就算能驾驶它，又能走多远呢？

阿玛拉马不停蹄地奔向这边，准备从楼顶跳到"复仇流浪者"身上。杰克知道她的心思……也知道她根本无能为力。

"阿玛拉，别！你跳不过来的！"

"我偏要跳。"她气喘吁吁地说。

"别！"

"我就要！"

话音刚落，她纵身一跃，想跨过自己和"复仇流浪者"之间的空隙，然而还没飞到一半就开始下落。她绝不可能跳过来的。

杰克奋力往前扑去，这导致他的鼻子流血更凶猛了。同时，"复仇流浪者"也伸出了手，展开了手指。就在这一刻，杰克又看到了森真子，他对她的敬仰、因她的死而感受到的彻骨之痛，再次涌上他的心头。他敬佩森真子，因为她在临死时竟然不忘确保杰克将来能够完成使命……随后，他那负荷过重的大脑切换场景，他看到了和阿玛拉建立 Drift 连接时的情景。

很久以前，阿玛拉也曾跨越空隙，可当时没有人在另一边救她。但这一次，她不会再掉进黑暗的水里，也不会再有怪兽杀死那个准备接住她的人、那个她爱着的人。眼见阿玛拉就要摔落在楼房前面的碎石堆上，"复仇流浪者"接住了她。

杰克艰难地稳住身体，将阿玛拉举起，好让她从"复仇流浪者"防护面罩上的洞中爬进来。他头痛欲裂，由于神经负荷过载，他的脑海中还不断闪烁着回忆片段。他艰难地振作起来，看了一眼阿玛拉。

"都告诉你跳不过来的。"杰克说。

"我本来就不是乖乖听话的人。"她回应道。

从她的眼睛里，杰克知道，她见到"复仇流浪者"操作舱的内部情况之后非常震惊。他的状态很糟糕，兰伯特比他还糟糕。

"阿玛拉，"兰伯特轻声说，他刚刚恢复意识，"轮到你上了。"

阿玛拉冲到兰伯特所在的磁悬浮场中，启动了他的弹射逃生程序，接着把他的头盔拿掉，然后往后站了一步。

"你在干什么？"杰克问。

"她在帮我离开这里。"兰伯特说，他费力地挪出磁悬浮场，为阿玛拉空出了位置，整个过程他痛得龇牙咧嘴，"你居然还敢去和巨怪搏斗，真是谢天谢地。"

说完，兰伯特转头看向杰克，他们坚定地看着彼此。兰伯特说道："兄弟，靠你了，让它们瞧瞧你的厉害。"

杰克明白兰伯特其实是在说：你可以非常厉害。

现在只能迎难而上了。

杰克朝兰伯特点了点头。随后，阿玛拉按下了弹射逃生程序的最后指令，内森的Drift连接驾驶支架打开，接着他被送到了逃生舱里，逃生舱轻轻地合上，"嘶"的一声盖紧了。

"逃生舱弹射。""复仇流浪者"的人工智能系统提示。

阿玛拉抓紧时间，迅速把自己固定到Drift驾驶支架上。

"亲爱的，准备好了吗？"杰克问道。

"很快就知道了。"她说，眼神坚定地看着前方，戴好头盔。

杰克重设Drift连接的初始化程序，并对戈特利布说："任务指挥中心，准备就绪，现在启动神经元连接。"

跪在"复仇流浪者"已经伤痕累累，而在它身后，是同样伤痕累累、惨不忍睹的东京，杰克之前的Drift连接已经消失，他不再感到头痛，那些不断交替、重叠的记忆碎片也不见了。初始化程序启动。他转头看着阿玛拉。开始Drift连接。他们的大脑中又出现了杂乱无章的画面，随后，稳定且信号强烈的神经元连接建立了。

杰克和阿玛拉同时站了起来，"复仇流浪者"也站了起来。他们做出罗利·贝克特的标志性动作——左手抱拳,打在右掌上,右手紧紧包住左拳。之后,他们准备迈开双腿前进。然而,"流浪者"的右腿突然发软。操作舱里的警报响起,显示屏上出现了右腿的战术全息影像,影像显示右腿伤势严重。"流浪者"再次单膝跪在地上。阿玛拉快速操作着指令。

"右腿被损坏!"阿玛拉叫道。

同时,人工智能系统语气平和地说明故障所在:"警报!多处系统出现故障。"

"重启系统!"杰克叫道。

阿玛拉操作着全息显示屏,情绪有些火爆:"我正在弄!"

"任务指挥中心呼叫'流浪者',敌人距离你们已经有两千米远,而且正在快速接近富士山!"戈特利布提醒道。

卫星覆盖图和虚拟覆盖图都显示,超级巨怪稳步向前,正在穿越富士山山坡上的森林覆盖区。而在它的头顶上方,就是白雪茫茫、山势陡峭的富士山山顶。

"我们必须阻止它!"杰克说。

"怎么阻止?我们站都站不直。"

尽管如此,阿玛拉依旧没有放弃,她那固执的个性驱使她继续操作指令,试图让"流浪者"重新站起来,然而,"流浪者"根本不可能再站起来。

杰克突然产生了一个疯狂的想法,成功的概率几乎为零,但他觉得总比等死好。

"或许我们不需要站起来。"他开始在全息终端上输入指令。

阿玛拉通过 Drift 连接,完全知道杰克在打什么主意,她以一种"你疯了吗"的眼神看着同伴。"这可不是个好主意。"她说。这次她既没有嘲讽,也没有侮辱,只是简单地表达了自己的想法。老实说,她被杰克的主意吓到了,也知道其实杰克也同样害怕。但是,他们都不会因为恐惧而止步。

"戈特利布,"杰克说,"你的助推器还有足够的燃料把我们送进大气层吗?"

"大气层?"戈特利布反问了一句,然后一边喃喃自语一边快速计算着公式，"也许可以……但肯定没有足够的燃料让你们在从大气层回来时减速。"

"不需要减速，我们要全速前进，直接把'流浪者'扔到那家伙身上。"没等阿玛拉开口，杰克安慰她道，"亲爱的，到时候一起用我的逃生舱离开。"

"杰克，"戈特利布说，"现在只有一个吊舱式助推器有足够的燃料，能把你们送进对流层，正在发送位置。"

当战术显示屏弹出助推器的地理位置时，杰克整个人瘫在了 Drift 支架上，因为那个助推器现在所在之地对他们而言遥不可及——它居然留在了最开始和怪兽作战的地方。

"太远了，"阿玛拉说，"我们的计划不可能成功。"

35

通信器里冒出了一个之前没有出现过的声音。

"'复仇流浪者',"原来是邵丽雯在说话,"系统连接成功!"

杰克一脸迷惑。

"救兵出发了!"她又补充道。

什么救兵?不是已经没有机甲猎人了吗?

"成功定位吊舱式助推器,"邵丽雯解释说,"准备出发。"

经改装的邵氏 V 龙大载重直升机停在了东京的废墟上空,随后货舱门打开了,有个东西从里面滚出来,居然是"拳击手"。它像一个球一样,从直升机上掉下来,直到撞穿餐厅的屋顶之后,才完全展开,最后"砰"的一声落在地面上,震碎了地板。

观察了周围的情况后,"拳击手"跑到大街上,冲向吊舱式助推器一开始被扔下的地方。大街上烟尘迷蒙,遍地都是断砖碎瓦,火光四起,但这阻止不了它前进的步伐。它身手敏捷地爬过一堆堆碎石,踢掉所有障碍物,健步如飞地穿梭在废墟中。

在蒙屿兰破碎穹顶基地的机械工厂里,邵丽雯站在操作舱吊环里远程操控着"拳击手"。她改装了无人机甲的驾驶装备,实现了这个操作舱吊环的远程操控。她向前小跑了几步,弯腰捡起全息影像的吊舱式操作仪。接着,她转身冲进 Drift 连接驾驶操作舱,操作"拳击手"穿过废墟,朝陷入困境的"复仇流浪者"出发。她已经隐约看到前方出现了"流浪者"

的巨型身影。纽顿·盖斯勒利用了她的工厂、发明与专业技术，去实行自己的阴谋诡计，因此，无论公司的声誉受到怎样的损害，她都有不可推卸的责任。只要在自己的能力范围之内，她都愿意不惜一切代价去弥补过失。今天早些时候，她就想到出动"拳击手"了，就算战场上的机甲猎人不需要帮忙，她也会继续改造它。也多亏了她提前对这个自制的机甲猎人进行了小小的改良，才能在这生死存亡之际力挽狂澜。

"'拳击手'！"

阿玛拉看到它出现在显示屏的那一刻，不禁喜出望外。而当她通过"流浪者"破烂不堪的防护面罩亲眼看到"拳击手"后，笑容更加灿烂了。

是邵丽雯改进了"拳击手"。

邵丽雯！

阿玛拉一向都崇拜她，没想到她竟然看得上"拳击手"……

这下，阿玛拉更加斗志昂扬了。

"好了，我们有助推器了。"

阿玛拉说完，继续计算着需要的推动力以及能够到达的高度，不一会儿，她的表情变得严肃起来，说道："但是我们需要的推动力太强了，根本无法稳住助推器。"

"我升级了'拳击手'的武器！"邵丽雯回答说，"我能够把助推器焊接到'流浪者'的手上。"

"太好了！"阿玛拉说。她特别欣赏临场应变的人，邵丽雯依旧是最棒的。

"拳击手"走近"流浪者"，把吊舱式助推器扔到地上。"复仇流浪者"弯腰捡起助推器，调整了一下助推器的摆放角度，让助推器的排气喷嘴朝向后面。接着，"拳击手"爬上"流浪者"的手臂，展开肩膀上带有邵氏工业标志的等离子爆能枪。它启动了爆能枪，把吊舱式助推器的夹钳组件焊接在"复仇流浪者"的手上。

阿玛拉在一旁目不转睛地看着屏幕上的邵丽雯。她对邵丽雯的崇拜无以复加："我们只有一次机会了。"

杰克也看着屏幕，但并不像阿玛拉那样兴致勃勃地看着邵丽雯。他只想立马出发。超级巨怪距离富士山山顶非常近，他们现在没有时间追求完美。

"我们必须抓紧这个最后的机会！"

杰克刚说完，"拳击手"的爆能枪就点燃了吊舱式助推器。

这突如其来的推动力令"流浪者"猝不及防，它飞快地沿着地面地向前冲去，一路上东倒西歪地撞到了各种建筑物，刮起阵阵狂风，掀翻了路面上的车辆。

"点燃了！我们成功点燃助推器了！"

机械工厂里的邵丽雯欢呼起来，而杰克和阿玛拉却手足无措，完全失去了对助推器的控制。

差不多时间，操作舱外，"拳击手"的双脚不小心挂在了"复仇流浪者"的稳定器上。

"我被困住了！"邵丽雯着急地说道，她无法操控"拳击手"离开。

"就待在那儿！"杰克回答，"一起把这个小家伙扔到巨怪身上去！"

渐渐地，他和阿玛拉重新控制了吊舱式助推器，并调整角度，缩小它与地面的夹角。随后，"复仇流浪者"以几乎垂直于地面的姿势直冲云霄。接着，他们顶着强大的推动力，把助推器与地面的夹角调得更小，冲向更高的天空。当他们飞过一层高云时，"流浪者"猛烈晃动起来，而且由于大气摩擦的作用，本就支离破碎的"复仇流浪者"又被扯飞了几块装甲，操作舱里的警报随即响起来。

"机身外壳完整性受到威胁，机甲猎人即将进入危险高度，"人工智能系统提醒，"舱内温度正在急剧下降。"

"知道了。"阿玛拉尖声说道。

又有一个警报亮起，临时固定在"复仇流浪者"拳头上的吊舱式助推器就要分离了。

"助推器稳不住了！"阿玛拉大叫。

杰克看了看海拔高度，戈特利布已经为他们计算好了俯冲轨迹，现在他们只需要再升高几千英里就能到达目标高度……

"马上就成功了！"杰克大声道。

如果没有操作服的生命保障系统，他们早就缺氧而死了，但这个系统的氧气很快就会耗尽。而且，他们在和"雷神"、巨怪的战斗过程中受损的系统，全都和生命保障系统相连。杰克突然感到庆幸，还好此前没有遇到过缺氧的情况，不然他肯定会因为这个设计漏洞而担惊受怕。

通过 Drift 连接，杰克发现阿玛拉完全没有这样的顾虑，她一心只想着这一刻是多么令人心潮澎湃。很快，他就会明白为什么阿玛拉如此激动和惊讶。

杰克从操作舱往外看。

头顶漆黑的天空中繁星点点，在他们脚下，东京－大阪城市带的城市群尽收眼底，东边的富士山呈现出一片绿白相间的景象。

真是美不胜收哇！杰克看着这景色，不免感叹自己对地球和人类的热爱。他愿意为此肝脑涂地，至死不渝。

当"复仇流浪者"到达飞行轨迹的最高点时，周围一片寂静。在很长一段时间里，他们因失重而飘浮在操作舱里。杰克的脑海中闪过一幅似曾相识的画面——他和阿玛拉刚刚认识的时候，也曾在"拳击手"的操作舱里出现过失重。就在"复仇流浪者"颠倒身体，开始下落的那一刻，他们被冲回了驾驶支架上。

"锁定目标。"阿玛拉在显示屏上查看了下落路线。

"赶快离开！"戈特利布在通信器里说，"弹射！"

但就在此时，显示屏上又出现了另一个警报——他们的落点与富士山火山口边缘的目标区域出现了偏差。

"偏离路线！"

刚才多个警报同时响起，而最重要的一个却被杰克忽略了。就目前的情况来看，他们的返程落点预计与富士山火山口相距几英里。这是因为助推器成功点火后，他们先在水平方向上移动了一段距离后才往天上飞。现在，他们必须重新纠正线路，不然"复仇流浪者"就会在富士山以北的城市广场上砸出一个大坑……而超级巨怪则会翻滚着跳进火山口，整个人类都会灭亡。

阿玛拉绞尽脑汁，想找出解决办法，她飞快地思考与排除各种方案，坐在一旁的杰克完全跟不上她的节奏。

"用等离子加农炮！"她终于想到了一个办法，说完立刻开始在全息电脑终端上输入指令。不一会儿，战术显示屏上出现了纠正路线的方法与等离子炮发射的角度——连续发射八秒，就能成功纠正路线。

可是，还有一个问题，如果"流浪者"连续发射加农炮的话，加农炮外壳可能会因为过热而熔化，"流浪者"的手臂也会跟着遭殃……但是现在也只能破釜沉舟了。

阿玛拉很快找出了等离子加农炮发射控制软件的源代码，这让杰克大吃一惊，因为他连怎么找都不知道，更别说获取它了。而阿玛拉，这个年仅 15 岁的小女孩儿，竟不费吹灰之力就侵入了这个她从未踏足过的机甲猎人系统，而且是准备自爆、面临死亡的千钧一发之际。

阿玛拉无暇顾及杰克对她的敬佩，不然她肯定会骄傲一番。

"正在破解安全协议。"杰克说。

他找到并破除了失效保护程序，与阿玛拉相互点头示意之后，两人向下伸出左手，"复仇流浪者"的左手也部署了等离子加农炮。之后，他们根据战术显示屏上的模拟画面稍微调整了姿势，开始发射加农炮。

正常来说，每发射一次加农炮，中间就会有半秒的停顿，接着才能继续发射第二次。不过，阿玛拉刚刚侵入加农炮的控制系统时去除了这个限制。所以，此时的加农炮发射出一条连续的能量光线。

显示屏出现倒计时：7……6……

"复仇流浪者"往下俯冲，速度接近终端速度，机身也开始颤抖。幸运的是，等离子加农炮成功改变了他们的飞行路线，"流浪者"重新朝着超级巨怪冲去。由于等离子加农炮发射过多，"流浪者"的手开始发光，热量过高的几片装甲脱离出去，飞上了天空。

操作舱里又响起了警报，人工智能系统提醒："警告，机身结构超限，机身结构超限！"

要是"复仇流浪者"被震碎，事情就难办了，但他们如今也无计可施。阿玛拉只能着急地与显示屏一起倒计时："4……3……2……"

等离子加农炮终于发射完毕。由于热量过高、机身飞行速度过快、压强过大，"流浪者"的前臂最终四分五裂，与机身完全断开了。两人仔细检查了一下路线，落点终于恢复为火山口附近的目标区域了。显示屏显示，超级巨怪就在目标区域的正中央。

阿玛拉重新计算了飞行路线，确认了飞行轨迹，喊道："目标锁定！"

"杰克！阿玛拉！"戈特利布在作战室里查看了一下他们的飞行路线以及飞行速度，发现他们的时间所剩无几，"你们必须现在弹射！"

他们此刻已经穿过高层大气，"复仇流浪者"回落引起的摩擦使得它整个身体都亮了起来。它的防护面罩和左手的残骸一同在一阵热量超高的等离子能量中烧毁了。

是时候弹射了。

"断开连接！"

操作舱中狂风肆虐，"复仇流浪者"向下俯冲的过程中，机身震动过猛，发出了震耳欲聋的声音，杰克差点儿喊不出来。阿玛拉伸手准备按下指令，解开 Drift 连接驾驶支架上的带扣，但她停住下了动作。万一操作舱里肆虐的狂风把她从"流浪者"头部的大洞中吸出去了怎么办？

杰克靠近阿玛拉，伸出手："没事！我会抓住你的！"

阿玛拉吞了吞口水，紧张得全身发抖……她按下把自己从驾驶支架中解开的指令。支架打开了，她的操作服随之与驾驶支架分离。此时，狂风劲吹，差点儿没把她吹飞。她紧紧抓住支架，慢慢靠近杰克，可是到了一定的距离，她发现如果不松手，就无法再继续走。她看着杰克，估算着他们之间的距离。看来必须得跳过去了。同样的事情再次发生，她又要跳跃了。杰克看到阿玛拉眼中充满恐惧，知道她想起了小时候在圣莫尼卡码头发生的事情。她的人生似乎少不了几次丝毫没有保障的危险跳跃。

杰克伸着手，并朝她点了点头，告诉她放心。时间紧迫，必须马上弹射逃生舱，否则落地之时速度过快引起的冲击力就会把他们杀死。随着海拔高度越来越低，两人越发紧张了。

阿玛拉蹲下，接着一跃而起，"流浪者"头部洞口的狂风立刻把她往外拽。她拼命伸长手，杰克也从驾驶支架上拼命用力往前倾，肩膀上的安全带甚至把他的肩膀勒出了伤痕……终于，他抓住了阿玛拉的手，一点点把她拉近。

阿玛拉一抓住他的手臂，就一下子跳到杰克身边，脸上一副死里逃生的神情。

杰克看到阿玛拉的样子，忍不住笑了。他一只手抱着她，另一只手则按下逃生舱的启动程序。

"'流浪者'呼叫任务指挥中心，"他说，"我们准备离开这个鬼地方了。"

然而，逃生舱没有任何反应。

显示屏上再次出现了红色警告。

"警告！逃生舱无法启动，警告……"

杰克看着全息显示屏，上面不停地倒数着撞击距离，"流浪者"飞行速度太快，他们根本没时间再想出另一个办法。他看向阿玛拉，发现她也知道自己在想什么。

"亲爱的，对不起。"杰克不知道应该说点儿什么。

阿玛拉内心很害怕，但她勉强挤出一个笑容道："为什么说对不起呢？我们要拯救世界了。"她停顿了一下，又说，"你父亲会为你感到骄傲的。"

杰克点了点头，内心充满了感激。他——杰克·潘特考斯特正准备继承家族传统，在最后一刻为拯救世界而牺牲，父亲会为这样的儿子感到骄傲吗？今天他英勇作战，打败了两只怪兽，而且很快就会打败第三只。或许杰克永远不会像父亲一样名留千古，但他今天已经竭尽所能，无怨无悔。

一阵巨大的爆裂声从他们身后传来，杰克缓过了神儿来。他转头往后看。是"复仇流浪者"的头在分裂吗？天！居然是一道等离子光线在切割"流浪者"操作舱背部的装甲。之前超级巨怪的尾巴已经在那里凿穿了一个洞，现在等离子光线又加宽了那个洞。接着，一只似曾相识的金属手锤穿过洞口，又扯破了一部分"流浪者"的头部装甲，原来是"拳击手"。

"'复仇流浪者'，"通信器里响起了邵丽雯的声音，"载你们一程？"

36

"拳击手"紧紧抓住"复仇流浪者"头部后面的装甲，抵抗着"流浪者"俯冲地面所引起的强大气流。由于"流浪者"穿过高层大气时受到电磁场的干扰，邵丽雯无法联系到杰克和阿玛拉。等他们回落时，她也不能移动"拳击手"，因为"流浪者"俯冲带来的压力会把这个小机甲猎人冲开。直到现在，她才可以行动。她用"拳击手"的等离子枪在"复仇流浪者"的背部切开一个参差不齐的洞口，整个过程中，她一直提心吊胆，待完成切割工作时已经汗如雨下，整个人这才放松下来。"拳击手"把被切开的装甲扯松，让其随气流飞走，又将洞口的边缘磨平。接着，邵丽雯操控"拳击手"靠近杰克他们，将双脚支撑在"流浪者"头顶的金属脊上，打开躯干的操作舱舱门。它的双手插进洞口两边的装甲上，并尽可能地把身体往前靠，等着杰克他们进来。

"撞击距离只有两万米了！"戈特利布在通信器中大叫，"赶快撤离！"

操作舱里，杰克和阿玛拉还在掂量眼前的情形，他们得先离开 Drift 连接驾驶支架，走过操作舱，穿过那个洞口，然后才能走进"拳击手"操作舱的减震凹室——这些都要在从"流浪者"前后两个洞口吹进来的狂风中进行。他们很有可能被吹到天上去。可这是他们唯一的逃生之路。

杰克开始输入指令，把操作服从 Drift 驾驶支架上解开。接着他按下最终指令，Drift 驾驶支架解开。狂风立马把两人吹到了靠近"拳击手"操作舱的那个洞口，两人分别撞到了洞口两边的墙上，然后滑落下来。

戈特利布在通信器里高声大喊，声音中带着紧张："十秒后撞击！"

杰克推着阿玛拉向前走："快走！快！"

阿玛拉在前，杰克在后，他们往上爬，俯身穿过洞口。虽然"拳击手"狭窄的操作舱里没有最先进的磁悬浮场，也没有新一代的 Drift 连接驾驶支架，但里面的两个凹室装有能减震的液压装置。他们挤进去，做好撞击的准备。杰克来不及计算撞击时凹室能否给他们提供足够的保护……不过，无知者无畏。在撞击前的十秒钟里，杰克很平静。他们已经竭尽所能，他也不再像以前那样抱着愤世嫉俗的想法，认为自己做得都不够尽善尽美。杰克只是纯粹心如止水，他已经完成了他的分内之事，已经问心无愧，达到了驾驶员前辈们立下的标准——包括他父亲立下的标准。这让他平静、安宁地坦然面对一切可能的结局。

"抓稳了。"杰克说。

"我抓稳了！"

"再抓稳一点儿！"

在富士山上空，"复仇流浪者"俯冲而下，留下了一条烟云，身上的装甲碎片也随之脱落。而在地面，超级巨怪已经到达了火山口周围那白雪皑皑的山坡上，它一直跳跃着前进，随后仰天咆哮，声音响彻云霄。走到这里，它只需要跳进火山口，凿穿火山喷出口的层层石土，火山熔浆便会喷射而出，它将自焚，引发世界末日的降临。

可是，随着巨怪的叫声渐渐消失，它听到了另一声音，是空中传来的尖鸣，它抬起头看着天空。

就在"复仇流浪者"即将撞击地面的最后一刻，"拳击手"挥动双臂一跳，"复仇流浪者""砰"地一声径直往下撞击，"拳击手"跳离了"流浪者"之后，卷成一团往下掉落。

撞击引起的爆炸切断了破碎穹顶基地作战室里的传感器信号，世界范围内的所有地震探测仪都能探测到爆炸引起的地震。爆炸形成的火球滚落山坡，积雪瞬间化成水蒸气；火焰与灰尘形成空气柱，上升到几千英尺的地方，在山顶上方冷凝形成一块巨大云团；爆炸冲击波引发了整个富士山的山体滑坡，造成了火山喷发口崩塌。几秒钟前，就在这崩塌的火山口边缘，超级巨怪打算从这儿跳进火山口。有趣的是，任何人看到这场爆炸，都会以为是富士山发生了1707年以来的首次火山喷发。但作战室里的戈特利布明白，事实并非如此——他们牺牲了最后一架机甲猎人，正是为了阻止这场火山喷发。

成功了吗？

杰克和阿玛拉有没有成功逃生？

作战室收不到"拳击手"的信号，爆炸引发的电磁场干扰以及突如其来的雷雨，使得他们完全不知道现场发生了什么。爆炸的火焰渐渐消失，富士山山顶形成了一阵旋风，卷起了阵阵烟雾，随着距离爆炸地点越来越远，这阵旋风也渐渐散去。

"杰克，"戈特利布哀求着说，"阿玛拉，求求你们，给点儿回应吧。"

山顶上骤然凝结形成的云团又继续冷凝成雪块，从山坡的上方飘落而下，"复仇流浪者"的爆炸点也渐渐出现在视线中。此时，"拳击手"操作舱里响起杰克与阿玛拉踹开舱门的声音，这个舱门受到爆炸的冲击出现了故障。遭遇冲击的时候，"拳击手"一直蜷缩着身体，可大多数系统还是短路了。随后，它在富士山森林覆盖区矮小的树木之间滚落，最后停在一片空地上，这才展开了身体。它的四肢已经瘫痪，身上布满了雪块与泥土。

杰克和阿玛拉走出来。居然下雪了……他们还看到了超级巨怪，就在他们上方，它还在做最后的挣扎，想要爬进火山口。但那只是它的部分身体。它的腹部以下身躯分崩离析，散落在距离山坡几百英尺的地方，它的血液在湿润的泥土上滋滋作响。

超级巨怪还在挣扎，它拼命挖掘着石头，又挺起残缺的身躯。它想要站起来，可是失败了，直接趴下了……怒吼声渐渐变成了呻吟声，可是，凭着最后的意志力，它又继续拖着残躯来到火山口，它的双爪钩住了火山口边缘……最后，它终于倒在了火山口边上，眼睛的亮光渐渐黯淡，然后一动不动了。

看着巨怪死去，杰克和阿玛拉终于意识到，他们胜利了。他们排除万难，使不可能成了可能。当超级巨怪定位消失的那一刻，作战室里一片欢呼。还有其他学员，他们就近爬上屋顶，也一同欢呼起来。

而在另一个屋顶上，纽顿·盖斯勒怒火中烧。"没事，没事，得执行后备计划，凡事总要有两手准备。"说完，他转身走向天台另一边的邵氏V龙直升机——就在此时，内森·兰伯特一拳打在纽顿的脸上，紧接着又是一拳，纽顿被打倒在地。

"你得了吧，还想作威作福？"兰伯特对被打得眼冒金星的纽顿说道。这两拳下去，差点儿没把自己的骨头都震碎，但他对天发誓，只要能揍纽顿一顿，就算粉身碎骨也值。

当时，兰伯特一离开逃生舱，就立马检查操作服的数据传送器，确认纽顿的位置。之后，他费了好大的劲儿才找到这幢楼。要命的是，这楼停电了，不能乘电梯！于是，他爬了三十层楼梯才来到屋顶。纽顿·盖斯勒站在这里，一直看着爆炸结束，兰伯特知道，这家伙的阴谋已经一败涂地……

这一时刻确实值得好好回味。还有比这一刻更加美好的，那就是把这浑蛋打一顿！

"任务指挥中心，"兰伯特对着通信器说，"我是兰伯特，告诉大家，我刚刚抓到了纽顿。"

作战室里，朱尔斯听到兰伯特的声音后，如释重负地闭上了眼睛。接着，她又听到了杰克的声音。

"内森，收到。知道你还活着，真好。"

"我也是，兄弟，就知道你能成功。"

在富士山上，杰克转头看向阿玛拉。她把头盔拿了下来，然后抬头感受着正在下落的雪花。

"我总有贵人相助。"杰克说。

"纳玛尼驾驶员，好样的！"内森说。

听到兰伯特的话，阿玛拉满意地闭上眼睛，沉浸在他的称赞中——内森·兰伯特竟然叫她驾驶员！雪花落在阿玛拉的眼睛上，她眨了眨眼睛，然后看向杰克，一脸惊叹："这可是我第一次见到雪！"

"是呀，"杰克笑着说，"你看你开心得都忘了还有个巨型怪兽死在那边。"他朝躺在山坡上的超级巨怪望去，然后想到了其他怪兽，想到了到处散落的怪兽机器人，还想到了纽顿·盖斯勒——他不禁感叹，天才变恶魔是多么轻而易举的事啊。纽顿是坏人吗？杰克不知道。或许，确实是"先驱者"侵入了他的大脑；或许他抵挡不了使用和改造怪兽生物技术所带来的诱惑。不过事已至此，这一切都不再重要。兰伯特已经安排好所有的事情，可是当他想到人类差点儿就要毁灭了——想到苏雷什壮烈牺牲，想到原本分配给机甲猎人的驾驶员也全数牺牲，他的心情就沉重起来。

而且，森真子也牺牲了。

"我感觉你又要做一番无聊透顶的演讲了。"

"无聊？"杰克回应道，"我说的话很鼓舞人心的好不好？怎么说我从某种意义上来说也拯救了世界。"

"你说什么都行，先生。"

"都说了别这样叫我。"杰克抓起一个雪球扔向阿玛拉。

雪球砸在阿玛拉身上，她开心地尖叫起来，抓起雪反击。杰克俯身躲过了雪球，又抓起一个准备反击，但是他突然停住了。

"等等，"他说，他想到了阿玛拉的话，"其他人也觉得很无聊吗？"

阿玛拉没有回答，只是大笑着朝杰克扔了一个雪球。杰克也向她扔去。这一次，他们真正心灵相通了。